森　鷗外
「翻訳」という生き方

長島要一

新曜社

異文化との出会いは
鏡の像
左右は逆でも
上下は変わらず

はじめに

本書は、森鷗外没後百年の記念の年に、私個人の研究に区切りをつけるために企画され、出版の運びとなったものである。

私の鷗外作品との出会いは、四十年ほど前までさかのぼる。まだ若き頃、コペンハーゲン大学で梶井基次郎についての修士論文を書き、その流れで私小説に興味を抱いて日本の自然主義文学を研究していたが、テーマが次第に絞られていき、描写論をめぐる論争に注目するようになった。田山花袋の平面描写は単なる方法論に過ぎず問題にならなかったが、その向こうを張って岩野泡鳴が一元描写と名付けて展開していた「理論」は点検してみる価値ありと判断した。泡鳴は一元描写論を当時の世界最高最新の理論とうぬぼれるに至るのだが、理屈にはなっていても心情的に過ぎて理論とは呼びがたい面があった。もともと日本の近代文学は理論欠如といってよく、その一端を明らかにすべく、泡鳴の一元描写論を軸に西洋の視点論一般と対比して分析する作業を行ない、博士論文「岩野泡鳴の文学論」（"Iwano Homei's litteraturteori（with English summary)," Ph.D. thesis, June 1982, pp.329）をデンマーク語で執筆した。これはのちに英訳され、*Objective Description of the Self — The Literary Theory of Iwano Homei*, Aarhus University Press, Aarhus, December 1997, pp. 240 として出版された。

博士号取得がきっかけで、オーデンセのアンデルセン協会で発行されている年刊学術研究誌『アンデルセニア』から、日本における初期アンデルセン翻訳について論文を執筆するよう要請があった。今思い出しても驚くほど精力的に作業を進めて、デンマーク語の論文 "De første H. C. Andersen-oversættelser i Japan (with English summary)," in *Anderseniana*, Odense 1982, pp. 255–274 を仕上げた。その過程で、明治時代の日本では、アンデルセンがデンマーク人であることを知らずに英独仏語から重訳してお伽話を紹介していたことが判明した。また、お伽話以外にも、アンデルセンの小説『即興詩人』が森鷗外によって翻訳紹介されていたことも論文で指摘した。

こうした背景のもと、一九八四年にデンマーク側から助成金を得て、短期間日本に滞在することになった。アンデルセン没後五十年を記念して一九二五年に日本で催された行事について論文を執筆することになり、その資料収集のための日本行きだった。詳しい経緯は記憶にないのだが、その機会に今はいずれも故人になっておられる至文堂の黒河内平社長と長谷川泉先生にお会いしたのだと思う。至文堂には岩野泡鳴についての拙論「「一元描写論」と「間隔論」」(『国文学 解釈と鑑賞』第四九巻一二号、一九八四年十月、八九―九八頁)を掲載していただいた。また長谷川先生からは、たしか国学院大学の文学ゼミだったと思うが、カナダ在住だった故鶴田欣也教授の発表があるということで招待された。場所は荒川の向こうで、山手育ちの私には異郷を訪れたような心地がしたこと、鶴田教授の発表テーマは川端康成についてだったらしいことを覚えている。質疑応答も一応終わった後で、長谷川先生を囲んでの雑談となり、その時に話がどこでどう発展したのか、当時は鷗外研究の泰斗でいらっしゃった長谷川先生相手に、鷗外訳『即興詩人』には歪みがあること、特に日本で原作より優れているなどと言われているのはおかしい、などと指摘して多少いきまいたのだ。原作はデンマーク語で書かれており、鷗外訳は重訳であるから、重訳が必然的に抱えている制約を考慮した上であらためて再評価すべきだ、といったようなことを発言した。長谷川先生は幸いなことに興味を示してくださり、「おもしろいテーマだから君がやりなさい」と、その場で約束させられてしまった。

引き下がるわけにはいかないので、「じゃ、やります」ということになって私の鷗外研究が始まった。コペンハーゲンに戻る前に鷗外関連の基本文献を一応揃えて帰国し、猛勉強が始まった。大学でも、鷗外の文業の概要をゼミにおいてデンマーク語で紹介した。当初から、いわゆる国文学ではなく比較文学の視点から鷗外の作品を捉えてみようと思っていたので、外国語で鷗外の作品を語ることができるかどうかは、鷗外の外国語からの翻訳作品を扱う上でも有意義なことだと確信していた。

長谷川先生との約束は鷗外訳『即興詩人』について分析をすることだったが、いきなり取り組むには荷が重すぎた。まず、鷗外の雅文体で書かれた流麗な文章が、初めのうちは正直私の手に負えなかった。これには相当な時間を要した。ドイツ語からの重訳だったため、鷗外の使用した原本を確定し、コピーを取って熟読する必要があった。

そこで思いついたのが、準備運動としてまず、アンデルセンより後代になるが同じデンマーク人作家ウィードの小品の鷗外訳を分析することだった。次にこれもデンマークのマイナー作家マーデルングの作品、それからストリンドベリ劇五作、さらに二人のスウェーデン女流作家の作品の鷗外訳を吟味し、試行錯誤を繰り返しながら私なりの方法を打ち立てていった。結果はすべて『鷗外』誌に順次掲載していただいた（巻末の「森鷗外関連著作目録」を参照）。イプセンなどノルウェーの作家が残ったが、これは宿題として、いよいよアンデルセンの『即興詩人』に取り組み、一九九一年に『鷗外』誌に原稿を渡すことができた。長谷川先生と約束をしてから七年が経過していた。その成果の概要は同年ベルリンで開かれた国際会議において英語で発表（"Beyond translation— Mori Ogai's translation or his creative (mis) understanding," a paper presented at 6th EAJS Conference in Berlin, Sept. 1991, pp. 10）、その原稿も含め、それまで『鷗外』誌に紹介されてきていた論文をまとめて、一九九三年に『森鷗外の翻訳文学――「即興詩人」から「ペリカン」まで』と題して至文堂から発刊の運びとなった。そしてこの出版に対して、第三回森鷗外記念会賞が授賞されたのである。

以後はしばらくの間『即興詩人』をめぐっての考察が続いていたが、やがて「日本回帰」「日本化」「文化の翻訳」というキーワードを研究に導入し、宿題にしてあった鷗外によるイプセン劇の翻訳を詳細に見ていくことで、鷗外にとっての「翻訳」の意味を探った。その成果が、二〇〇五年刊行の岩波新書『森鷗外　文化の翻訳者』である。

さらに、広い意味での「翻訳者」鷗外の生き様を見据え、前進するためには絶えず「離れる」ことを辞さなかった鷗外の見識に着目し、折に触れてそのダイナミズムに言及してきた（「森鷗外関連著作目録」を参照）。けれども、私のもう一つの研究テーマである「日本・デンマーク文化交流史」に重点が移されていくに従って、鷗外研究からいくぶん離れざるをえなくなり、残念な思いをしている。ちなみに「日本・デンマーク文化交流史」研究の根底には、私が鷗外の翻訳文学を分析するにあたって見出した「誤訳」と「偏見」をめぐる問題意識が横たわっている。

本書は、すでに活字になっていながらも現在では比較的入手が困難な雑誌などに収録された論文類を、筆者の判断で選択し配列し直したものである。単行本は除外してある。書き下ろしではないため、内容に多少の重複があることをあらかじめお断りしておく。初出の際の誤記、誤植は訂正してある。

古い論文類に関しては、デジタル版が残っていないものがあったため、印刷されたページをスキャンして読み込み、さらに編集し直さなければならなかったので、編集者の渦岡謙一氏には大変ご面倒をおかけした。ひとかたならぬご尽力をいただいたことを記して御礼申し上げます。

また、拙稿の本書への再録を快くご許可いただいた森鷗外記念会ほか各出版社にも、ご厚意に対して感謝申し上げます。

さらに、私の森鷗外研究を含む日本・デンマーク文化交流史研究に対して長年にわたり惜しまぬ御支援を与えてくださった大日本印刷株式会社に、心より謝意を表します。

長島要一

コロナ禍が一段落したかと思いきや、ウクライナ侵攻が現実となってしまった暗いヨーロッパの小国デンマークにて

森鷗外「翻訳」という生き方＊目次

装幀——虎尾　隆

第一部

I　異文化理解と翻訳と

これといった理由もなくデンマークに住みついて、もう二十八年になる。夢もデンマーク語で見る。だが鏡の中の顔は変わっていない。

異文化体験という言葉が新鮮な響きを失ってからすでに久しい。異文化が日常になっているところで毎日を暮らし、あちらこちらの文化の境目が不明瞭になってしまっているかららしい。そして、帰属感覚があいまいになるたびに、目まいがしたり夢心地になったりを繰り返している。

等価であったはずのものに意外な異質性を発見してとまどい、違っていたはずのものに同質性を見つけては安堵している、といった具合である。

拙著『明治の外国武器商人』（中公新書）、『森鷗外の翻訳文学』（至文堂）いずれもの扉に、「異文化との出会いは　鏡の像　左右は逆でも　上下は変わらず」というモットーを記しておいたところ、大西洋の向こうからデンマークにファックスが届き、モットーの出典を教えろと言う。

ある日自分でふと思いついた言葉だったので、そのまま、「自作です」と返信して内心得意になっていたが、そんなことぐらい、すでに誰かがどこかで言っていたかもしれない。

このグローバルな時代にあって、どこが境界なのかは識別できないながら、ともかくふたつの文化、ふたつの言語の間に立って生きているという自覚がある。

日本の近代現代文学の研究にたずさわりつつ、「日本・デンマーク文化交流史」をライフワークに選ぶようになった背景には、このような事情があった。異文化と向きあって人々はどんな反応を示すのか、その反応に一定のパターンを見出すことで、かれらの背後にある文化の特質を規定できるのではないか、などというような夢物語から始まった研究であったが、日本、デンマーク両国の文献、公文書類を読みこむという作業を通じて、研究課題としては焦点を次第に絞れるようになってきている。

と同時に、ふたつの文化の間にあって、ふだん考えていること、なすことのすべてが「翻訳」の問題に還元できるような気がしている。だからといって問題が明確になるわけではない。むしろ逆なので始末が悪い。

「翻訳」について語ることは泥沼にはまるようなものである。沼は底なしで、はまったら最後、全身泥まみれになる。沈まないでいられるだけでも大したものである。それでもなお、あるいはだからこそ、「翻訳」を論ずることには知的な快楽がともなっているらしい。

たとえば、異文化をよく理解するとは要するにいい翻訳をするのと同義ではないか、とはたやすく言える。しかし、いい翻訳とは一体なんなのか。

かくして意訳か直訳かのおなじみの議論が延々と繰り広げられる。手をかえ品をかえて翻訳理論と呼ばれるものが生産されているが、つまるところはみなこの押し問答の蒸し返しである。文学作品の場合には、原作を裏切るか、それとも翻訳を読む読者の方を裏切るかという「あれかこれか」

の議論になる。いずれの場合にも、経験から得た知恵として、正確かつ忠実な翻訳など定義することすら不可能だという認識が潜んでいる。その暗黙の了解の上に立って、なおかつ翻訳の正しさを量的に測定しようとするおめでたき言語学者が現われる体たらくである。

異文化がわかるとはどういうことなのか。それがわからない。翻訳をするとはどんなメカニズムをさして言うのか、それがよく説明できない。

異文化理解（誤解）も翻訳（誤訳）も、いずれもきわめて自己本位な行為である。極言すれば、見たいものだけを勝手に見て表面的に異質性を強調するやり方と、わかるところだけを納得しながら見きわめて同質の部分を選別し集積していくやり方と、ふたつにひとつしかないだろうと思う。とは言えこれは両極端の話で、実際には、みなそのどちらをも流動的に組み合わせて理解（誤解）し、翻訳（誤訳）しているのである。私の研究の分野で言えば、岩倉使節団の報告書、久米邦武の『米欧回覧実記』しかり、鷗外の『即興詩人』もしかりである。

なにも異文化、外国文学にはかぎらない。人と人との間の「理解」も実は同じことかもしれない。男と女、親子の関係にもきっとあてはまるはずだ。いずれも、完全にわかりあえることなどない、というのが大前提である。これこそ相互理解の第一歩にちがいない。

ともかくも、鏡の前で考えれば考えるほど無知を思い知らされる泥沼の毎日である。さいわいなことに苦痛はない。

Ⅱ　異文化、日本化、超越化——鷗外における西洋文学の変容とアイデンティティー

鷗外の自分探しの旅

一八八四年、自信にあふれ、好奇心の塊だった鷗外がドイツへ向けて出発した。

ドイツ語ができる、西洋事情も、『米欧回覧実記』をはじめ、幕末維新期以来西欧を訪れた留学生や使節団が書き残した記録類を見ることでおおよその見当はついている。衛生事情の研究という、知識吸収の使命を帯びていたとはいえ、鷗外の憧れていたものは、広く西洋文明一般であり、自由と解放感であった。『航西日記』を見よ、『独逸日記』を見よ。そこには西洋への憧れが大らかに語られている。許されさえすれば鷗外はドイツに長期間逗留することを選んでいたかもしれない。それほどに「自由」と「個人」であることを満喫し、そのふたつながらに酔いしれていた鷗外であった。しかし、帰国の日がついにやってくる[1]。

一八八八年、四年間に及ぶ留学を終えて、当時の西洋の首都と呼ぶにふさわしいベルリンから帰還した鷗外は、陸軍省における職務を遂行するかたわら、専門の医学、衛生学関係の論文の執筆はもとより、文学評論、翻訳の分野でも西洋の文明と文学を精力的に紹介していった。文学の方面での以後の活動のマニフェストとでも言うべき『小説論』を一八八九年一月に発表、翻訳も開始する

かと思えば、雑誌『しがらみ草紙』も創刊した。そして翌一八九〇年に『舞姫』と『うたかたの記』を、九一年には『文づかひ』を発表する。この「ドイツ三部作」は、西欧を舞台に日本人が登場する短篇で、異国情緒があふれ、西洋憧憬の息づいた作品である。ここに象徴的なのは、鷗外の処女作『舞姫』が、西洋文明から帰還した主人公を扱っていながら、作品自体が、鷗外の文学活動の、ひいては日本の近代文学のひとつの出発点となっていることであろう。ただし、「ドイツ三部作」の文章はいまだに文語調で、その意味ではまさしく西洋文明移入期にふさわしい現象であった。さらに言えば、文語雅文体で書かれたこれらの作品は、作者（書き手）と語り手、作中人物相互間の境界が判然としない、混沌とした物語世界を構成していた。地の文が流麗な書き言葉で綴られ、作中人物の言葉もことごとく文語で記されたため、「語り」は均質で差異がみとめられないのである。鷗外は、自らの体験の再現もふくめて、西洋風の文学はこう書くものだと紹介するにあたって、「(西洋)小説」における語り手の役割を作品中に生かせる口語体の文体をまだ獲得できずにいた。

その後鷗外は、日清・日露戦役に従軍することによって文学関係の執筆活動は下火になっていたが、その間にも翻訳の仕事は怠ったことがなく、「ドイツ三部作」と同じ文体でもって一八九二年に開始したアンデルセン『即興詩人』の翻訳を一九〇一年に完了、翌年刊行している。これにも文語調の雅文体を選ぶことで鷗外は、原作の語り手を窒息させ、翻訳者である自分が代わりに語り手となって再話を試みたのである。鷗外訳『即興詩人』は、西洋文学日本化のひとつの達成を示す典型的な作品となっただけではなく、鷗外の西洋で過ごした夢のような青春時代へのオマージュでもあった。(2)

西洋文学という「異文化」移入の努力と、それに伴う新しい文体の模索は、日露戦争後になってから本格的に展開された。鷗外は、翻訳家として西洋文学の紹介者であり続ける一方、自らも小説家となって口語体で創作を発表するようになった。

一九〇九年になって『半日』『追儺《ついな》』『懇親会』『魔睡』『大発見』とたて続けに自伝風の小品を執筆するのであるが、以前と異なり、口語体を駆使して輪郭のはっきりした「個人」の描写が可能になっていた鷗外は、「(西洋)小説」という形式を用いて自己の「愛欲」と「虚栄心」を掘り下げる作業に没頭していく。国を挙げて進路を模索していた時代、鷗外も自分探しに出発した。西洋で身をもって味わってきた「自由」、その自由が文学形式として体現されていた「(西洋)小説」を利用して鷗外は、自己の分身である「(文学)青年」を志願する主人公を造形し、「愛欲」に囚われ、「虚栄心」に弄ばれながらもなおかつ出世と成功を夢見る若者を描く作品に取り組んだ。

一九〇九年、折からの自然主義文学隆盛の向こうを張って創刊された雑誌『スバル』に『椋鳥《むくどり》通信』が連載されるに及んで、西洋文学通であった鷗外の活躍の場は一気に拡充された。その波に乗ってノルウェーのイプセン『ジョン・ガブリエル・ボルクマン』、デンマークのウィード『ねんねえ旅籠』、スウェーデンのストリンドベリ『債鬼』といった北欧の作家の作品を中心に翻訳が次々とすすめられ、夫婦間の葛藤、エロスの問題に焦点があてられたこれらの作品群に呼応するように、鷗外の日本版性欲史『ヰタ・セクスアリス』が執筆されたのである。

これは、以下、『青年』『雁』『灰燼』と続く、芸術家小説『即興詩人』の系譜に連なる一連の「教養小説(ビルドゥングスロマン)」の試みの端緒であった(3)。鷗外は、「自己」を投影できる人物を主人公に選び、その自我に「自己」の主観を代弁させて、「いかに生きるか」という教養小説本来の主題を追求したのである。

ところが、主人公の造形をはじめ、鷗外が若い留学生として過ごした西洋での体験など、自伝的な要素を直接間接に作品中にちりばめたことによって、「(西洋)小説」の要である虚構の「語り」に歪みが生じた。その歪みこそ鷗外の仕掛けた操作であり、鷗外はそうすることによって「自己」の実生活の虚構化、もしくは神話化を目論んでいたとも言える。『ヰタ・セクスアリス』は鷗外の偽装され操作された自伝であった(4)。

翌一九一〇年、鷗外は心機一転して『青年』に取りかかり、半自伝的性欲史を執筆するプロジェクトを継続する。表題を「文学青年」としてもおかしくなかった『青年』は、三人称の小泉純一が主人公の中途半端な教養小説であった。『青年』執筆中に書かれた小品『普請中』の中の言葉を引用するまでもなく、この時期の鷗外にとって、「ここは日本だ」、日本は普請中だという認識は、日本文化全般にわたっていたのはもちろんのこと、鷗外自身の創作方法にもあてはまっていた。原語で読む西洋の作品に表現されている「自己」、「自己」が確立されていることで得られる「自由」、その「自由」を味わって生きている「自己」——そうした世界が、翻訳の中では日本語でもかろうじて写すことができていたのだが、創作となるとたちまち輪郭があいまいになってしまっていたのである。

『青年』はおとぎ話的に構成され、アヴァンチュールに満ちたストーリーが次々と展開されている。人物は日本人でありながら、「普請中」の国日本ではいまだ見果てぬ夢の「西洋」風の生活の諸相と人間模様のカリカチュアが、日本語で語られているのである。おびただしい数のフランス語がカタカナの振り仮名をつけられて原語のままで日本文に挿入されているが、それこそ未消化の「西洋」、日本の土壌にあっては非現実の「西洋」の象徴であった。

一九一一年九月、『青年』中断に引き続いて雑誌『スバル』に連載された『雁』は、『青年』が取り組んでいた教養小説風半自伝的性欲史を、手法を変えて別の角度から執筆した作品だった。「愛欲」と「虚栄心」のテーマが、ヒロインお玉を軸に展開され、語り手の「僕」は、美青年岡田のドッペルゲンガーのようになったり、お玉を囲っている末造に分裂したりして、「語り」の機能に備わる虚構の可能性が存分に活用されている。鷗外は、「語り」の視点を操作することによって、自己の分身とおぼしき作中人物たち相互の関係をあいまいにし、作者の自己そのものを神話化することに成功していた。鷗外は、「(西洋)小説」の神髄を心得ていたのである。

作品の舞台は東京、作中人物も日本人であるが、装置を置き換え衣装を取り替えればベルリンの出来事と見なしてもおかしくないほどに、『雁』は意匠としては西洋的な作品である。『青年』中の坂井夫人同様、お玉も日本人がモデルである必要などない。作品中で岡田はドイツへ向けて出発するが、もしも舞台がドイツだったなら、行き先は日本となる。『雁』は、鷗外のドイツでの留学時代、青春時代の夢が、憧憬のうちに結晶したような作品とも言えるだろう。

『雁』と並行して執筆され、ひと月遅れて一九一一年十月から『三田文学』に連載された『灰燼』は、陰気な文学青年山口節蔵が主人公の、『青年』の陰画のような作品である。節蔵は、何かものを書きたいという取りつかれたような欲望を、満たされない性欲に絡ませている。『青年』の純一と比べて、その影の部分をえぐり出したような節蔵は、暗く陰湿でニヒリスティック、テロリストにもなりかねない不気味な存在である。節蔵はしかし、その独白ばかりが一人歩きをしている印象が強く、実在感が不足している。愛を語るつもりでいても結局は自分の肉欲に向き合わされ、エロスの解剖を余儀なくされる。小心で臆病なために、異性に恋焦がれることはあっても対話は生まれず、したがって愛も芽生えず、そのはけ口として、ものを書かずにはいられなくなる。節蔵同様、それが鷗外の小説執筆のメカニズムであったろう。しかし、その小説は完結されることがない。

翻訳することで熟知していた西洋文学の諸作品の水準を知っていただけに、憧れの「(西洋)小説」の世界の中に自由な自己のアイデンティティーを求めかつ挫折を続けていた鷗外の焦燥ぶりは想像にあまりある。

歴史小説と翻訳の平行と交叉

そんな時に明治天皇が崩御し、一九一二年七月三十日に大正改元となった。『雁』『灰燼』連載中に起こった不慮の出来事である。同年九月、乃木希典大将の殉死に接して鷗外は、ほぼ衝動的に『興津弥五右衛門の遺書』を書き、十月に『中央公論』に発表、同じ『中央公論』に翌年一月には『阿部一族』を、四月には『佐橋甚五郎』を載せた。

従来の研究はここに鷗外の歴史小説への移行を確認し、取り扱われた題材と時代背景が日本の歴史的過去であったために、ただちに鷗外の「日本回帰」を云々するのであるが、実はこの時期、鷗外の翻訳が続々と紡ぎ出されていたのである。翻訳のかたわらに歴史小説を書き進めていたといっても過言ではない。鷗外は、歴史小説執筆への過渡期にあっても、翻訳の仕事を休むことはなかった。この事実はずっと看過され続けてきているので、あらためて強調しておきたい。翻訳とその前提をなす西洋の文学は、鷗外にとって、終始一貫してインプットの源泉であり続けたのである。

一九一三年に鷗外はゲーテの『ファウスト』を翻訳上梓したが、この大著の翻訳の合間に『興津弥五右衛門の遺書』と『阿部一族』は書かれたのであり、『佐橋甚五郎』(四月)が書かれてから『雁』の連載が五月に中断され、その後ただちに着手された『マクベス』の翻訳が完成したのが七月、『護持院原の敵討』が十月に発表された後に鷗外はイプセンの『ノラ』(『人形の家』)を同じ十月に翻訳発表した。

翻訳と歴史小説(劇)を書き分けて発表する傾向は一九一四年にも受け継がれ、『大塩平八郎』『堺事件』『安井夫人』などが書かれた。

「愛欲」「虚栄心」をキーワードに、日本の社会で近代的個人たらんとする人間が「いかに生きるか」を探った教養小説を書く作業を、鷗外は西洋文学をモデルに構築してきた。それを「忠誠」「名誉」など、封建社会に典型的なキーワードに置き換えて、事件に巻き込まれた個人が集団の中でいかに行動するか、ここはの瞬間にいかに反応するかを掘り下げる場として、近い過去である江戸時代を選んで『阿部一族』から『大塩平八郎』にいたる歴史小説を執筆したのであった。それはドキュメンタリー風な聞き書きであったり、ごく少数の史料をもとに組み立てた叙事的な再話であったので、『堺事件』までは一種の「翻訳」と見なされうる作品群であった。それは鷗外の歴史小説一般に言えることであった。鷗外の西洋文学作品の翻訳と、歴史小説の執筆は、方法的には同一だったと言えるかもしれない。作者が作中人物になりすまして「自己」に関する神話を紡ぎ出すことはもはやなされず、主題が統一されたのに対応するように、作者は語りに集中し、語りの視点も次第に固定されていく。

これがいわゆる「歴史其儘」の作品群であるが、一九一五年になると鷗外の作品の様相が一変し、『山椒大夫』『魚玄機《ぎょげんき》』『ぢいさんばあさん』『最後の一句』といった作品において、西洋の「新しい女」に対応する健気《けなげ》で献心的な女性像を日本（東洋）の歴史の中に求めていくようになる。鷗外は『安井夫人』発表以後、徐々に「歴史離れ」を行ない、同じ史実に題材を取りながらも、事件そのものではなく人物に、瞬間の出来事ではなくそのプロセスに焦点を合わせるようになる。テーマ中心の、あたかも現代小説のような歴史小説を執筆したのである。それは「翻訳」から「脚色」への移行であった。けれどもそれらの作品はあくまでも歴史小説の衣装をまとっており、鷗外のテーマがパラフレーズされていた。しかも、鷗外における理想的な女性への無限の憧憬、その底に流れている感情の迸《ほとばし》りは疑いなく「(西洋)小説」起源のものであった。『山椒大夫』の安寿、『魚玄機』、『ぢいさんばあさん』のるん、『最後の一句』のいちを見よ。

鷗外は初期の「歴史其儘」の小説では史実をストーリーの裏付けとして利用していたが、この時期の「歴史離れ」した小説では、史実はインスピレーションの出所であり、テーマにあわせて「脚色」されるべきストーリーの原点であった。これに対して、史実の追求がそれ自体目的となり、趣味の対象となるのが、続く一九一六年の一月に連載が開始された『渋江抽斎』以下のいわゆる史伝と呼ばれる作品群である。『渋江抽斎』に続いて大作『伊沢蘭軒』が六月から翌年九月まで延々と連載されたが、『渋江抽斎』執筆まで顕著だった「(西洋)小説」を書く意志はここにいたって幾分薄れた。鷗外の史伝は、鷗外が自己のアイデンティティーを投射できる人物を求めて史実の原始林に分け入る語源学的踏査の軌跡であった。ここでは、「(西洋)小説」作品を統御する、作者によって操作された語り手が、読者に直接「物を語る」純粋な語り手に変身している。

現代小説から歴史小説に転向した鷗外は、時間軸を過去の領域に移動したが、そこでは依然として語り手の時間と語られたストーリーとの間に「共時性」が維持されていた。そこに編年体による年代記風の「通時性」を導入して、「自分はいかに生きるか」ではなく、自分の尊敬する先人が「いかに生きたか」を憧れつつ追求したのが鷗外の史伝である。その人物像に自己を投影、同化することでアイデンティティーの回復を図ろうとしただけではなく、先人の没後をも記述の対象とし、そうすることで「時間」の経過そのものを語りの背後に浮上させることになった。それは、過去について語る視点を語りの現在に固定させたことで可能になったのであった。

「(西洋)小説」中では見えない存在であった虚構の語り手が、史伝では作中に「わたくし」として登場して読者に直接語りかける。「(西洋)小説」の虚構の語り手は消失し、語りの視点は作者鷗外のそれに固定される。これは、語りを自主的かつ意識的に「物語(虚構)化」し、それに明確な構造を与える「(西洋)小説」の方法からの逸脱である。「(西洋)小説」の神髄である、真実らしさを演出する有機的に構成された語りを放棄し、作品の真実を史実の有無とその信頼度に求めるようになったからである。「ロマネスク」の放棄と言ってもよい。ここにおいて鷗外の史伝の文学性は、「(西洋)小説」の規準から解放されて、表現の論理性と洗練度、言葉のみに依拠されるようになった。

当然のことながら、描写の対象が人物の行動の軌跡と外面的諸条件に限定され、人物の内面生活が想像され推測されることはあっても描写されることはない。そして、記述の根拠は史実からの「引用」、あるいは「聞き書き」の複写として書き綴られる。史実を種に再話を紡ぎ出すのではなく、書かれた史実を「引用」することで史実に語らせ人物を凝視するのである。言うまでもないことだが、史実からの「引用」ならびに聞き書きの内容の再現には意識的、無意識的とを問わず、一定の規準に基づいての選択があり、その意味で、鷗外の史伝は失われた「過去」の恣意的な操作であったと言える。

先人の間に友を求める

『妄想』の中で切々と語られているように、鷗外の孤独感には底知れないものがあった。明るく自由な青年時代を過ごしたドイツ時代をなつかしみ、取りつかれたように「(西洋)小説」の中に自己を投影できる人物を求めては自らの作品にその日本版を再現してみていた鷗外だったが、いったん「自己」を離れて歴史的事実を扱い(「歴史其儘」)、さらには理想の女性像を史実の中に探した(「歴史離れ」の)小説作品の執筆を経て、史伝を書くことでふたたび自分探しに戻ってきた。もはや同時代の西洋文学ではなく、なつかしい一時代前の儒者の間に友を求めるようになった。考証学、医術の方面での先輩たちが生きていた日本、故郷が恋しくなったのである。その方法も、「翻訳」や「脚色」から「引用」に移った。「史料其儘」の世界である。それにともない、西洋文脈の正確無比な現代文のスタイルが、漢文風の簡潔枯淡の散文に変わった。かつてのハイカラで西洋趣味の「文学青年」鷗外が、近代の文人に変身したのである。これは退化どころでなく、日本の文学伝統を「(西洋)小説」に濾過させて達成した独自の創造であった。語り手を無色透明にし、「自己」を語らず、言葉だけが存在する作品の創造であった。鷗外は「小説離れ」をした。

鷗外は、自分探しという欲求から特定の過去を選択し、史実からの「引用」を行ない想像力をたくましくすることで、青年時代に憧れた西洋という「異文化」の記憶に代わるべき新たな幻影を史伝として書き記したのだった。しかし、自分探しの戦略こそ変更されたが、鷗外はついに自分の生を、自分の思うように生きることはなかった。あとに残されたのは、鷗外が執念に取りつかれたごとく書き継いだ『北條霞亭』(一九一七年十月から二〇年一月まで)を埋め尽くしている、おそらく翻訳不可能なほどに洗練された史伝の文章、西洋文学を翻訳し「日本化」する過程で生み出された古風ながらも的確明快な口語体の文章語であった。それはまさしく西洋文学の「超越化」であった。森林太郎は死んでも、鷗外は生き続けているのである。

註

(1) いやいや帰国せざるをえなくなった状況を虚構化したのが『舞姫』という作品ではなかったか。
(2) 長島要一『森鷗外の翻訳文学——「即興詩人」から「ペリカン」まで』(至文堂、一九九三年)第四章を参照。
(3) 長島要一「鷗外訳『即興詩人』の系譜学」(『講座森鷗外2　鷗外の作品』新曜社、一九九七年)を参照。

（4） Yoichi Nagashima, "Point of View in Mori Ogai's Works: Means of Manipulation"（『国際東方学者会議紀要』第四一冊、東方学会、一九九六年）を参照。

Ⅲ　鷗外「日本回帰」の軌跡――「(西洋)小説」の日本化とその超越

鷗外が、もしくは鷗外も「日本回帰」を果たしたという説には、漠然としていながらどこか動かしがたいものがあるように思われる。しかしその「回帰」の兆候がいかなる現象に示され、その過程はどのようなものであったかとなると、たちまち議論があいまいになってしまう。鷗外は乃木将軍殉死以後、歴史小説、史伝を書くことで日本の伝統へ「回帰」していったとか、江戸時代の儒者の生きざまを淡々と綴った『渋江抽斎』ほかの史伝の執筆をもってその証とするなどと通説は言うのであるが、鷗外の作品群を詳しく検証してみれば、「回帰」などと単純には言い切れないことが判明してくる。(1)「回帰」していくべき「日本」像を確定しなければ議論が成立しないであろうことは当然として、まず何よりも、「回帰」という現象の測定の方法が明確にされなければ、ただでさえおぼろげな「回帰」という過程のどの時点でそれが果たされたのかを語ることはできまい。

本稿の目的は、西洋からの輸入芸術である「小説」を日本語で直ちに執筆しうるという幻想に近い野望を抱いた鷗外が、「(西洋)」小説の虚構性を脱して日本の「歴史」の世界に移行していき、西洋対日本という「共時性」の座標軸を前近代文学伝統から明治文学を経て新たな日本近代文学の樹立にいたる「通時性」のそれに転換させていった軌跡を、ひとつには「翻訳」という方法が「引用」に取って代わられたとする仮説によって、もうひとつは、作者（書き手）と作中の語り手ならびに作中人物相互の関係が虚構とはいえ暗黙のうちに了解されている「(西洋)小説」の方法が、鷗外にあってはその模倣と移入から始まってその挫折を経てあげくは創造的な放棄にいたったとする仮説によって記述してみることにある。

鷗外文学の転成の過程を「回帰」と呼びうるとしても、それは原点返りではなく、鷗外が近代日本語を駆使して達成した「(西洋)小説」の日本化であり、次元の異なる新しい地点への到達であった。その軌跡は平面上に描きうる環状ではなく、三次元のらせん運動にたとえられるべきものであった。本稿ではまた、「(西洋)小説」の日本化の指標となるべき、作品から徐々に西洋的要素が駆逐されていった過程にも触れることにする。

議論の前提として、鷗外の作品群をさしあたって概観しておくことにしよう。

一

一八八四年、自信にあふれ、好奇心の塊だった鷗外がドイツへ向けて出発した。ドイツ語ができる、西洋事情も、『米欧回覧実記』をはじめ、幕末維新期以来西欧を訪れた留学生や使節団が書き残した記録類を見ることでおおよその見当はついている。衛生事情の研究という、知識吸収の使命を帯びていたとはいえ、鷗外の憧れていたものは、広く西洋文明一般であり、自由と解放感であった。『航西日記』を見よ、『独逸日記』を見よ。そこには西洋への憧れが大らかに語られている。許されさえすれば鷗外はドイツに長期間逗留することを選んでいたかもしれない。それほどに「自由」と「個人」であることを満喫し、そのふたつながらに酔いしれていた鷗外であった。しかし、帰国の日がついにやってくる。[2]

一八八八年、四年間に及ぶ留学を終えて、当時の西洋の首都と呼ぶにふさわしいベルリンから帰還した鷗外は、陸軍省における職務を遂行するかたわら、専門の医学、衛生学関係の論文の執筆はもとより、文学評論、翻訳の分野でも西洋の文明と文学を精力的に紹介していった。文学の方面での以後の活動のマニフェストとでも言うべき『小説論』を一八八九年一月に発表、翻訳も開始するかと思えば雑誌『しがらみ草紙』も創刊した。そして翌一八九〇年に『舞姫』と『うたかたの記』を、九一年には『文づかひ』を発表する。この「ドイツ三部作」は、西欧を舞台に日本人が登場する短篇で、異国情緒があふれ、西洋憧憬の息づいた作品である。ここに象徴的なのは、鷗外の処女作『舞姫』が、西洋文明から帰還した主人公を扱っていながら、作品自体が、鷗外の文学活動の、ひいては日本の近代文学のひとつの出発点となっていることであろう。ただし、「ドイツ三部作」の文章はいまだに文語調で、その意味ではまさしく西洋文明移入期にふさわしい現象であった。さらに言えば、文語雅文体で書かれたこれらの作品は、作者（書き手）と語り手、作中人物相互間の境界が判然としない、混沌とした物語世界を構成していた。地の文が流麗な書き言葉で綴られ、作中人物の言葉もことごとく文語で記されたため、「語り」は均質で差異がみとめられないのである。鷗外は、自らの体験の再現もふくめて、西洋風の文学はこう書くものだと紹介するにあたって、「(西洋)小説」における語り手の役割を作品中に生かせる口語体の文体をまだ獲得できずにいた。

その後鷗外は、日清・日露戦役に従軍することによって文学関係の執筆活動は下火になっていたが、その間にも翻訳の仕事は怠ったことがなく、「ドイツ三部作」と同じ文体でもって一八九二年に開始したアンデルセン『即興詩人』の翻訳を一九〇一年に完了、翌年刊行している。これにも文語調の雅文体を選ぶことで鷗外は、原作の語り手を窒息させ、翻訳者である自分が代わりに語り手となって再話を試みたのである。鷗外訳『即興詩人』は、西洋文学日本化のひとつの達成を示す典型的な作品となっただけではなく、鷗外の西洋で過ごした夢のような青春時代へのオマージュでもあった(3)。

西洋文学移入の努力と、それに伴う新しい文体の模索は、日露戦争後になってから本格的に展開された。

鷗外はすでに一九〇二年にヒッペルの作品『山彦』を口語体で訳してみているが、同年刊行の戯曲『玉匣両浦嶋《たまくしげふたりうらしま》』、翌年のイプセン『牧師』の断片的翻訳と戯曲『日蓮上人辻説法』はいずれも文語体、日露戦後の一九〇六年に書かれた『朝寝』、翌一九〇七年のレールモントフの『宿命論者』までは文語体で書かれていたものの、同時期に発表された小品『有楽門』では地の文こそ文語体であったが、会話の部分には口語体が用いられていた(4)。同年秋に紹介されたショルツの劇『我君』は古風ながらも文体は口語、以後、シュニッツラーの『短剣を持ちたる女』以下の翻訳作品は、翌一九〇八年発表の『アンドレアス・タアマイエルが遺書』を例外として、一九〇九年一月のシュニッツラーの劇『耶蘇降誕祭の買入』にいたる全十四作品、いずれも口語体であった。これら旺盛な西洋文学翻訳の仕事の間に書かれた『能久《よしひさ》親王事蹟』(一九〇八年)と『阿育《あいくおう》王事蹟』(一九〇九年）はいまだに文語であったが、題材をインドとアラビアにとった戯曲『プルムウラ』には五七調の口語体が用いられていた。これ以後の鷗外の作品は、ハウプトマンの戯曲『僧房夢』（一九〇九年一月）の翻訳、『半日』（同三月）以下の創作の区別なく、すべてが口語体で書かれるようになる。

日露戦争後、鷗外は翻訳家として西洋文学の紹介者であり続ける一方、自らも小説家となって創作を発表するようになった。一九〇九年になって『半日』（三月）、『追儺《ついな》』（五月）、『懇親会』（五月）、『魔睡』（六月）、『大発見』（六月）とたて続けに自伝風の小品を執筆するのであるが、以前と異なり、口語体を駆使して輪郭のはっきりした「個人」の描写が可能になっていた鷗外は、「（西洋）小説」という形式を用いて自己の「愛欲」と「虚栄心」を掘り下げる作業に没頭していく。国を挙げて進路を模索していた時代、鷗外も自分探しに出発した。西洋で身をもって味わってきた「自由」、その自由が文学形式として体現されていた「（西洋）小説」を利用して鷗外は、自己の分身である「（文学）青年」を志願する主人公を造形し、「愛欲」に囚われ、「虚栄心」に弄ばれながらもなおかつ出世と成功を夢見る若者を描く作品に取り組んだ。

一九〇九年、折からの自然主義文学隆盛の向こうを張って創刊された雑誌『スバル』に『椋鳥通信』が連載されるに及んで、西洋文学通であった鷗外の活躍の場は一気に拡充された[5]。その波に乗ってノルウェーのイプセン『ジョン・ガブリエル・ボルクマン』、デンマークのウィード『ねんねえ旅籠』、スウェーデンのストリンドベリ『債鬼』といった北欧の作家の作品を中心に翻訳が次々とすすめられ、夫婦間の葛藤、エロスの問題に焦点があてられたこれらの作品群に呼応するように、鷗外の日本版性欲史『ヰタ・セクスアリス』が執筆されたのである。

これは、以下、『青年』『雁』『灰燼』と続く、芸術家小説『即興詩人』の系譜に連なる一連の「教養小説（ビルディングスロマン）」の試みの端緒であった。(6) 鷗外は、「自己」を投影できる人物を主人公に選び、その自我に「自己」の主観を代弁させて、「いかに生きるか」という教養小説本来の主題を追求したのである。これははなはだ西洋的な試みであった。

ここにいたって鷗外の創作作品は、内容はもとよりその方法にいたるまで「(西洋)小説」になったかに見えたが、口語体という新しい文章語も、日本語の歴史の制約から自由になることはできなかった。特に作中人物、主人公の「自我」をいかに客観的に表現するかという課題、さらに、語り手をいかにして主人公と作者から独立させるかという課題が難問として立ちはだかっていた。これは主として自然主義文学者の間で「描写」の問題として議論されていた問題でもあったが、西洋近代のリアリズム文学を手本にして出発した日本の近代文学全体が避けて通ることを許されない難関で、その点では鷗外も例外ではなかった。

それとは別に、主人公の造形をはじめ、鷗外が若い留学生として過ごした西洋での体験など、自伝的な要素を直接間接に作品中にちりばめたことによって、「(西洋)小説」の要である虚構の「語り」に歪みが生じた。その歪みこそ鷗外の仕掛けた操作であり、鷗外はそうすることによって「自己」の実生活の虚構化、もしくは神話化をも目論んでいたとも言えるのであるが、ことはそう単純ではなかった。(7)

もともと「語り」には「自伝的物語」と「歴史的物語」しかない。(8) ただ、「自伝的な物語」として小説を構築する場合、作中人物と語り手との関係をどう操作して虚構化するかという点が問題になる。一人称の語り手金井湛《しずか》を主人公とした『ヰタ・セクスアリス』において鷗外は、十九歳で哲学の卒論を書いて以来「なんにも書かない」(一二四頁)はずだった金井に小説のようなものを新聞に書かせ、つじつまのあわない話にしてしまった。(9) これは単なる不注意なミスなどではなく、一人称の「語り手」金井の信憑性が疑われるようにすることで『ヰタ・セクスアリス』の全体を虚構化しようとしたものであり、『ヰタ・セクスアリス』が鷗外の偽装され操作された自伝である所以である。

『ヰタ・セクスアリス』は、日本の自然主義作家の愛欲生活を描いた作品に対抗して書かれたのみではない。口語体による近代日本語によって、性欲、エロスに絡めて「自我」の成長を語りえる「語り」の方法論を、西洋の教養小説になぞらえることによって追求した作品であった。だが、虚構化の過度の試みが災いして作品世界の構築に破綻が生じていた。語り手の視点が定まらず、語りの真実らしさに亀裂が入ったため、『ヰタ・セクスアリス』は袋小路に陥ってしまった。発禁にはならずとも、「(西洋)小説」の基準から言えばこれは明らかに失敗作であった。

翌一九一〇年、鷗外は心機一転して『青年』に取りかかり、半自伝的性欲史を執筆するプロジェクトを継続する。表題を「文学青年」としてもおかしくなかった『青年』は、三人称の小泉純一が主人公の中途半端な教養小説である。『ヰタ・セクスアリス』同様この作品でも「語り」の視点にさまざまな乱れが生じ、それがふたたび『青年』を鷗外の「半自伝」と見なしうる根拠を与えている。鷗外の書かれざる自伝の諸要素、実人生での体験の諸相が、信頼のおけない「語り手」によって語られたというまさにその事実によって「書き手」(作者)が表面に浮上しているからである。

「語り手」の知りえないこと、主人公純一の目に見えないことの両者を語りえる人物は「書き手」以外にはない。それは「アンデルセンの……つまらない作品〔『即興詩人』〕を、……暇潰しに訳した」鷗外ならぬ「鷗村」という名で作中に自嘲たっぷりに登場させられている人物ではなく、あくまでも作者の鷗外であった。

鷗外は『青年』においてさまざまな「語り」の装置をほどこし、「(西洋)小説」の可能性を実験していたかに見えるが、どこまで意識的であったのかは疑問である。「語り」の文体と、純一の日記の文体が同一なのはなぜなのか。第十章と第十五章、「告白」の形をとられた「純一が日記の断片」は、「今の形の儘でか、又はその形を改めてか、世に公にする時が来るだらうか」(三八五頁)と疑われるような「半個人的な」告白であり、しかも「拙い小説のやうな日記」(三八九頁)でもあった。これこそ、別個であるはずの「語り手」と三人称の主人公純一との相関関係を暗示する説明ではないか[10]。

かと思うと第二章は全体が自然主義の流行作家大石の視点から記述されている。また第二十一章でも、純一と大村が親しく語り合う場面で、いきなり大村の考えが「語り手」の口から直接語られる。三人称の純一と「語り手」が不即不離の関係にあったように、大村と純一の間には、まさしくドッペルゲンガーの関係があったと言える。自己の分身を作中に登場させるやたちまち語り手と作中人物との関係があいまいになってしまうのである。

だれが何を考え語っているかという「語り」のレヴェル以前の、だれが何を見ているかという「視点」のレヴェルでの混乱とあいまって、結局、「自己」と「他者」、語り手と作中人物との区別がつかなくなってしまった。

『青年』にはほかにも視点の転換、視点の不統一を指摘できる箇所が散在するが[11]、主人公をふくめて作中人物たちから「語り手」を独立させようと試みて失敗している点がかえって「語り」の緊張をほぐし、「語り」の世界に新鮮な空気を吹き込んでいると言えなくもない。所詮小説は何をどう書いてもよいのであり、じじむさいコメントを純一にさせたりするかと思えば、純一が清純な女性のお雪、年上の未亡人坂井夫人、芸者のおちゃらと次々と交渉をもちつつ青年らしく若々しく情熱的に生きるさまを描いた夢物語にすることもできたのである。それこそ「(西洋)小説」の虚構の力であり、鷗外は意識的にかつ遊び心でそれを満喫していたはずである[12]。

それでもやはり鷗外は、自分の書く作品が「(西洋)小説」と同種ではないことに気がついていた。『青年』執筆中に書かれた小品『普請中』の中の言葉を引用するまでもなく、この時期の鷗外にとって、「ここは日本だ」、日本は普請中だという認識は、日本文化全般にわたっていたのはもちろんのこと、鷗外自身の創作方法にもあてはまっていたのである。原語で読む西洋の作品に表現されている「自己」、「自己」が確立されていることで得られる「自由」、その「自由」を味わって生きている「自己」――そうした世界が、翻訳の中では日本語でもかろうじて写すことができていたのだが、創作となるとたちまち輪郭があいまいになってしまっていたのである。

『青年』の連載された一九一〇年は、日本の文化、思想界に波が高かった年である。ハレー彗星が出現し、大逆事件が起こり、韓国が併合された。けれどもその前年の十一月には、鷗外が訳したイプセンの『ジョン・ガブリエル・ボルクマン』が有楽座で上演されていた。この劇には年上の未亡人と恋仲になった青年が登場するが、『青年』を執筆しつつ鷗外の想像は、坂井未亡人と純一のイプセン劇観劇の日から始まった愛欲劇を語りながらも、イプセンの世界だけではなく、若き留学生だった滞欧時代へも飛翔していたにちがいないのである。『青年』はおとぎ話的に構成され、アヴァンチュールに満ちたストーリーが次々と展開されている。人物は日本人でありながら、「普請中」の国日本ではいまだ見果てぬ夢の「西洋」風の生活の諸相と人間模様のカリカチュアが、日本語で語られているのである。おびただしい数のフランス語がカタカナの振り仮名をつけられて原語のままで日本文に挿入されているが、それこそ未消化の「西洋」、日本の土壌にあっては非現実の「西洋」の象徴であった。

近代小説は、作者の内面を「語り」という装置に入れて虚構化し、もうひとつの世界を再現して見せる儀式である。鷗外は、『青年』の中で主人公に自己の思想を代弁させることに成功してはいても、ただそれだけの作品を書いてしまった。次から次へと西洋の書物や作品が語り手によって引用され紹介されても、それは主人公に血肉化されることはない。西洋風小説構築への意志は認められても、作品中の時間が二カ月余しか経過しない一篇を教養小説風に構成することなど、所詮無理な企てであった。

一九一一年九月、『青年』中断に引き続いて雑誌『スバル』に連載された『雁』は、『青年』が取り組んでいた教養小説風半自伝的性欲史を、手法を変えて別の角度から執筆した作品だった。「愛欲」と「虚栄心」のテーマが、ヒロインお玉を軸に展開され、ここでも語り手の「僕」は、美青年岡田のドッペルゲンガーのようになったり、お玉を囲っている末造に分裂したりして、「語り」の機能に備わる虚構の可能性が存分に活用されている。鷗外は、「語り」の視点を操作することによって、自己の分身とおぼしき作中人物たち相互の関係をあいまいにし、作者の自己そのものを神話化することに成功していた。鷗外は、「(西洋)小説」の神髄を心得ていたのである。

作品の舞台は東京、作中人物も日本人であるが、装置を置き換え衣装を取り替えればベルリンでの出来事と見なしてもおかしくないほどに、『雁』は意匠としては西洋的な作品である。坂井夫人同様お玉も、日本人がモデルである必要などない。作品中で岡田はドイツへ向けて出発するが、もしも舞台がドイツだったなら、行き先は日本となる。『雁』は、鷗外のドイツでの留学時代、青春時代の夢が、憧憬のうちに結晶したような作品とも言えるだろう。

『雁』と並行して執筆され、ひと月遅れて一九一一年十月から『三田文学』に連載された『灰燼』は、陰気な文学青年山口節蔵が主人公の、『青年』の陰画のような作品である。節蔵は、何かものを書きたいという取りつかれたような欲望を、満たされない性欲に絡ませている。ここで節蔵の愛欲と虚栄心の対象となるのは、『青年』中のお雪に相当する娘お種で、一方、節蔵に寄り添うようにして作中に登場し、前二作同様語りの視点に二重性をもたらすのが相原という青年である。節蔵と相原も、東京の町で日本人に囲まれて生活をしているが、読むもの、考えること、ことごとく西洋的でないものはない。ただ、『青年』の純一と比べて、その影の部分をえぐり出したような節蔵は、暗く陰湿でニヒリスティック、テロリストにもなりかねない不気味な存在である。節蔵はしかし、その独白ばかりが一人歩きをしている印象が強く、実在感が不足している。節蔵の、何かものを書きたいというこだわりこそ強調されているものの、何をどう書くのか、そもそもなぜ書かねばならないのかが語られることはない。それは自明のこと、もしくは強迫観念のように繰り返されるのみである。その不透明さと表裏をなしているかのごとく、『灰燼』中の語りの視点は定まらず、混乱さえしている。語りの視点が固定される必要はないが、語りに工夫をこらして一定の効果を上げるために視点が移動されるのではなく、恣意的と思われるほどに浮遊しているのである。それはあたかも、語りを操作することによって何かを隠蔽しようとしているようだ。語りの内容が自伝的な要素を含んでいるからであろうか。同じことは『雁』についても言えた。そこでも視点が次から次へと飛び、言葉を費やせば費やすほど真実らしさが薄れていく構造になっていた。語り手の虚構化がしっかりとなされておらず、語り手が知りえないことを語らせてしまったりすることで、語り手が作者（書き手）自身であることが暴露され、真実らしさどころか、すべてが不首尾な作り話、夢物語であることが判明してしまうのである。『灰燼』の主人公は表題にふさわしく灰色の人生を送っていたが、彼が燃えつき灰にならないうちに作品は中断された[13]。

もともと近代小説は、特に日記体や告白体を用いずとも、作中人物の内面生活を描写し語ることによって人間心理の真実らしさを表現できる装置であったはずである。ところが『青年』『雁』『灰燼』においては、作者ののっぴきならぬ言い訳や説明、思想や信条などの開陳が、語りの本来の機能を鈍らせてしまっている。西洋文明の精髄のようでもあった「(西洋)小説」の虚構の世界に心酔して憧れ、その移植と日本での土着化に心熱を燃やしていた鷗外は、目標がいかなるものであるかを知っていた分だけ余計に激しく何度も失望していたにちがいない。「(西洋)小説」は、いやが応にも作者の自己を多かれ少なかれむき出しにしてしまう。「(西洋)小説」を執筆しつつ鷗外は、それに気がつく度に自制心を働かせて予防線を張り、必要以上に操作を行なっては爺むさい説明まで作品中に挿入するにいたった。愛を語るつもりでいても結局は自分の肉欲に向き合わされ、エロスの解剖を余儀なくされる。小心で臆病なために、異性に恋焦がれることはあっても対話は生まれず、したがって愛も芽生えず、そのはけ口として、ものを書かずにはいられなくなる。節蔵同様、それが鷗外の小説執筆のメカニズムであったろう。

翻訳することで熟知していた西洋文学の諸作品の水準を知っていただけに、憧れの「(西洋)小説」の世界の中に自由な自己のアイデンティティーを求めかつ挫折を続けていた鷗外の焦燥ぶりは想像にあまりある。

二

そんな時に明治天皇が崩御し、一九一二年七月三十日に大正改元となった。『雁』『灰燼』連載中に起こった不慮の出来事である。鷗外は九月に『雁』(拾玖)を『スバル』に発表した後、翌年三月に(弐拾)を発表するまで休載、さらに五月に(二十一)を掲載したまま連載を中断した。[14] また『灰燼』も、一九一二年九月から十二月まで、(拾陸)から(拾玖)まで『三田文学』に発表したきり、以後中断して未刊に終わらせた。[15] その間に鷗外は、一九一二年九月、乃木希典大将の殉死に接してほぼ衝動的に『興津弥五右衛門の遺書』を書き、十月に『中央公論』に発表、同じ『中央公論』に翌年一月には『阿部一族』を、四月には『佐橋甚五郎』を載せた。

従来の研究はここに鷗外の歴史小説への移行を確認した。柄谷行人も、一九一三年六月に改稿された『興津弥五右衛門の遺書』に、作品に「主題」を持ち込むことを否定した歴史小説、一つの焦点を結んで統一された作品構造を持つ近代文学を解体する歴史小説の始まりを見ている。(16)

作品構造の解体はともかくとして、取り扱われた題材と時代背景が日本の歴史的過去だったために、ここからただちに鷗外の「日本回帰」が云々されるのであるが、実はこの時期、鷗外の翻訳が続々と紡ぎ出されていたのである。翻訳のかたわらに歴史小説を書き進めていたといっても過言ではない。鷗外は、歴史小説執筆への過渡期にあっても、翻訳の仕事を休むことはなかった。この事実はずっと看過され続けてきているので、あらためて強調しておきたい。翻訳とその前提をなす西洋の文学は、鷗外にとって、終始一貫してインプットの源泉であり続けたのである。(17)

一九一三年に鷗外はゲーテの『ファウスト』を翻訳上梓したが、この大著の翻訳と、同じゲーテの戯曲『ギョッツ』の雑誌『歌舞伎』への連載(一九一二年十月から一三年三月まで)をはじめとする諸短篇作品の翻訳の合間に『興津弥五右衛門の遺書』と『阿部一族』は書かれたのであり、『佐橋甚五郎』(一九一三年四月)が書かれてから『雁』の連載が五月に中断され、その後ただちに着手された『マクベス』の翻訳が完成したのが七月、『護持院原の敵討』が十月に発表された後に鷗外はイプセンの『ノラ』(『人形の家』)を同じ十月に翻訳発表した。さらにこの間には、『阿部一族』と同時期に、画家大下藤次郎に関する種本のある現代小説『ながし』(一九一三年一月)、『鎚一下《ついいっか》』(同七月)も執筆された。

ちなみに『鎚一下』は、『かのやうに』(一九一二年一月)、『吃逆《しやつくり》』(同五月)、『藤棚』(同六月)と書き継がれていた連作の最終篇で、その主人公五条秀麿は子爵の令息、私費でベルリンに留学して研究生活を送った経験があり、いずれは国史を執筆する計画のある若き学者である。秀麿も鷗外の分身のひとりであり、この連作は、鷗外の歴史小説への傾斜を納得させるものであった。

翻訳と歴史小説（劇）を書き分けて発表する傾向は一九一四年にも受け継がれる。翻訳ではストリンドベリの戯曲『稲妻』、ホフマンスタールの劇『謎』のほかに小品を六作、『大塩平八郎』（一月）、『堺事件』（二月）、『安井夫人』（四月）、『栗山大膳』（九月）が書かれるかたわらに歴史劇『曾我兄弟』（三月）も発表された。『堺事件』は、少数の史料をのみ利用して、それをあたかも翻訳・脚色するかのようにして執筆されていたが、それは鷗外の歴史小説一般に言えることであった[18]。鷗外の西洋文学作品の翻訳と、歴史小説の執筆は、方法的には同一だったと言えるかもしれない。ちなみにこの年には現代小説は発表されていない。

ところが一九一五年になると、鷗外の作品の様相が一変する。まず翻訳がブルジェの短篇『鑑定人』の一作のみ、歴史小説が『山椒大夫』（一月）とそれに関連して書かれたエッセイ『歴史其儘と歴史離れ』（一月）、『津下《つげ》四郎左衛門』（四月）、『魚玄機《ぎょげんき》』（七月）、さらに『ぢいさんばあさん』（九月）、『最後の一句』（十月）と続き、その間に芸術家の創作衝動を描いた『天寵』（四月）、鷗外が一人称の「私」を主人公にして語る現代小説『二人の友』（六月）と『余興』（八月）、『本家分家』（十月）が執筆された。鷗外が、三人称にしろ一人称にしろ、自己の分身を主人公にした現代小説を発表したのは、『本家分家』は遺稿であったので、この『余興』が最後になった[19]。以後、作中の主人公もしくは語り手として、特権があるとはいえ所詮虚構世界の機構に閉じ込められていた

「(西洋)小説」の「自己」から、鷗外は徐々に解放されていくのである。一方、これはすでに『安井夫人』に現われていたことであるが西洋の「新しい女」に対応する健気で献身的な女性像を日本(東洋)の歴史の中に求めていくようになる。(20)この時期の鷗外は、歴史的背景のもとに、テーマのはっきりした小説を執筆していた。「自己」を語ることを退けたおかげで語り手としての足場が安定した。視点の移動などの術を弄さずにのびのびと語ることが可能になった分、かえって語り手の影が薄くなり、語りの内容そのものが表面に出るようになったのである。

続く一九一六年には前年同様翻訳がリルケの『白衣の夫人』(一月)一作のみ。このあと一九二〇年一月に仇花のように発表されたストリンドベリの戯曲『ペリカン』まで、鷗外は翻訳に手を染めることはなかった。一九一六年の一月に『高瀬舟』『寒山拾得』と歴史小説の傑作が発表されるかたわら、史伝『渋江抽斎』の連載が開始されたのもこの月であったし、その方法的試作ともいうべき『椙原品《すぎのはらしな》』もそれに先だって同月に発表されていた。(21)五月には『渋江抽斎』の拾遺である『寿阿弥の手紙』が書かれ、それに続いて大作『伊沢蘭軒』が六月から翌年九月まで延々と連載されるのであるが、その間に、一九一七年一月、宮本武蔵に見出されたという無名の武士『都甲《とこう》太兵衛』についての小品を発表した。

『渋江抽斎』執筆まで顕著だった「(西洋)小説」を書く意志はここにいたって幾分薄れ、『興津弥五衛門の遺書』以後、歴史上の事件に題材を求め、少数の史料をもとにそれを「翻訳」・「脚色」するかのように再構成して書き進めていた歴史小説も書かれなくなるかと思えば、「自己」の分身を主人公もしくは語り手にして展開される現代小説も影をひそめるのである。かわりに援用されたいわゆる史伝という方法は、鷗外が「(西洋)小説」執筆の際に「自己」を投影させていた虚構の主人公のかわりに、歴史上の実在の人物に「自己」の理想像を投影させることにあった。史実を種に再話を紡ぎ出すのではなく、書かれた史実を「引用」することで史実に語らせ人物を凝視する方法であった。[22]それは鷗外の「小説離れ」であったと言える。

『伊沢蘭軒』の連載が一九一七年九月に終わるや、鷗外は『鈴木藤吉郎』(九月)、『細木香以《さいきこうい》』(九—十月)を発表、『小嶋宝素』(十月)に続いて十月からは執念に取りつかれたごとく『北條霞亭』の連載に取り組んだ。[23]鷗外の史伝は、『相原品』以来すべて『東京日日新聞』と『大阪毎日新聞』に連載されてきたのであるが、これが十二月末に一時中断されたあと、翌一九一八年二月から一九二〇年一月まで足掛け二年、『帝国文学』に継続して連載された。そしてこの月に、前述したストリンドベリの『ペリカン』が『白樺』に翻訳発表され、同年十月に『北條霞亭』の続稿『北條霞亭生涯の末一年』が『アララギ』に掲載されはじめ、二一年十一月に完結。満六十歳になんなんとしていた鷗外は、偶然の仕業か、それより「生涯の末一年」のほとんどを病床に過ごして没するのである。

三

鷗外の『興津弥五衛門の遺書』の初稿はアレゴリーとして書かれたが、改稿によって殉死のテーマの一般化がなされたと言えよう。『阿部一族』『佐橋甚五郎』『大塩平八郎』はいずれもその応用であった。けれども、これらの作品の執筆をもって鷗外が日本の過去へ目を向けたとは言えても「日本回帰」をしたとは言わない。鷗外における日本の伝統への傾斜は長期にわたるプロセスであって、一夜にしてなったものではない。鷗外は、かねてより興味のあった江戸時代の歴史に題材を取った作品を書くべく座標軸の転換を行なったのは確かであるが、それをもって「日本回帰」とするには、鷗外の小説執筆の方法はまだまだ西洋的でありすぎた(24)。

「愛欲」「虚栄心」をキーワードに、日本の社会で近代的個人たらんとする人間が「いかに生きるか」を探った教養小説を書く作業を、鷗外は西洋文学をモデルに構築してきた。それを「忠誠」「名誉」など、封建社会に典型的なキーワードに置き換えて、事件に巻き込まれた個人が集団の中でいかに行動するか、ここはの瞬間にいかに反応するかを掘り下げる場として、近い過去である江戸時代を選んで『阿部一族』から『大塩平八郎』にいたる歴史小説を執筆したのであった。それはドキュメンタリー風な聞き書きであったり、ごく少数の史料をもとに組み立てた叙事的な再話であったので、『堺事件』までは一種の「翻訳」と見なされうる作品群であったが、時間軸こそ過去に移されたとはいえ、「共時性」が保たれている。作者が作中人物になりすまして「自己」に関する神話を紡ぎ出すことはもはやなされず、主題が統一されたのに対応するように、作者は語りに集中し、語りの視点も次第に固定されていく。けれども、鷗外の「(西洋)小説」を執筆しようとする意志はこれらの作品の構造に端的に現われており、想像をたくましくして歴史上の人物に「対話」をさせたり(『興津弥五衛門の遺書』以下の作品群)、「内的独白」を行なわせ(『阿部一族』『大塩平八郎』)、挿話のさしはさみ(『護持院原の敵討』)や、あげくは架空の人物を造形(『佐橋甚五郎』)したりもしていた。さらに、『大塩平八郎』では、作中における「時間」の取扱いを実験してみてもいるといった具合であった。

これがいわゆる「歴史其儘」の作品群であるが、鷗外は『安井夫人』発表以後、徐々に「歴史離れ」を行ない、同じ史実に題材を取りながらも、事件そのものではなく人物に、瞬間の出来事ではなくそのプロセスに焦点を合わせるようになる。テーマ中心の、あたかも現代小説のような歴史小説を執筆したのである。それは「翻訳」から「脚色」への移行であった。また、「自己」への固執から離れたことにより、一人称小説が影をひそめて三人称小説となり、その主人公としてイプセンの戯曲から抜け出てきたかとも思われる『青年』の坂井夫人の系列には属さない、献身と自己犠牲の象徴のような女性、もしくは大正時代になって登場してきたいわゆる「新しい女」たちが鷗外の作品にも描かれるようになる。けれどもそれらの作品はあくまでも歴史小説の衣装をまとっており、鷗外のテーマがパラフレーズされていた。女性の主人公に尊敬の念を示しつつも作者鷗外がとる距離と、現代的なテーマを歴史的な設定におき直すことで生じる時間的隔たりが、鷗外にロマンティシズムに特有な表現の可能性を与えることになった。単なる叙情、リリシズムではなく、表現こそ抑制されているものの、理想的な女性への無限の憧憬、その底に流れている感情の迸りは疑いなく「(西洋)小説」起源のものである。『山椒大夫』の安寿、『魚玄機』、『ぢいさんばあさん』のるん、『最後の一句』のいちを見よ。作者ならびに語り手の感情移入はあっても、憧憬の中に批判があり、『青年』の中で開陳されていた「利他的個人主義」が透けて見えている。

鷗外は初期の「歴史其儘」の小説では史実をストーリーの裏付けとして利用していたが、この時期の「歴史離れ」した小説では、史実はインスピレーションの出所であり、テーマにあわせて「脚色」されるべきストーリーの原点であった。これに対して、史実の追求がそれ自体目的となり、趣味の対象となるのが『渋江抽斎』以下のいわゆる史伝と呼ばれる作品群である。(25) 鷗外の史伝は、鷗外が自己のアイデンティティーを投射できる人物を求めて史実の原始林に分け入る語源学的踏査の軌跡であった。『渋江抽斎』では、「(西洋)小説」作品を統御する、作者によって操作された語り手が、読者に直接「物を語る」純粋な語り手に変身しようとしている。「しようとしている」とあえて言うのは、鷗外の場合、これもプロセスであって、史伝は当初からそうした方法意識をもって書かれたわけではなかったからである。

現代小説から歴史小説に転向した鷗外は、時間軸を過去の領域に移動したが、そこでは依然として語り手の時間と語られたストーリーとの間に「共時性」が維持されていた。そこに編年体による年代記風の「通時性」を導入して、「自分はいかに生きるか」ではなく、自分の尊敬する先人が「いかに生きたか」を憧れつつ追求したのが鷗外の史伝である。その人物像に自己を投影、同化することでアイデンティティーの回復を図ろうとしただけではなく、先人の没後をも記述の対象とし、そうすることで「時間」の経過そのものを語りの背後に浮上させることになった。それは、過去について語る視点を語りの現在に固定させたことで可能になったのであった。

「歴史離れ」をした小説群にうかがわれていた憧憬と批判性は史伝にも受け継がれたが、一人称にしろ三人称にしろ「(西洋)小説」中では見えない存在であった虚構の語り手が、史伝では作中に「わたくし」として登場して読者に直接語りかけるようになる。作中で語られる人物とその人物について語る語り手が、画然と分離されるのだ。ここに「(西洋)小説」の虚構の語り手は消失し、語りの視点は作者鷗外のそれに固定される。語りという見えない機能の仕掛け人が確かな存在であるということが保証されるのである。これは、語りを自主的かつ意識的に「物語(虚構)化」し、それに明確な構造を与える「(西洋)小説」の方法からの逸脱である。[26]「(西洋)小説」の神髄である、真実らしさを演出する有機的に構成された語りを放棄し、作品の真実を史実の有無とその信頼度に求めるようになったからである。「ロマネスク」の放棄と言ってもよい。ここにおいて鷗外の史伝の文学性は、「(西洋)小説」の規準から解放されて、表現の論理性と洗練度、言葉のみに依拠されるようになった。

当然のことながら、描写の対象が人物の行動の軌跡と外的諸条件に限定され、人物の内面生活が想像され推測されることはあっても描写されることはない。そして、記述の根拠は史実からの「引用」、あるいは「聞き書き」の複写として書き綴られるのである。言うまでもないことだが、史実からの「引用」ならびに聞き書きの内容の再現には意識的、無意識的とを問わず、一定の規準に基づいての選択があり、その意味で、鷗外の史伝は失われた「過去」の恣意的な操作であったと言える。だからこそ、事実の羅列のようでありながら史伝の文章にはリズムがあり、作者が陰に陽に顔を現わしているようでいながら読者にはその声のみ、言葉のみの作品として印象されるのである。けれども、作者はすでに紛れもない近代人であり、史伝の語り口が、作中人物自らが書き残した文章と文体を同じくすることはもはやない。古風にしろ、史伝の文体はあくまでも、「(西洋)小説」の方法の導入とともに鷗外によって養われてきた日本近代の口語体であった。

ただしこれはあくまでも結果論、一般論であって、以上に記したような枠にきちんとおさまる純粋な史伝は『北條霞亭』を待たなくてはならなかった。鷗外は『津下四郎左衛門』の中ですでに史伝の方法らしきものを援用していたが、この作品は語り手の「私」が、その父である津下四郎左衛門について語った作品で、「歴史離れ」の作品群から史伝への移行を暗示していて興味深い。

『渋江抽斎』は鷗外の史伝の第一作として高く評価されているが、ここにはまだ、「歴史離れ」の小説に使用されていた「(西洋)小説」的技巧がほどこされ、作中人物相互の「会話」あり(その三十八、三十九、四十、四十一、四十八、九十四、百四、百五、百七)、内的独白あり(その九十七)、エピソードの再現あり(その六十、六十一、七十四、七十八、七十九)で、時間的構造も操作されて文学的効果をねらっており(その二十五、七十五)、過渡期の史伝と呼ぶべきであろう。逆に言えば、それゆえにこそ、「(西洋)小説」を読み慣れた現代の読者にはまだまだ読み心地のよい史伝だとも言えるのである。

『渋江抽斎』以後の作品でも、語り手である作者があたかもその場に居合わせでもしたかのように会話が直接話法で再現されている箇所が、目についただけでも『寿阿弥の手紙』(十一)、『都甲太兵衛』(三)、『鈴木藤吉郎』(四)、『細木香以』(十五)にある。『伊沢蘭軒』でも、主として聞き書き中のエピソードを紹介する章において会話が直接話法で伝えられている(たとえば、その百八十七、百九十、百九十二、二百七十八、二百七十九、三百十五、三百三十など)。ところが、『伊沢蘭軒』に続いて発表された『小嶋宝素』、さらに『北條霞亭』になると、こうした会話はことごとく抹消されるのである。

鷗外は、江戸の儒者を扱った史伝においても西洋語、特にフランス語の使用をなかなかやめなかった。さすがに、現代小説の中でのようには原語を原綴のままで日本文の中にはめ込んでそれにカタカナの振り仮名を付けるということはしなくなっているが、それでもなお、外国語をカタカナで史伝の中に挿入している。

『渋江抽斎』の冒頭の部分だけでも以下の通り。鷗外の小説言語には依然として西洋の影が落ちていたと言ってよいだろう。小品『普請中』は、西洋化の途上にあった日本を風刺していたが、ここには文字どおり、史伝への過渡期にあった鷗外、語彙の選択の上での「日本回帰」に関してはいまだに「普請中」だった鷗外の表現が典型的に現われている。

1　武鑑《ぶかん》のデフィニシヨンを極めて掛からなくてはならない。

2　後の人のレコンストリユクシヨンによって作られた書を最初に除く。

3　西洋で特殊な史料として研究せられているエラルジック。

4　その第《やしき》を諸邸宅のオリアンタシヨンのために引合に出してある。

『普請中』の「その三」だけでも四カ所にこのような表現が見つかる。ただし3は、紋章学の説明なので、「普請中」の鷗外の表現とは切り離して考えて見るべきであろう。参考のためにさらに用例を挙げれば、以下のようになる。

ヂレッタンチスム、コンタポラン、マニュスクリイ（六）、コルレクシヨン（九）、オロスコピイ（十二）、ルヴユウ、テクスト、クリチック（十三）、パニック（十五）、アプロクシマチイフ（十八）、ドラアム（二十）、アマトヨオル（二十一）、レシタシヨン（二十二）、シニック（二十五）、ヂソナンス（二十六）、ボンヌ、ユミヨオル（二十八）、クルズス（独）、アンチパチイ（二十九）、ポッシビリテエ、シチュアシヨン（三十四）、コオル、ヂプロマチック（三十九）、コンマン（独）（四十）、パアル、アンチシパシヨン（四十三）、レアクシヨン（四十六）、ヂレンマ（英）（五十二）、ピエテエ（五十六）、ジェネラシヨン（五十七）、ヂスクレジイ（五十八）、チランン（六十六）、ネメシス（七十）、パルチキュラリスム（八十三）、パッシヨン、クリジス（独）（八十六）、ツオップフ（独）（九十三）、スペルリング（英）、リイダア（英）（九十七）、コンシェルジュ（百八）、ミユチユアリスム、パラジチスム、ビブリオグラフィイ（百十二）

この傾向は当分の間ほかの作品にも継承されるところとなり、たとえば『寿阿弥の手紙』では、プロバビリテエ（七）、コンプリマン、コルレスポンダンス（九）、タンペラマン（十）、トラヂシヨン（三十）が使われ、宮本武蔵の登場する『都甲太兵衛』でさえ、プロバビリテエ（一）、ポッシビリテエ、メカニズム（英）（二）、サンサシヨネル（三）が使われていた。さらに『鈴木藤吉郎』に、コンステルラシヨン（三）の一例、『細木香以』にも、デウス、エクス、マキナア、セニヨオル（一）、クリジス（独）（五）、レジダンス、パルヴニユウ（十五）が使用されている。史実を扱ってはいても、それを処理する作者鷗外の方は、ふと、おそらく無意識のうちにこれらの言葉を用いてしまっていたのであろう。たとえ意識的であったにしろ、それならばなおさらに、外国語の使用が鷗外の「日本回帰」、正確には「（西洋）小説」の日本化の度合を示す指標となりうるのではないか。

史伝の大作『伊沢蘭軒』ではようやく外国語の使用頻度は減っているが、まだ完全に拭い去られていない。鷗外の好みの表現の一覧にもなるので、煩を厭わずあげておく。

クロオニック（二）、ペルスペクチイウ（三）、エスキス（十一）、オオトヂダクト（十二）、ヂスクレヂイ（十五）、ブウドリイ（十六）、ダアト（十七、二十五、二十六）、イロニイ（十八）、コレクシヨン（二十六）、コムプリマン（二十八、九十二）、イニチアチイヴ（四十三）、ギイド（五十七）、プログノジス（ラテン）（六十七）、コレスポンダンス（七十）、カピタン（ポルトガル）、マタルス（オランダ）（八十六）、トリヰアル（九十七）、レゾナンス（百十五）、コントロオル（百二十一）、レジニアシヨン（百五十一）、ワリアンテス（百五十二）、ペダンチック（英）（百五十六）、トポグラフイイ（百六十二）、ルコンスリユクシヨン（百六十四）、アンピュルシイウ（百七十五）、タンペラマン（百八十三）、テモアン、オキュレエル（二百四）、リワル（二百六）、スケプシス（独）（二百九）、マニュスクリイ（二百十五）、アナクロニスム（二百二十四）、ポシビリテエ（二百四十一）、プロバビリテエ（二百四十六）、エパアヴ（二百六十七）、ピエテエ（二百六十八）、キュリオジテエ（二百七十一）、トランシシヨン（二百七十九）、シャンス（二百八十一）、サンチマンタリスム、モラル（二百九十）、ラビリントス（二百九十五）、クリマ、アンヂカシヨン、ヰタリスム（三百）、エクスセス（三百二）、ノン、ド、カレッス（三百二十五）、パロヂイ（三百二十九）

これが最晩年の史伝『北條霞亭』になるとさらに使用例が減り、わずかにフイエルテエ、アリストクラチック（四）、タンタシヨン（七）、ポオズ（八）、ホスピタリテエ（二十）、セニヨオル（四十七）、レクラム（六十七）、ロオル（六十八）、マカニスム（八十二）、コルレスポンダンス（八十六）のみとなる。そしてその後、最終回（百六十四）まで、カタカナ語の使われることはなくなった。

一九一八年秋のことである。

鷗外は一九二〇年一月、『北條霞亭』完結とほぼ時を同じくしてストリンドベリの戯曲『ペリカン』を翻訳発表したが、これが「翻訳」の有終の美となり、ここにいたってようやく鷗外は「(西洋)小説」の日本化のプロセスに終止符を打ったのだった。

おわりに

『妄想』の中で切々と語られているように、鷗外の孤独感には底知れないものがあった。明るく自由な青年時代を過ごしたドイツ時代をなつかしみ、取りつかれたように「(西洋)小説」の中に自己を投影できる人物を求めては自らの作品にその日本版を再現してみていた鷗外だったが、いったん「自己」を離れて歴史的事実を扱い(「歴史其儘」)、さらには理想の女性像を史実の中に探した(「歴史離れ」の)小説作品の執筆を経て、史伝を書くことでふたたび自分探しに戻ってきた。もはや同時代の西洋文学ではなく、なつかしい一時代前の儒者の間に友を求めるようになった。考証学、医術の方面での先輩たちが生きていた日本、故郷が恋しくなったのである。その方法も、「翻訳」や「脚色」から「引用」に移った。「史料其儘」の世界である。それにともない、西洋文脈の正確無比な現代文のスタイルが、漢文風の簡潔枯淡の散文に変わった。かつてのハイカラで西洋趣味の「文学青年」鷗外が、近代の文人に変身したのである。これは退化どころでなく、日本の文学伝統を「(西洋)小説」に濾過させて達成した独自の創造であった。語り手を無色透明にし、「自己」を語らず、言葉だけが存在する作品の創造であった。鷗外は「小説離れ」をしたのである。けれども、それは傷を負わないではすまされないプロジェクトであった。

鷗外は『妄想』の中で次のように告白していた。「生まれてから今日まで……始終何物かに策《むち》うたれ駆られている……自分のしている事は、役者が舞台へ出てある役を勤めているに過ぎないように感ぜられ」ていた。「自分」は、その「背後《うしろ》に、別に何物かが存在してい」るように感じる。次から次へと「役」を勤めてきたが、「赤く黒く塗られている顔をいつか洗って、一寸舞台から降りて、静かに自分というものを考えて見たい」と思っていた。ここで鷗外は、自分で選んで人生を生きることができなかった悔恨を語っているのであるが、これを小説家鷗外の文脈で読み解けば、作品に立体的な構造を与えるために演じてきた操作され粉飾された虚構の語り手、「(西洋)小説」の語り手の役をおりて、自分の書きたいこと、語りたいことだけを淡々と語ってみたい、という望みの吐露にほかあるまい。かつては夢にまで見て自らも演じて見せていた仮面つきの役の数々、その窮屈さから逃れ、近代化の推進に明け暮れた帝国時代日本の国家組織の一員として生き抜いてきた悔恨の一生を振り返って見ること、鷗外は、それを晩年になってようやくふとしたきっかけから実行に移し、老年の傲慢さをもって執拗に貫き通したのだった。史伝が延々と連載された『東京日日新聞』と『大阪毎日新聞』の読者の不興も顧みず、鷗外は書きたいことをことごとく書き留めた。「(西洋)小説」の語りの構造を無視し、虚構の語り手も排除し、あらゆる制約から解放されて言わば「軽み」の境地に達していた鷗外が、自ら敬慕する江戸時代の儒者の人生を再構成すべく、史実の渉猟とそれについて綴る漢文脈の文章のみに賭けたのが史伝であった。同時代の西洋文学に通暁していた鷗外が、そして自らも西洋文学の精華で身を飾ってきた鷗外が、それを次第に放棄しつつ、あげくは『北條霞亭』の後半にいたって武鑑のような文章を紡ぎ出した時、鷗外の「日本回帰」はようやく完遂されたかのように見えた(27)。

けれどもそれはまたしても「妄想」でしかなかったのである。鷗外の「日本回帰」はあくまでも「日本憧憬」であった。鷗外は、二度とベルリンに戻れなかったように、故郷の津和野へも恋しく思いながらも二度と戻ることはなかった。遺書の中で、「石見人森林太郎トシテ死セント欲ス」と言った鷗外の言葉は、史伝中の言葉と等価値であった。鷗外は自分自身の死さえも、「今ここにないもの」に託してしか語れなかったのである。それを思うと、鷗外『妄想』中の言葉ではないが、「なんともかとも言われない寂しさを覚え」て胸が痛む。

それはともかく、鷗外は、近代化の進む大正期の日本において伝統的日本に回帰したかのように見えたが、実際は、自分探しという欲求から特定の過去を選択し、史実からの「引用」を行ない想像力をたくましくすることで、青年時代に憧れた「西洋」の記憶に代わるべき新たな幻影を「史伝」として書き記したのだった。しかし、自分探しの戦略こそ変更されたが、鷗外はついに自分の生を、自分の思うように生きることはなかった。あとに残されたのは、おそらく翻訳不可能なほどに洗練された史伝の文章、西洋文学を翻訳し「日本化」する過程で生み出された古風ながらも的確明快な口語体の文章語であった。森林太郎は死んでも、鷗外は生き続けているのである。日本回帰の軌道から外れて、鷗外はどこか超越した地点へ飛び去ってしまったような感じがする。

註

（1）たとえば篠田一士は「回帰」よりむしろ「衝突」という概念を導入し、ヨーロッパの近代文学の伝統を「原理」、江戸時代まで続いた日本の文学伝統を「生理」と見なして、この両者の「衝突を正面からわが事として書かれた傑作」として鷗外の『伊沢蘭軒』をあげている。篠田一士『伝統と文学』（筑摩叢書、一九八六年）参照。

（2）いやいや帰国せざるをえなくなった状況を虚構化したのが『舞姫』という作品ではなかったか。

（3）長島要一『森鷗外の翻訳文学――「即興詩人」から「ペリカン」まで』（至文堂、一九九三年）第四章参照〔本書Ⅳ章収録〕。

（4）同じ手法は一八九七年に発表された『そめちがへ』ですでに用いられていた。

（5）一九〇九年三月から一三年二月まで。『水のあなたより』（一三年十二月―一四年九月）、『海外通信』（一四年三月―六月）に引き継がれる。

（6）長島要一「鷗外訳『即興詩人』の系譜学」（『講座森鷗外２　鷗外の作品』新曜社、一九九七年）を参照〔本書Ⅴ章収録〕。

（7）Yoichi Nagashima, "Point of View in Mori Ogai's Work: Means of Manipulation"（『国際東方学者会議紀要』第四一冊、東方学会、一九九六年）を参照。

（8）Gerard Genette, *Narrative Discourse Revisited*, tr. Jane E. Lewin, Cornell UP, 1988, pp. 77-78. 邦訳、ジェラール・ジェネット『物語の詩学――続・物語のディスクール』（書肆風の薔薇、一九八五年）八一頁。

（9）引用は『鷗外全集』（岩波書店）第五巻による。

（10）同上、第六巻。

（11）詳しくは前掲（注6）論文中の３「（文学）青年」を参照。

(12) 小泉浩一郎は「森鷗外論」において『青年』をはじめ、明治四十年代の鷗外の主要作品には、作者の自己解体へのモチーフが主人公たちに仮託されて反復されており、「真の自我の鷗外における欠如をさし示すに留まらず、日本における真の近代の不在という状況認識にそのまま見合っているのだ」と断言している。『国文学　解釈と鑑賞別冊』(至文堂、一九九五年一月)二二頁。

(13) 小泉浩一郎は同上論文において、『灰燼』を、ニヒリストの節蔵が自己の青春の灰燼化と引き替えに、谷田家の主人ならびにその生涯の事業を解体し灰燼化せしめようとする情念の物語であり、「谷田家解体のモチーフは、実はそのまま谷田(西)らが築き来った明治国家、並びに明治的秩序解体へのモチーフに重なりうるはずであったのではないか」と記している。この解体作業があったからこそ、歴史小説への移行が容易になされたと判断すべきであろう。

(14) 周知のように鷗外は一九一五年になってから二十二、二十三、二十四を書き加え、つじつまを合わせて物語を完結し、単行本として出版した。

(15) 鷗外研究会『森鷗外『スバル』の時代』(双文社出版、一九九七年)巻末の年表を参照。鷗外作品の発表の経過が見易く一覧できる。

(16) 柄谷行人『日本近代文学の起源』(講談社文芸文庫、一九八八年)二一六頁以下、ならびに柄谷行人「歴史と自然――鷗外の歴史小説」(『意味という病』講談社文芸文庫、一九八九年)一五三頁以下参照。

(17) 鷗外の翻訳の仕事を軽視する傾向、ならびに鷗外の翻訳と創作を別個のものとして切り離して研究することの不備については、前掲(注6)論文中の補注を参照。

(18) 大岡昇平「森鷗外」(『歴史小説論』同時代ライブラリー、岩波書店、一九九〇年)を参照。

(19) 小堀桂一郎『森鷗外　文献解題　創作篇』(岩波書店、一九八二年)一一八―一一九頁参照。

(20) 小泉浩一郎「「ぢいさんばあさん」論――〈エロス〉という契機をめぐって」(『フェリス女学院大学国

文学論叢』一九九五年）を参照。

(21) 小堀桂一郎は前掲書（注19）において『渋江抽斎』を史伝として分類していながら、『椙原品』と『都甲太兵衛』は小説に分類している。

(22) 要するに、わからないことはわからないとして語らず、勝手に想像しないという方法である。『椙原品』『都甲太兵衛』について述べた小堀桂一郎の前掲書（注19）一三四―一三六頁参照。

(23) 篠田一士は前掲書（注1）一一九頁において、鷗外の執念を「静かなる狂気」と呼んでいる。

(24) たとえば『灰燼』（拾捌）中に、「武鑑」に言及した箇所がある。

(25) 『渋江抽斎』を史伝と呼ぶべきかどうか、さらに、史伝という呼称そのものについては、十川信介「『抽斎』覚書」（『文学』第八巻三号、岩波書店、一九九七年）五六―六九頁、ならびにエマニュエル・ロズラン「『渋江抽斎』のジャンルについて」（『文学』第四巻四号、岩波書店、一九九三年）七六―八七頁を参照。

(26) 柄谷行人は、その変容ぶりを、作品に「パースペクティヴ」を与えることを理想としていた鷗外が、史伝においてはその「パースペクティヴ」を取り払った、と説明している。前掲「歴史と自然――鷗外の歴史小説」（注16）参照。

(27) 粉飾を次第に排除していこうとするその「純粋」志向、これを白木願望と言い換えてもいいが、それを「日本主義」さらには『古事記』の世界へと結びつけるのは論理の飛躍であろうか。ちなみに、鷗外が史伝をせっせと執筆していた時期に、独善的な日本主義者の岩野泡鳴は「一元描写論」をかざし、小説の方法を極端に限定して他の可能性を否定していたが、彼の文学的理想郷も『古事記』であった。

第二部

Ⅳ　鷗外訳『即興詩人』とアンデルセンの原作

鷗外訳『即興詩人』が「原作以上の作品」云々とは誰がいつごろ言い出したものか審らかにしないが、鷗外訳それ自体の優秀さを称える修辞としてならともかく、無批判に同じ題目を繰り返し、それで何かを主張したような気になっているらしい軽率な言辞が今に絶えないのはどうしたものであろう。鷗外訳『即興詩人』をあつかった雑文、エッセイ類に限らず、きちんとした論文中にさえ書き記されるこの「原作以上」というお呪いほど、翻訳家鷗外の実像を歪め、理不尽な神格化をうながすものはない[1]。鷗外文学の愛好者が雅文体の流麗な訳文に酔い痴れるのは無理からぬことではあろうが、研究者までがこの呪文を唱える時、それは思考機能停止のシグナルであり、そんなことでは自らの墓穴を掘ることにもなりかねない。かれらは「原作」を知っていて「原作以上」と言っているのか。「原作」を分析したことがあるのか。そもそも「原作」とは何なのか、何をさして言っているのか。そして、翻訳という行為が異文化との衝突であることが正しく理解できているのかどうか。

以下、デンマーク語の原典を分析しつつ、鷗外訳『即興詩人』との関連で問題になる部分に焦点をあて、鷗外における翻訳という「創造的な誤解」の実態を明らかにしてみようと思う。キーワードは「自伝」「雅文体」「人称」「教養小説」「虚栄心」「物語」「『舞姫』」である。

一　アンデルセン原作『即興詩人』

手始めにアンデルセンの『即興詩人』について、その成立、主題、構造、受容、テキストなどの側面を概観しておこう[2]。

原典の分析をいくら進めても、それだけでは鷗外訳『即興詩人』とは無縁なわけだが、「原作以上」という神話の真相をあきらかにする作業上、比較の基準としてどうしても踏んでおく必要がある。原典の分析は、当然ながらデンマーク文学史、時には広くヨーロッパ文学史の文脈で行なわれることになろうが、それは日本文学とヨーロッパ文学の背景の相違を際立たせるのが当面の目的であり、主眼はあくまでも鷗外訳によって屈折された波動の発見にある。逆に言えば、波動の屈折具合から鷗外訳『即興詩人』の特異性と、その翻訳の仕事が鷗外文学に果たした役割をさぐろうというのである。したがって、本稿で取り扱う問題点と無関係な分析は、以下の概観では省略されている。

1　その成立

一八三三年から三四年にかけて、アンデルセンは故国デンマークを出発してドイツ、フランス、スイスを経由、シンプロン峠を越えてイタリア入りをし、ミラノ、ピサ、フィレンツェからローマに達した。そしてローマ滞在の後、アンデルセンは文学的巡礼者のようにイタリア各地に遊び、ナポリ、ヴェズーヴィオ火山、発見されたばかりの青の洞窟「琅玕洞《ろうかんどう》」(Grotta Azzurra)を訪れた。さらに北に進路を変えてヴェネツィアに移り、そこからミュンヘン、ウィーンに立ち寄りながら北の国に舞いもどった。都合十五カ月の旅、イタリア滞在は七カ月だった。

アンデルセンの足跡をわざわざここに記したのは、東洋から西洋に渡り(航西)ふたたび東洋の国日本に帰朝(還東)した鷗外と、憧れの南国へ旅した北欧人アンデルセンとの移動軸の相違を指摘しておくためにほかならない。しかし、文明度の高い西洋への留学、美術的完成度の高いイタリアへの遊学という文化の高低の関係では、両者ともパターンを同じくしていたことを忘れてはなるまい。

またアンデルセンはイタリア旅行中、記録魔と呼んでよいほどの執拗さでもって見聞したことを逐一日記に書きとめた。その克明な記述、特にアンデルセンが目を奪われたイタリアの絵画、彫刻、建築物の描写が『即興詩人』に活かされているわけだが、見ること、観察することへ比重が傾いた背景には、アンデルセンはイタリア語ができなかったという事実がある。これも覚えておいてよい。アンデルセンは言葉ではなく、ものを通してしかイタリアと接触していない。もちろん、明るい太陽の下でイタリアの自然のまっただ中に身をおき、感覚器官を全開して全身でイタリアを体験したアンデルセンだった。けれどもそこには言葉というコミュニケーション手段が欠落していたため、日記の記述中にイタリアの具象世界がこと細かに記録され、それが『即興詩人』の中でいかにみごとに再現されていようとも、イタリア人の思考、感情その他、目に見えない抽象世界のできごとはすべてアンデルセンの想像力の産物でしかなかった。言葉ができなかったことでアンデルセンは、自分が見たかった夢をそこに見、自分の聞きたかった話、語りたかった逸話を自由に紡ぎ出すことができたのである。それは、滞独中にドイツ語が堪能だったおかげでドイツと交渉をもち、その内面生活にまで立ち入ることのできた鷗外がリアリストの目をもちえたのとは対照的である。だが、ことイタリアとなると、鷗外にとっては未知未踏の国、『即興詩人』中の記述（言葉）と読書による知識があるのみだったろう。鷗外は言葉を通してアンデルセンの見入ったイタリアの芸術作品、名品の数々を想像するほかなかった。この相関関係も記憶にとどめておきたい。

奨学金を受け取って母国をあとにしたアンデルセンは、期待に応えるためにローマ到着一カ月後にはすでに紀行文を書きはじめていたが、やがてそれは、アントニオ少年を主人公とする小説に変貌していった。『自伝』（Levnedsbogen）にも書いているようにアンデルセンは小さい時から自分で詩を作り、それに勝手にメロディーをつけて口ずさむのが得意だった。その特技の思い出が、即興詩を尊重し即興詩人に人気のあった国イタリアへやってきて再燃した。また、『即興詩人』の粉本、少なくとも同種の先行本でアンデルセンが絶えず意識の片隅においていた作品、フランスの女流作家スタール（de Staël）がイタリアを題材にとって書いた小説『コリンヌ、またはイタリア』（*Corinne ou l'Italie*, 1807）の女主人公コリンヌがやはり即興詩人だったこともあって、アンデルセンは即興詩人アントニオに自己の半生を投影し、自伝的な物語を織りなす構想を固めていったのである。アンデルセンは帰国の旅の途上で『即興詩人』を書きついでいき、コペンハーゲンにもどってから完成した。出版は翌一八三五年の四月九日だった。『即興詩人』がアンデルセンの半自伝だったことは非常に重要なポイントなので、あとでまた鷗外訳との関連で視点を変えて取り扱うことにする。

2　その主題

アンデルセンの『即興詩人』はいわゆる芸術家小説で、読者／聴衆の賞賛には酔えても過酷な批評には耐えられない芸術家としての虚栄心とナルシシズム、その自己中心性との闘いが主題のひとつになっている。実際アンデルセンは、イタリアへ向かう途上、劇詩『アグネーテと海男』(*Agnate og Havmanden*)[3] を書き上げてスイスからデンマークへ送ったのだが、作品の出来栄えに自信があっただけに、酷評を受けたと知った時には絶望のどん底に転がり落ちた。『即興詩人』は、イタリアを舞台にその泥沼から這い上がった詩人芸術家、主人公アントニオの形象を借りたアンデルセンの物語と言ってよい[4]。しかし、ゲーテの『ヴィルヘルム・マイスター』が同じく芸術家小説でありながら芸術家と市民というふたつの立場に引きさかれて苦悩する主人公の生きざまを真向から扱っていたのとは対照的に、アンデルセンの主人公アントニオは、才能が認められると楽々と社会的地位を獲得してそれに安住してしまい、少なくともその点では何らの葛藤もなかった。かわりに、アントニオの芸術家としての半生の対極におかれるのが、アントニオの子供時代からのライバル、歌姫アヌンツィアータで、彼女は早くから脚光を浴びたものの、短い絶頂期のあとは出世街道を後もどりするようにアントニオの成功と逆比例する形で急速に転落し、やがて病いに倒れて死んでいく。芸術家小説とは言っても、『即興詩人』は、主人公がいかにして自らの虚栄心を克服して成功を勝ちえたかという出世物語なのであり、それなりの代償を払わなければならなかったにせよ、ゲーテ流の社会意識、問題提起はもはやなかった。当時はそれが新しいと見なされていたのである。右に傍点を付した「虚栄心」と「自己中心性」、「地位」に「安住」、「歌姫」の「死」、「出世」に関しては、前項同様、鷗外との関連でのちにふたたび取り上げることにする。

3　その構造

芸術家小説は発展小説あるいは教養小説の一種であるわけだが、[5]『即興詩人』には神秘的な暗合、偶然、謎の失踪、宿命的な誤解、恋のもつれ等々、英仏ロマン主義文学には欠かせない構成要素がふんだんに取り入れてあり、その点でも新趣向をこらしたきわめて野心的な作品であった。また、イタリア人を主人公としていながら、『即興詩人』はアンデルセンの偽装された自伝であり、こうなってほしいという夢を綴った物語でもあった。[6]アンデルセンの性格中、虚栄心の強さがくっきりと主人公に投影されていることはすでに述べたが、そのほかにもアンデルセンの人前に出たがる性癖、恋愛における臆病、異性に誘惑されることに対する恐怖なども主人公の性格を形成する要素になっていて、『即興詩人』は単なる一人称小説ではない。作者の影を抹消してしまっては平板になってしまう、つまり、作者の影がつきまとってはじめて立体的になるように組み立てられた特殊な一人称小説である。さらに、奨学金を出してくれた後援者に対する恩返しと報告書をかねてだろう、アンデルセンはイタリア旅行中に訪れた町々の記述を作品中に挿入することを忘れなかった。そしてごていねいにも、『即興詩人』の語り手を、巻末近くでふたりのデンマーク人に会わせている。

ひとりはアンデルセン自身、もうひとりは同じデンマークの詩人ヘルツで、『即興詩人』最終章にある一八三四年三月六日という日付は、このふたりが実際にカプリ島を訪れた日付とみごとに一致している。[7]『即興詩人』は要するに、リアリスティックな記述とロマンチックな夢物語が融合し、自伝と一人称小説が混合した作品であるとともに、実人生の記録と小説的虚構が無造作に織りなされた紀行文学でもあったのである。

　以下の記述に必要となるので、ここで梗概を綴っておこう。

　貧しい家に生まれたアントニオは、母親を馬車で轢き殺されて、おじのペッポのところへ預けられるが、やがて首都ローマに出、富裕な一家の庇護をえて教育を受けた。ナイーヴでひっこみ思案のアントニオは、やがて性格も容姿も対照的なベルナルドと親友になった。ところが、美しい娘アヌンツィアータが現われてからというもの、事実上の恋敵となったふたりの仲はもつれるばかり。そしてある日、歌姫と呼ばれて名声をはせるにいたったアヌンツィアータをめぐる恋の鞘当ての挙句、不慮の事故からアントニオはベルナルドを深く傷つけてしまい、逃亡の旅に出ることを余儀なくされる。だが、失恋の旅の途上で盗賊の一味に捕らえられてしまった。たまたまその中に人の運命を占う老婆フルヴィアがいた。アントニオは幸運の星を目に宿している、と老婆に告げられて、そこで第一部が終わる。

　第二部は舞台がまず南のナポリに移り、アントニオは南国人の誘惑、熱い恋情、そして火山の噴火に遭遇する。年上のサンタ夫人の熱情的な誘惑にあやうく陥落しかけたアントニオだったが、危機一髪の時にマドンナの像が落ちてきて救われるという幸運に恵まれた。また別の土地では若い人妻が犯されそうになったのを機転をきかせて救い出したアントニオは、文字通り純潔と貞操の権化だった。そして、夢と感覚の世界が溶けあった理想の愛を思い描きつつ、目の見えない乞食の少女ララと心を触れあわせる機会をえた。ある日、カプリ島へ向かって舟で海へ出たアントニオは竜巻にあって遭難し、青い洞窟において夢とも現《うつつ》ともつかぬ状態で盲目の美少女と再会する。

なんとか命を取りとめ、ひとまずローマにもどって再び教育を受けることになったアントニオは、今度は修道女フラミーニアに失恋して、心の傷をいやすために水の都ヴェネツィアを訪れた。当時は凋落と無気力のシンボルと見なされていたこの町は、棺のような黒いゴンドラあり溜息の橋ありで、アントニオの心情にふさわしかった。ところが思いがけないことがふたつ待ち受けていた。ひとつは落ちぶれて惨めな姿をさらしたアヌンツィアータとの数年ぶりの再会だった。アントニオは、アヌンツィアータがベルナルドを愛しているものとばかり思いこんでいたのだが、それは誤解で、アヌンツィアータの愛していたのは自分の方だったと知らされても、時すでに遅し、アヌンツィアータは死の床にあった。もうひとつは、今は目も見えるようになり、マリアと名前をかえて裕福な暮らしをしていたララとめぐりあえたことだった。アントニオは、自然美を称えた自分の即興詩が盲目だったララに「目が見えたら」という強い憧憬をいだかせ、それが幸いして視力をとりもどせたことを知らされて、芸術の力を信じるにいたる。そして、自分の利益のためではなく、人のために詩作することのよろこびを学び知り、ついに虚栄心を克服した。こうして、愛されることではなく、自分から愛することを知ったアントニオは、マリアの愛も勝ち取ることができた。マリアもアントニオもかつては下層階級の子供だった。けれども、アントニオは芸術の力を身につけ、マリアは暖かい心を育んだおかげで、ふたりともみごとに「出世」することができたのである。

こうした、唐突とは言え直線的な筋の発展の途上に、ロマン主義恋愛小説の伝統にのっとった、白黒の境界が明瞭な対称的人物群が配置される。アントニオとベルナルドの一対を筆頭に、歌姫アヌンツィアータと盲目のララ（マリア）、情熱的なサンタ夫人と敬虔なフラミーニアといった具合である。このサンタ夫人の肉欲的熱情とフラミーニアの精神的平衡をあわせもつ女性が、ほかでもないアヌンツィアータだった。ところが自らも芸術家であった歌姫アヌンツィアータは、おのれの虚栄心と聴衆の移り気に惑わされて転落の道を歩むようになり、死の床で、マリアこそアントニオにふさわしい花嫁だと言ってふたりを祝福するのである。新婚のふたりが、やがて生まれた娘にアヌンツィアータという名前をつけるのも、感謝のしるしにほかならなかった。ちなみにアヌンツィアータ（Annunziata）という名は、「報せる」「告知する」という意味の動詞 annunziare と関連があることを付記しておく。アヌンツィアータはアントニオの伴侶としてではなく、その幸福の告知者たるべく運命づけられていたのである。

アントニオの波瀾に満ちた半生を指示して原典の冒頭第一章で「大いなる物語」（det store Eventyr）と使われ、最終章では「（われわれの人生の）すばらしき物語」（vort livs forunderligste Eventyr）と、『即興詩人』の物語に枠をはめるようにして用いられた「物語」なる語は、実は一八三五年の『即興詩人』発行一カ月後に出版が開始されたアンデルセンの「童話」（Eventyr）と同じ語であり、これはむしろ「御伽噺」「メルヘン」、あるいは「夢物語」に近いものであった。第二部

「初舞台」の章でアントニオが「蜃気楼」（Fata Morgana）という題で作った即興詩は、すでに独立した形でアンデルセン童話の芽を宿していたが、[8]『即興詩人』は、その全体が童話的世界と小説世界が神話的次元で結合した夢幻的リアリズムの作品とも言えるものだった。[9]ここに神話的次元というのは、通常の因果関係を超えて現実世界の深部に錨がおろされている状態を意味し、それゆえに、偶然のきっかけとか何らかの非日常的な形で意識化されないことには把握できないような認識が行なわれる世界をさす。カプリ島の「青の洞窟」が、作品中で「いまだ無意識の世界」「いまだ未発見のもの」を指示すべく活用されているのはその典型的な例である。[10]アンデルセンは、自然の美観の前では主人公のみならず作中の人々をことごとく跪《ひざまず》かせ、プロテスタントとカトリックの境界さえ取り払ってしまった。かくして自然美は普遍的な宗教として現出するわけだが、それを解釈する作業こそ詩人の仕事だと悟ったアントニオは、ようやく自分の自己中心性、ナルシシズムを超えて虚栄心を捨てきることができたのである。

　アントニオはマリア（ララ）との幸福で裕福な結婚によって詩作を断念するようなことはしなかった。即興詩を吟ずることこそあきらめたものの、ミラノではすでに悲劇『レオナルド・ダ・ヴィンチ』を書きはじめていたし、[11]のちには生き生きとした筆致、清新なスタイルでもって『即興詩人』という散文の傑作を書き残すことになったのである。アンデルセンが主人公アントニオに変身して始まった「夢物語」が終わった時点で、今度はアントニオが作者として虚構の世界から実人生に舞いもどってきてその「夢物語」を書き記した。それが『即興詩人』であり、『即興詩人』とは以上のような構造をもった、ある意味ではしごく現代的な作品でもあったのである。

4　その受容

一八三五年に発行された『即興詩人』は、アンデルセンのそれまでの作品中随一のものとしてデンマーク文芸界に広く受け入れられた。しかし、批判がなかったわけではなく、主人公のアントニオはイタリア人らしくない、太陽への憧れ方、ものの考え方、表現の仕方がゲルマン的、北欧的だとか、デンマーク語らしくない語法上の誤りが目立つ、「人間心理が軽視され、景色の一部ぐらいとしか扱われていないのは知的鈍麻である」などと指摘されてさかんに論議された。出世作と認められながらもアンデルセンは自作に対する批判には過敏気味で、特に最後にあげた指摘には深く傷つけられ、二十年後の一八五五年に出版された自伝『わが生涯の物語』（*Mit Livs Eventyr*）の中でもそのことにふれている[12]。

国内では賛否両論が沸騰して話題作になった『即興詩人』だったが、国外ではきわめて評判がよく、原作の刊行と同年に早々とクルーゼ（L. Kruse）の手になる独訳が出たのを筆頭に[13]、スウェーデン語、英語、ロシア語、チェコ語、オランダ語、フランス語版が十年ばかりの間に次々と出版された。なかでもドイツ語版は数種の訳本が刊行されているほどで、『即興詩人』受容の幅の広さを示している。以下、鷗外が帰国の途についた一八八八年までに発表されていた独訳本八点を、デンマーク王立図書館作製になる目録により、参考のために記しておく。鷗外が使用したデンハルト訳のレクラム文庫版は、そのうちの一本に過ぎなかった。

1. Jugendleben und Träume eines italienischen Dichters. Nach H. C. Andersens dänischem Original: Improvisatoren, 1.–2. Theil. Ins Deutsche übertragen von L. Kruse, Hamburg, 1835.
2. Der Improvisator, Scenen aus dem italienischen Volksleben, A. d. Dän. von A. E. Wollheim, Hambrug/ Leipzig, 1841–46.
3. H. C. Andersen. Der Improvisator. In Zwei Theilen. (H. C. Andersens gesammelten Schriften, herausgeben von L. Rohrdantz, Vierter und Fünfter Band), Braunschweig, 1846.
4. Der Improvisator, Roman von H. C. Andersen, 1.–3. Theil. Leipzig, 1847.
5. Der Improvisator, Roman von H. C. Andersen, A. d. Dän. von Gottlieb Fink, Sechs Bändchen, Stuttgart, 1848.
6. Der Improvisator, 1–3, in H. C. Andersens Gesammelte Werke, vom Verfasser selbst besorgte Ausgabe, 3.–5. Bds., Leipzig 1867.
7. Der Improvisator, Roman von H. C. Andersen. Frei aus dem dänischen Original von H. Denhardt, Leipzig, 1876.
8. Der Improvisator, Roman in zwei Teilen. H. C. Andersen. Nach dem dänischen Original neu übersetzt und eingeleitet von Edmund Lobedanz, Stuttgart, 1882.

(Catalog over det kgl Biblioteks danske og norske afdeling: 57 Romaner og Fortællinger H. C. Andersen)

（ついでに記しておくが、邦訳『即興詩人』は、デンマーク王立図書館には、古いところで一九五四年刊岩波全集版、一九五六年刊岩波文庫版の鷗外訳と、一九五八年刊の神西清訳が所蔵されている。）

文学以外のジャンルでも、たとえばブルノンヴィール（August Bournonville, 1805-1879）が『ナポリ』（*Napoli*, 1842）、『ジェンツァーノの花祭』（*Blomster-festen i Genzano*, 1858）というバレーの作品を、『即興詩人』の影響下に創り上げて舞台にのせている。

5　そのテキスト

『即興詩人』は、アンデルセンの生存中に四度版を重ねた。初版はすでに言及したように一八三五年四月九日発行、再版は一八三七年六月二十八日、そして一八五三年十一月七日には「アンデルセン選集」の第一、二巻として出され、さらに一八六六年九月十九日付で第三版と銘打たれたものが刊行された。その後ずっとこの「第三版」の重版重刷が続いていたが、一九四三年になってクヌード・ビュイ（Knud Bφgh, 1922-）[14]校注になる新版が、アンデルセン小説・紀行文学全集の一冊として刊行された。

一八三五年の初版はかなり杜撰で、外国人の名前や引用文中に綴りの誤りなどが多く、アンデルセンが気のついた八カ所はすでに初版につけられた正誤表で訂正されていたが、この正誤表にまた誤りがあるといった具合だった。しかし、再版以後一九四三年の新版にいたるまで、アンデルセンのテキストには何度も手が入れられ、そのたびにアンデルセン特有の語法が角を丸められて標準語化され、アンデルセンの語り口を知る上で参考になるカンマ、ピリオドの打ち方が直されたり、初版発行当時には古風と見なされていたもののまだ立派に通用していた表現が後進者によって大胆に改められるなどしてきたが、これは決して理想的な校注法とは言いがたい。それればかりでなく、版が組み換えられるごとに植字の段階での脱落も少なからず生じていたため、あらためて初版にもどり、アンデルセン文学研究の泰斗エリック・ダル博士（Erik Dal, 1922-）によるテキストクリティーク、本文批判の成果をふまえて決定版『即興詩人』を作成する必要が生じた。このような背景のもとに一九八七年、モーエンス・ブロンシュテット教授（Mogens Brϕndsted, 1918-）校注になる「決定版」が刊行されるにいたった。

H・デンハルトが底本に使用したのはおそらく一八六六年刊の「第三版」であり、少なくとも初版ではない。ブロンシュテット教授が発見した初版にはあって「第三版」にはない脱落部分を点検してみれば、それは容易に確認される。[15] これと同じ脱落は一九四三年版にも見られるので、同版は、校注者クヌー・ブュイが若干の手を入れたものの「第三版」をそのまま踏襲したものと見てよい。ということはつまり、時代こそ隔たっていながら、鷗外がデルハント訳を通して間接的に依拠したデンマーク語版と、大畑末吉が直接使用した一九四三年版は、実は同じ系統の底本、いわゆる「第三版」だったわけである。ちなみに鈴木徹郎訳『即興詩人』（一九八七年）の底本も大畑末吉の使用したものと全く同一であり、ブロンシュテット教授の「決定版」（一九八七年）ではない。

鷗外にイタリア語の知識が乏しかったこともよく指摘されることであるが、アンデルセンとてイタリア語は聞きかじりの程度、綴りの誤り、記憶ちがい等々、『即興詩人』のテキスト自体に疑問点はいくらでもあったのである。それを底本として重訳した鷗外の『即興詩人』に少々不備が生じたとて何の不思議があろう。

二　鷗外訳『即興詩人』

1　「半自伝」ではなく「一人称小説」として

アンデルセン原作『即興詩人』は半自伝であると前節第一項末に書き記したが、この点をもう少し掘り下げてみよう。半自伝というのは、アンデルセンの『自伝』中に述べられていることがらが、単に舞台をイタリアに移して物語られているという意味ではない。そうではなく、『自伝』に記述されている体験を解釈する場として『即興詩人』という作品が構想されているのである。その目的のためにアンデルセンは、今の自分自身と自己の体験を内面から結びつける存在としてアントニオなる虚構の人物を造型した。『即興詩人』は仮面をつけた自伝と言ってもよい。そして、今は大成した主人公の視点から、自伝の話法をそのまま使って、下層社会の少年が波乱万丈、艱難辛苦の末に芸術家として世の中に認められ、幸福な一家の父親となる過程が回想の形で読者に直接語りかけられる。つまり、イタリアは単なる背景ではなく、アンデルセンが自己の複雑な半生を適当な距離をおいてはっきり見つめ直す場として機能していた。

この、作者と語り手と主人公の間の関係を正しく把握できるか否かによって作品評価も変わってくる[16]。主人公アントニオの形象にアンデルセンの顔を重ね合わせることができなければ、作品に対する興味は半減されるであろうし、これがモデルのある鍵小説（roman à clef）であることは決して視野にはいってこない。その間の事情は、作品外のもろもろの事実に関する知識がないと味読することのできない「私小説」と同様である。

鷗外の出発点は、アンデルセンの半自伝としてではなく、回想記風の一人称小説として『即興詩人』を翻訳することにしかなかった[17]。そのかわり、当時の日本ではまだまだ未知と言ってよかった作者アンデルセンの自伝的背景を捨て去ることによって、主人公「われ」の体験を同じ「われ」が語る「一人称小説」という形態そのものが大きく前面に押し出されることになったのである。この事実は充分に再評価・再検討されるべきであろう。もとよりいわゆる「一人称小説」という叙述法は、鷗外訳『即興詩人』が日本近代文学史上はじめてなのではなく、依田学海の『侠美人《きょうびじん》』（一八八七年）中に森田思軒がすでにその萌芽をみとめていた[18]。また、鷗外の『舞姫』（一八九〇年）、『文づかひ』（一八九一年）もいちはやく同じ「一人称小説」の手法をとりいれていたが、それが広く読者を魅了し、影響力を及ぼすにいたるのはやはり鷗外訳『即興詩人』発表後、一八九二年以降のことであり、「一人称小説」という点では同趣向だった鏡花の『高野聖』（一九〇〇年）、漱石の『坊ちゃん』（一九〇六年）も、『即興詩人』には遅れていた。

2　「雅文体」と「一人称」の語り手

語り手と主人公が同一であり、しかも、主人公の過去における行動、現在にいたるまでの行為が必らず語りの現在に先行する形で叙述される一人称小説の形式は、その限りにおいて『即興詩人』

にも適用されているわけであるが、鷗外訳はやはりふつうの一人称小説とは一風変わっている。その要因のひとつが、鷗外が『即興詩人』に用いた「雅文体」と呼ばれる文体である。三島由紀夫が短文『森鷗外』において、「現代日本人が二度と書くことのできなくなったこの清麗で理智的で詩的な雅文」と呼んでいる文体であるが、その「ゆたかなロマンティックな興趣[19]」がわき起こってくる源泉は、雅語の使用だけにとどまらない。

「一人称小説」は、「われ」という個人の主観を軸に、「われ」をとりかこむ「他者」との葛藤、外界との関係を描写し考察するべく考案された語りのパターンである。当然のことながらそこでは「われ」と「他者」が対立するものとして扱われ、「われ」は個別化、差異化されて各自の自己を主張する。そしてそれは往々にして個性あふれた言語表現をともなうのであるが、鷗外の雅文体では、個性化の芽がすべて摘み取られてしまっている。そればかりではない。直接話法が原則として間接話法にあらためられ、そうでない場合にも、性別年齢を問わず、語り口に個性はみとめられない。鷗外訳の巻末に近い「心疾身病」の章から実例を示そう。アントニオがララ（マリア）に愛を告白する場面である。

ロオザの我に一匙の薬水を薦めつつ熱は去れりと云ふ時、蹲れる人は徐かに起ちて部屋を出でんとす。われ。ララよ、暫し待ち給へ。われは夢におん身の死せしを見き。ロオザ。そは熱のなしし夢なるべし。われ。否、我夢は夢にして夢に非ず。……マリアよ。われはおん身のララなるを知る。……我はおん身を愛す。語り畢りて手をさし伸ばせば、マリアは跪きて我手を

握り、我手背に接吻したり。（鷗外、下、二二八頁）

「熱は去れり」という原作では直接話法のロオザの言葉がここでは間接話法に直され、次の「そは熱のなしし夢なるべし」は珍しく直接話法の形態をとどめているものの、そこに個性化の痕跡は見られない。つまり、間接、直接の区別なく、作中の人物によって話された言葉はことごとく表現の内容を指示する機能だけを担わされており、そこでは話し言葉による表現が示す特性は抹消されている。もちろん、原作のデンマーク語に限らず底本のドイツ語でも、右に記したロオザのふたつの科白は誰が言っても大方同じになるではないかという反論のなされる可能性がないわけではない。しかしそれは、言文一致が叫ばれるほど書き言葉と話し言葉の乖離が顕著であった日本語、しかも、一八八七年の『浮雲』以後、すでに話し言葉を小説言語にとり入れる実験がなされていて、話し言葉の特異性を表現しうる可能性をもっていた日本語にはあてはめられまい。意識的にしろ惰性だったにしろ、鷗外は雅文体を選んだのであり、そうすることで作中人物の話し言葉を無色に統一した。つまり、作中人物はすべて語り手の言葉を口にすることを余儀なくされたわけである。別の言葉で言えば、鷗外訳『即興詩人』は、全篇ことごとく語り手の独白ということになる。読者の耳に聞こえてくるのは、語り手の声だけなのだ。したがってそこには、語りの現在しかなく、たとえば、少年時代のアントニオも、「われ等はかの洞の方へゆくにや」（鷗外、上、二四頁）と、没個性の語り手の言葉を話す以外になかった。

一人称小説でありながら没個性という、鷗外訳『即興詩人』中の語り手の特異性は、当然の結果として読者に「われ」が三人称のような印象を与える。ためしに作中の「われ」を「アントニオ」に読みかえてみるとよい。何の支障も奇異感もともなわないのがわかるはずである。こうして、「半自伝」でもなく純粋の「一人称小説」でもない作品の表面に浮上してくるのが、作者（訳者）によって雅語の重い錦を着せられた語り手である。逆に言えば、きらびやかな衣装をまとわされた特性のない語り手の背後から、「国語と漢字とを調和し、雅言と俚辞とを融合せむと欲[20]」した作者（訳者）が顔を出すのであって、雅文体の選択は、アンデルセンの原作をはなれて、鷗外が自己の言語空間をのびのびと飛翔できる自由を与えることになった[21]。

ちなみに筆者のような戦後生まれには、「鷗外の『即興詩人』は読むに耐えないですね。あんな下手な擬古文ありゃしないですもの[22]」と言い切る大野晋の意見の是非を云々できる立場にないが、それはともかくとして、われわれ以後の世代が鷗外の雅文を謳えなくなっているのはたしかなようである。それは、雅語に関する知識の乏しさといったこと以前の、読書速度、リズム感覚の問題であり、鷗外の雅文調は、早いテンポで読みうる擬雅文とでもいった文体を編み出して現代語に移しかえでもしない限り、現代の若い読者に広く読まれることはもはやあるまい。イタリア旅行に鷗外訳の『即興詩人』を携えていく時代はもはや過ぎ去ろうとしている[23]。

3　ロマン主義風の「教養小説」

『即興詩人』にあっては「旅」が象徴的な意味を帯びていて、言うまでもないことだが、それは「人生の旅」と重ねられている。少年時代に母を失い、青年時代にアヌンツィアータを失ったアントニオは、「喪失」を原動力にしてアイデンティティーを求める旅に出発した。そして幽閉を象徴する町ローマから解放の町ヴェネツィアへ、情熱の南イタリアから冷酷な北イタリアへと遍歴するのである。これは教養小説の常套であるが、『即興詩人』の記述には、ロマン主義の残滓がまだ多く残っていた。

　アントニオは即興詩人にふさわしく「空想」を糧とし、「夢」に生きていた。夢想者という意味ではなく、夢と現実の境界があいまいになるような体験、運命的とも呼ぶべき偶然のおかげで空想が自然の中で目に見える形となって現出するような神話的体験を二度三度繰り返す。ところが、それはあらゆる感覚器官を開放して全身で一挙に味わった体験でありながら、そのことについて語り記述する行為というのは、時間の軸にそって順序よくひとつずつ断片的に行なわれざるをえない。この矛盾こそが語りの存在理由でもあるわけで、主人公アントニオがそこに存在して体験した夢幻的なことどもを、語り手のアントニオがのちに解釈してアイデンティティーを獲得するという図式が成立していた。たとえば「夢幻境」での体験が語られたあとの「蘇生」の章の末尾で――「だがあの時にどうしてそんなことが信じられただろう。あんまり不思議すぎて信じられなかった」（大畑、下、一五八頁、傍点引用者）という文章こそ鷗外訳では削除されているが（鷗外、下、一一八頁）、語り手アントニオはここで語りの前面に出てきて、かつて「琅玕洞」で味わった夢ともまぼろしともつかなかった神秘的体験について語っているのである。それは、何かのような、何々であるかのようなと比喩を重ねつつたどたどしく語ることしかできない体験だった。この曖昧模糊とした体験を吟味し、綜合して言葉による表現を与えた時、アントニオはアイデンティティーを発見し、自己の確立をなしとげたのだと言える。その過程は鷗外にとり、アントニオの夢幻境体験を自らの想像力の世界に移して追体験する以上の意味をもっていた。すなわち、翻訳という仕事を通じて、「かのやうに」にしかなりえない、アントニオの仮面をかぶった語り手鷗外の語りを、日本語で表現することによって鷗外訳『即興詩人』という言語空間を造形することだった。

大人になり出世して、一応の社会的地位も築きあげたアントニオは、自らの少年時代をふりかえり、成功の軌跡を確認しようとした。それが『即興詩人』を教養小説と見なす所以であるが、教養小説の手本とされるゲーテの『ヴィルヘルム・マイスター』とははっきり一線を画する点がひとつある。「運命」のあつかい方である。『ヴィルヘルム・マイスター』において、「運命」は現実を生きる主人公の自己認識そのものだった。「運命」は、理想主義に燃える者が自ら開拓すべきものだった。そこでは自然と文化が融合していた。ところが『即興詩人』にあっては、「運命」は外部から突然恵まれるものであり、それによってもたらされる状況は認識の対象というよりは、失われていたものを再発見する場と言ってよかった。そこでは自然と文化が対立している。その意味で『即興詩人』は、分析指向のリアリズムの小説にはまだ遠く、むしろ御伽噺や神話に近い、統一、綜合指向のロマン主義風の作品だった。リアリズムへの道を切り開いた教養小説がロマン主義の傾向を大いに残しているという不純さ、逆に言えば、後期ロマン主義の作風で教養小説を成立させ、その中に空想的な御伽噺の要素をふんだんに取り入れた無鉄砲ぶりにこそ斬新さがみとめられたのである。[24]そうした夢物語風の仕掛けを用いずには、夢に思い描いた盲目の美少女ララを現実の世界でマリアとして再発見することなどありはしなかったであろうし、自分の母親が轢き殺されたのと同じ電車に乗ってアントニオが幸運をつかむようになったことも、ララが青の洞窟に隠されていた宝物を手に入れ、手術を受けて視力を回復したことなども決してなかったはずである。そして、ほかでもないこうした奇想天外なできごとが『即興詩人』中では「運命」として扱われているのであり、このような「運命」がアントニオにアイデンティティーを発見させる契機となっていた。しかもこれらの出来事はただの絵空事ではなく、アントニオが夢として自ら体験し、あるいは予言されていたことだった。つまり、意識と無意識が境界を接する夢の世界において、アントニオは神話的世界の住人たりえたのであり、そこに自己のアイデンティティーの根源を発見することができた。あとは現実世界でそれを再発見しさえすればよかったのである。そしてさらに非在の体験が回想され、言語表現を与えられることによって実在化し、『即興詩人』という作品になった。

しかし鷗外は、アントニオに幸福をもたらした奇跡が作品世界で演じる役割だけは認めまいとしたかのように、つまり、作品の神話的構成そのものには盲目であったかのように、『即興詩人』掉尾の数行を無残にも削ってしまうのである。原作には、岩波文庫版下巻二三二頁一〇行目、「海賊の匿しおきつるものなるべし」のあとに、「今や超自然のあらゆる現象が、現実の世界にとけこんだのです。それとも、人の世ではいつもそうであるように、現実が魂の世界へはいっていくのでしょうか。なぜなら、人の世では、花の種子からわたくしたちの不死の魂にいたるまで、すべては奇跡でないものがありましょうか。ただ、人間がそれを信じようとしないのです」(大畑、下、三二二頁)とある。鷗外は、語り手アントニオの、語りの現在におけるコメントを消去することによって、回想がもたらす過ぎ去った日々のイリュージョンを継続させ、あわせて語り手アントニオを闇に葬り去って、そのかわりに仮面の語り手鷗外の名調子でもって一巻の物語を終わらせようと意図したのにちがいない。それはまた、意識的にしろ無意識的にしろ、アンデルセンの『即興詩人』という「教養小説」を骨抜きにし、ロマン主義風の鷗外訳『即興詩人』を成立させるにふさわしい操作でもあった。雅文体の選択がそれに拍車をかけていたのは言うまでもない。

4　操作された「虚栄心」

アンデルセン『即興詩人』の主題が、主人公アントニオが自分の「虚栄心」とたたかう過程の提示にあったことはすでに指摘しておいた。アントニオの度重なる不運の源泉であった「虚栄心」については作品の冒頭でふれられているが、たとえば、マドンナ像の前で歌う時でも、聖母のことではなく、だれか自分の美しい声に耳をかたむけている者はいないかと、そんなことばかりを考えるような少年としてアントニオは育った（鷗外、上、二二頁／大畑、上、二四頁）。アヌンツィアータと出会った時には虚栄心の種はもうすでに大きく育っており、この美しい歌姫の心を奪うのに、アントニオは自らの詩才を存分に活用した。そしてある日、アヌンツィアータに即興詩を捧げたあと、「アヌンツィアータはあの詩を美しいと思うにちがいない。私は、詩の作者を知りたいと思う彼女の気持を想像した。……アヌンツィアータのことを思いながらも、実は私自身のこと、自分の大したこともない詩のことばかりを考えていたのだと、今にして思われるのだ」（鷗外、上、一四二頁／大畑、上、一六八頁）と語り手アントニオは書き記す。これは大人になったアントニオの回想で、自分のことばかりに気をとられていたナルシシストのアントニオが、アヌンツィアータに向けた愛と即興詩への情熱との二律背反にひき裂かれ、結局恋人という行為者にはなれずに、詩人という傍観者になるしかなかった青年時代を後日反省したものである。小心と虚栄心から恋愛感情を抑圧しつづけていたアントニオは、敬虔なフラミーニア、情熱的なサンタ夫人と遭遇するたびに、はけ口のない恋心に重くひしがれていく。そしてヴェネツィアに到ってはじめてアントニオは虚栄心を克服することができ、それと同時に人を愛する能力も獲得し、妖精のようなララが変身した存在であるマリアに邂逅してナルシシストのアントニオは、愛を通して他者に達することを学んだ。女性に対する恐れと無知とは、同じことの裏表であると自覚した瞬間、アントニオは愛を知った。それは、自分のためだけではなく、他人のためにも詩作をするということであった。こうしてアントニオは世界の二元性を受け入れ、それを有機的に統一する術を身につけたのである。サンタとフラミーニアがまざりあった存在でもあったララことマリアを愛するとは、ヴィーナスとマドンナを結合させることであり、そうすることでアントニオは、自分も妻を愛する夫であり父親でもある存在に変身できたのであり、ここに愛と詩、エロスと芸術は統一された。言い換えれば、アントニオのエロス的生活に調和がもたらされたということであり、その前提がすなわち「虚栄心」からの脱却にほかならなかった。エロスに関しては傍観者でしかなかったうぶなアントニオが、およそ肉欲的でない関係をマリアと結んだあと、マリアを身ごもらせて父親となるにいたった過程も、「虚栄心」からの解放と一致しているのである。死ぬまでついに虚栄心を捨て切ることのできなかったアヌンツィアータ、告知者は、まさにアントニオがララ／マリアと出会い、「虚栄心」をかなぐり捨てて愛と詩の調和をはかるようになるという事実を告げる存在として作品中に配置されていた。アントニオは、愛に生き、芸術に生きる人間として再出発する。

それはまた、表向きは市民として生き、あとは自分のしたいことをして暮らすという二重生活の始まりでもあった。実は、このように社会の一員として与えられた役割を演じられるようになることこそが「教養」を身につけることの根源的な意味であり、「教養小説」の結末はそれ以外にならなかった。心に平静を保ち、自信に満ちて生活する者、それが教養人であった。

二重生活を送る教養人は仮面をつけていたにちがいないし、その落着きは「諦念」と呼べるかもしれなかった。軍医であり文学者であった鷗外は、平衡を保ちつつ二重生活を生き抜く生き方に大いに興味を抱いたことであろう。

しかし、ロマン主義に徹することで『即興詩人』の教養小説的要素を骨抜きにし、同時に神話的な御伽の世界を切り捨ててしまったように、鷗外は、「虚栄心」についても、すでに訳語の段階から周到とは言えない（無）理解ぶりをさらしていた。その点をもう少し詳しく見てみよう。


「虚栄心」なる語は原作でForfængelighed、ドイツ語ではEitelkeit、『即興詩人』を読解する上でのキーワードである。鷗外にとっては訳しにくい言葉であったようで、「虚栄心」という訳語を鷗外は一度も使っていない。小学館版『日本国語大辞典』によれば永井荷風の『地獄の花』（一九〇二年）が初出らしいこの語に鷗外は、「わが最初の境界」の章で、「(人の意を迎へて) 自ら喜ぶ性」（鷗外、上、一四、一五頁／デンハルト、3、4頁）とうがった訳を与えている。ところが、六つの時からアントニオの心に芽生えて半生を悩ますことになるこの「虚栄心」という重要な語を、「花祭」の章中、酒を飲みながら即興の歌をうたいだした百姓たちといっしょになって歌うアントニオを母親がたしなめて、「わたし〔アントニオ〕の虚栄心と〔即興詩を歌いたいという〕意欲の羽を切りとってしまった」場面で、鷗外はこれをあっさりと削ってしまった。[25]「わたしの虚栄心と意欲の羽を切りとる」などという表現はもちろん語り手アントニオのものであり、それが子供の回想の中におかれるのは不相応と鷗外が判断して省略した可能性は十分にありうる。しかしそれも、この「虚栄心」という語をさして重要視していなかったらしいという事実まではぬぐいきれないし、語り手鷗外の専横ぶりを例証するばかりである。

ナポリに移ったアントニオはマレッティ博士とその妻サンタ夫人と知己になる。情熱的なサンタ夫人は美貌のアントニオにたちまち惚れこみ、なんとか気を引こうと工夫するのだが、純真で未経験のアントニオはどうしたらよいものかわからない。ヴェズーヴィオ火山を訪れた夜、アントニオはマレッティ家に招待された。原作第二部第三章の末尾である。鷗外は「噴火山」と名づけた章においてごく簡明に、

> 博士われ等を誘ひて其家にかへりぬ。われは前度の別をおもひて、サンタ夫人との対応いかがあらんと気遣ひしに、夫人の優しく打解けたるさまは、毫も曩昔《さき》に異ならざりき、夫人はわが即興の手際を見んとて、こよひの登山を歌わせ、辞を窮めて我才を讃めたり。
>
> （鷗外、下、四五頁／大畑、下、七〇頁）

としているが、「夫人の優しく打解けたるさまは……異ならざりき」の部分は実は、原作でも百語以上におよぶ一節を訳文一文に縮約しておきかえたものである。――先日サンタ夫人に近寄られて困惑していたアントニオは、サンタ夫人が南国特有の「官能的な情熱」の持ち主にちがいないと誤解していたらしいことをこの晩知って、自分の不純な思いを恥じる。なんとかそのうめあわせをしようと陽気に振る舞うアントニオをみつめているサンタ夫人の目の中に、アントニオは、「姉のような優しい同情と愛情」を読み取った。――要約すれば以上のことが鷗外訳ではすっぽり欠落しており、アントニオの心をかき乱していた肉欲と精神的愛との葛藤という対比が省かれている。こうした問題設定を軽視したためか、あるいはストーリーの展開を遅らせまいとしたためなのか、いずれにしろ鷗外は右の部分を飛ばしてしまっている。だが、あえて想像をたくましくしてみれば、この種の記述を鷗外はひとりじめにしておきたかったのではないかと思わせるふしがないでもない。全知の語り手となりおおせた鷗外には、一人称小説の語り手アントニオの内省は、たしかに語りにくかったにちがいない。しかしそれ以前に、作家（翻訳者）である鷗外が語りづらかった、語りたがらなかった個人的な事情があったのではないか。

　ヴェズーヴィオ火山を題に即興詩を歌いおわったアントニオは例によって拍手喝采を浴びるのだが、原作では鷗外訳のようにそこでこの章は終わっておらず、「（かつて）アヌンツィアータの無言のまなざしが語っていたことが、ここではサンタ夫人の唇からとくとくと湧き出る言葉になった。夫人は倍も美しくなり、思いをこめたその目が私の胸に深く焼きついた」となっている。エロスの表徴にほかならないサンタ夫人の恍惚とした表情の描写は言うまでもなく、それと対照的におかれている歌姫アヌンツィアータの無言でありながら充分に肉感的な視線、アントニオが忘れようにも忘れえぬ視線への言及を鷗外はなぜ省いてしまったのか。ひとりじめにしたかったのだと見る以外に適当な説明があるだろうか。この点については次項でふたたび触れようと思う。

さて、鷗外訳ではこれに「嚢家《なうか》」の章が続くわけであるが、そこでは原作第四章の冒頭半頁ほどが脱落している。その中に次のような一節がある。――即興詩人として初舞台に立つことになったアントニオは、周囲の人々から称賛と激励を受けて心からの喜びを味わった。そのアントニオの目に燃えている歓喜の火を、だれも虚栄とは呼ぶまい[26]。――アントニオは、初舞台に立った日のことを回想しつつ、当時の自分の精神状態を「虚栄心」という座標軸を用いて分析しているのだが、鷗外訳はそんなことにはおかまいなしで、アントニオが自らの経験から学んで自覚するにいたった処世訓、同じ場所でアフォリズムのように表現されている次の一句も惜しみなく葬り去ってしまった。――「称賛と激励は高貴な魂にとっては最高の学校ですが、それに反して、厳格と不当な叱責は人をいじけさせるか、そうでなければ反抗心と不遜とを呼びさますものです（大畑、下、七二頁）。

次の例は「虚栄心」Forfængelighed が形容詞 forfængelig として使われた場合で、鷗外訳「教育」の章、原作第二部第九章に四例がまとまっている。

ボルゲーゼ家で六年間もの教育を受けることになったアントニオは、周囲の者たちから何かにつけて非難を浴び屈辱に甘んじなければならなかった。たとえば、美しい馬のことしか頭にない男からは、「よりによってかれの持馬を見る目がないというので、なんと思い上がった奴」と言われる。この部分、鷗外訳では、「馬を愛づる貴公子のわが我見を責むるは、われ馬を品し馬に乗りて居諸《きよしよ》を送ること能はざればなり」（下、一三〇頁）と、どこからか引用でもしてきたように書き換えられ、「虚栄」の語は全く影も落としていない。(27)

あれこれ言われるたびに自尊心の強いアントニオは傷つけられ、やがて反抗心をむき出しにして自称教育者たちの愚昧ぶりを嘲けるようになる。そんな折、アントニオの耳には「自惚れの囁きが聞こえてきた――おまえの名は生き続ける、ほかの者の名がみな忘れられようとも、おまえの名だけは人の口にのぼる……」。鷗外はここも「我耳に附きて語りて曰はく。汝の名は千載の後に伝へらるべし」（下、一三〇頁）とだけして「虚栄」は無視している。(28)

自分の自惚れの囁きに聞き入りながら、アントニオはタッソ（Tasso）のこと、レオノーラ（Leonora）のことを思い浮かべる。このレオノーラを評して原作では、「自惚れの強いレオノーラ」としてあるのだが、鷗外訳では「矜持せるレオノオレよ」（下、一三〇頁）となっていて少々的を外している。(29)「矜持」には虚飾の虚の部分が乏しく、あまりに自信がありすぎて「虚栄心」のように不安をよびさます要因とはなりえないからである。

そして、こうした思いに耽ってアントニオは「わが胸が虚栄にときめくのを覚えた」のだが、(30)鷗外訳はなんと、「此の如き心の卑むべきは、われ自ら知る」（下、一三一頁）と、「虚栄」に満ちみちた心をその名で呼ばずに「此の如き心」とした上で、それに「卑しむべき」という評価まで下している。原作では、そうならざるをえなかった理由があってこそ自惚れに酔い痴れもしていたのだ、という自己弁護の文脈なのだが、それを鷗外は、アントニオに「卑しむべき」心だと一応おのれの非を認めさせておいた上で弁明にあたらせている。これは日本人の心情である。日本人の論理である。これはほんの一例にすぎないが、この種の操作がほどこされ、文脈、論理構造の日本化がなされているからこそ鷗外訳は名訳と言われ、長年にわたって読みつがれてきたにちがいないのである。

さらに、それに続く箇所で、「優しいほほえみや言葉は、虚栄心の凍てついた根を溶かす日光だった」(31)と、「虚栄心」が名詞で使われているのだが、この部分、鷗外は、その前の文章を受けて「わが潔白なる心、敬愛の情は、一言の奨励、一顧の恩恵を以て雨露となししに」（下、一三一頁）としていて、「虚栄心」なる語を訳さなかったばかりか、「地中の根」―「日光」という対応関係を、「地中の根」―「万物をうるおす雨露の恩」に置き換え、そうすることで、原作ではその次の文章に「その根には日の光よりも毒の滴の注がれるほうが多かった」と少々ぎこちなく対比されている「毒の滴」、鷗外訳では「毒水」と見事に呼応するようにした。鷗外の得意な顔が目に見えるようである。

キーワード「虚栄心」のもうひとつの使用例は、第二部第十三章、鷗外訳では「末路」の章中に見られる。運命の思わぬいたずらからアントニオと会う機会を逸してからというもの、病気と貧苦に悩まされつつ転落を重ね、今や瀕死の際にあったアヌンツィアータは最後の手紙をしたためてアントニオに送った。その手紙の最終部分でアヌンツィアータは、「私の心は思い上がっておりました。世間の称賛がそうさせたのです(32)」と書いた。この「思い上がり」、アヌンツィアータの虚栄心がアントニオのそれと比較されて『即興詩人』という物語の骨格をなしていることは前にもふれた通り。この部分を鷗外は、「私は世人にもてはやされ讃め称へられて、慢心を増長し居候ひぬれば」（下、二二一頁）と訳していて一見別に問題はなさそうであるが、前掲の「矜持」と同じく、

「慢心」には単純で軽率、豪気で稚拙なところはあっても、「思い上がり」「自惚れ」「虚栄心」に潜んでいるナルシシズム、どこまでもつきまとってくる後めたさ、いくら周囲からちやほやされても決して逃れられない孤独が欠けている。

また、鷗外がここであえて「慢心」なる語を選んだことと、ほかの部分で「虚栄心」という語を無視したこととは、どうやら無関係ではなさそうである。要するに鷗外は、アントニオが「虚栄心」をいだいていたことを知りつつそれを直接名づけることをせず、それでいながら「此の如き心の卑むべき」ことだけはよく弁えていたのにちがいない。それがレオノーラの「矜持」、アヌンツィアータの「慢心」となると話は別で、少々的を外していたとは言え、ためらうことなく訳語をあてたのである。それこそ語り手鷗外の操作、鷗外の「虚栄心」のなせる技でなくてなんであろう。

5 Eventyr の訳語

アンデルセン『即興詩人』の語りの内容をいかに性格づけるかという問題は、すでに考察してきたように「一人称小説」「教養小説」との関連、ロマン主義とリアリズムとの関連、さらにはアンデルセンの童話との関連においても論じられなければならない複雑な諸相をかかえている。もともと『即興詩人』は破格の作品で、空想の世界をリアリズム風の手法で描き出そう、虚構の枠組みに紀行と自伝を取り入れようとした野心的なもので、このパラドクス、二重性が混乱をひきおこさないはずがない。ここでは、語り手アントニオが自らの波乱に満ちた半生を一語で表現するのに使った言葉、デンマーク語では Eventyr なる語を、鷗外がいかに訳出しているか、その実態を吟味しながら、アントニオのEventyrに対する鷗外の反応をさぐってみようと思う。

冒頭第一章で語り手のアントニオは、「わが人生の大いなる物語」を話して聞かせたいと言っている。それを「真実そのまま、ありのまま（自然に）」語ろうという無謀な企て、それがアンデルセンの『即興詩人』という作品だったわけだが、ここで「物語」の空想性、非現実性という側面に注目できていれば、先に説明したパラドクス、作品の二重性も見えてくるはずである。ところがこの「物語」を鷗外は、「我世のおほいなる穉物語」と訳している。[33] 穉《おさな》物語、つまり子供だましの童話である。Eventyrはさまざまな意味あいをそなえた幅広く層の厚い語で、原作ではそれがニュアンスを微妙に変化させながら、さまざまな形で使用されているのだが、翻訳の作業は無慈悲にも翻訳者に、いくつかあるうちのどれをとっても結局は不充分でしかない訳語の候補の中から、一語だけ選ぶことを強要する。どれを選んでも完全に対応できないという事実は翻訳の宿命でもあり前提でもあって、その点を責めてみてもはじまらない。要点は、その選択ぶりであり、一連の選択に筋が通っているか、脈絡があるかどうかにある。以下、鷗外がEventyrにあてた訳語を集めることで、鷗外がEventyrという語の幅の広さをどの程度まで把握できていたかを調べてみたい。

原作では冒頭の章の末尾にふたたび「わが人生の物語」[34]という表現が使われているが、次に語られるべき話の性格を予告してしまっている語り手のこの言葉は不用と見なされたのであろう、鷗外訳では抹消してある。語り手（書き手）は鷗外なのである。ところが次の章、鷗外訳では「隧道、ちごご」の最初の部分で、画家フェデリーゴが、スケッチが終わると「私（アントニオ）とおしゃべり」をしたことが出てくるが[35]、この「おしゃべり」（Sladdren）をも鷗外は「穉《おさな》き物語」（上、二三頁）と訳してしまった。鷗外にとって「稗物語」とは何だったのだろうか。
次の例は「学校、えせ詩人、露肆《ほしみせ》」の章、原作の第一部第七章のこれも冒頭の部分で、学校生活をはじめたアントニオが、「歴史はそのところどころに人を住はせ、そのところどころにて珍らしき昔物語を歌ひ聞せたり」と語る中に出てくる「昔物語」（上、八五頁）。原作ではSagn og Eventyr、伝説（言い伝え）と物語であり、それも、節をつけて歌われた歌謡の類であった[36]。Eventyrはその中でも特に空想性の強いものと考えてよい。

続く原作第八章、鷗外訳では「めぐりあひ、尼君」の章中、アントニオは町で親友のベルナルドに出くわした。そのあいさつに、陽気なベルナルドは、「さるにても何処よりか来し。忍びて訪ふところやある」[37]（上、一一〇頁、傍点引用者）と、Eventyrのもうひとつの意味、アヴァンチュール、恋の冒険を、心にくいまでに見事に訳していて脱帽するばかりである。ただし、雅文体の書き言葉としては、の条件つきでだが。

この語はまた原作同章の末尾、鷗外訳「猶太の翁」の最終部分に再登場しているが、ここでは、その晩のさまざまな冒険、「恋愛」抜きの冒険をアントニオは夢に見た[38]。ところが鷗外は、「あはれ、珍しき事の多かりし日かな。身の疲に酒の酔さへ加はりたれば、程なく熟睡して前後を知らず」（上、一一五頁、傍点引用者）と、Eventyrを「珍しき事」と訳したのはいいが、アントニオにその夢を見させることはせず、自分自身の体験を日記にでも書きつける具合に、酔ったアントニオを熟睡させてしまった。

ベルナルドのアヴァンチュールの話は次の原作第九章でもひきつがれて、Eventyrなる語が二度使われているが、両者とも鷗外訳「猶太をとめ」では削られている。それは、「我身は頭の頂より足の尖まで燃ゆるやうなり」と恋に夢中になっているベルナルドが、「我はそれにつきて汝が智恵を借らんとす。先づそれに坐せよ」と言ったのち、アントニオに向かってまくしたてる場面に出てくるのだが、それを鷗外はただ、「別れてより後の事を語り聞すべし」（上、一一七頁）と要約してしまい、燃えさかる恋の炎に水をかけてしまった[39]。

原作では同じ章、鷗外訳では「媒《なかだち》」の章で、ユダヤ娘への恋に燃えるベルナルドは、アントニオに娘に近づく手助けをしてくれと頼む。その中に、アヴァンチュール、と言うよりはもっと広く危険なことや無謀なことを冒すという意味でEventyrが使われているが、鷗外訳では単に「されど此事は」（上、一二二頁）とあるだけで、訳語はあてていない[40]。

謝肉祭のある晩、ふたりの若者はローマ第一のオペラハウスに、カルタゴの女王ディドに扮する新進の歌姫を見にいくことにした。その前置きの部分で語り手アントニオは、これから「わたしの人生でもっとも深刻な物語」、『即興詩人』の精髄にふれる「物語」が始まろうとしている、と言っているが、鷗外はこれを「謝肉祭」の章で、「此祭我生涯の境遇を一変するに至りし」（上、一二八頁）と記して、またしても「物語」なる語を避けている[41]。ちなみにベルナルドの恋する娘とこの歌姫が同一人物のアヌンツィアータだと判明するのもこの晩で、それだけでもロマンチックなのだが、おまけに、アントニオがまだ子供だった頃に出会った歌の上手な美少女もこのアヌンツィアータだったと確信するにいたって、『即興詩人』という小説は空想小説、夢物語の領域に達した。そしてそれこそまさしくEventyrの本質なのである。しかし鷗外はそれに言葉を与えていない。

ある日アントニオに画廊に案内されたアヌンツィアータは、心を開いて身の上話をはじめた。父母のない自分が、世間からさげすまれているユダヤ人に助けられたと話すにおよんでアヌンツィアータはいきなり口をつぐみ、「あな無益なる詞にもあるかな、由縁なき人のをかしと聞き給ふべき筋の事にあらぬといふ」(42)（鷗外、上、一八七頁）。アヌンツィアータは、「こんな物語、赤の他人のあなたにはおもしろくもなんともないでしょうに」と言っているのであるが、この、「をかし」と聞ける筋の話こそ Eventyr にほかならない。

ベルナルドを傷つけ、彼を介抱するアヌンツィアータは自分ではなくベルナルドを愛しているのだと思いこんで自分の心をも傷つけてしまったアントニオは、ついに逃亡の旅に出た。その途中、山城の洞窟に閉じこめられるという災難にあう。後日、さらにナポリへ向かう途次で旧知の画工フェデリーゴに出会った時に、アントニオはその時の模様を打ち明けた。占い女フルヴィアがアントニオの幸運を再度予言してくれたことをふくめて思いがけない事件の連続だった山賊の洞窟での体験が、原作では Eventyr と呼ばれている。けれども鷗外訳には、「身を賊寨《ぞくさい》に託せしこと」（下、一二頁）とあるのみである。(43)

ナポリに滞在していた時のある晩、旧知のフェデリーゴがローマにいたころの幸福な日々を話題にして陽気に思い出話をしてくれた。その中にはアントニオの「夢にだに知らざるやうなこともありて」、少年時代のアントニオをからかってばかりいた百姓娘「賤しきマリウチアさへその事に与れりといふ」（鷗外、下、二九頁）。この、人に耳をそばだたせるような珍しくおもしろい話が言わずもがなの Eventyr で、ここは文脈から言ってアヴァンチュールのことをさしているのはまちがいない[44]。それを鷗外は、「夢にだに知らざるやうなこと」と婉曲な言いまわしで原作にない説明を加え、思わせぶりに「その事」とした。ところでこの部分、原作では、アントニオがナポリで親しくなった「考古学士」マレッティの家に多くの青年が集まってきていること、そしてこれらよく踊りよくしゃべる青年たちが、知りあって間もないアントニオにかれらの「心の秘密」、つまり情事を打ち明けたことが語られていて、詩と精神の世界に生きるアントニオと、愛と肉欲の世界に生きるほかの青年たちとの対比がなされている。その延長の上に鷗外訳「考古学士の家」の章の最終にある、ベルナルドを選んだ（とアントニオが確信している）アヌンツィアータへなおも思いを寄せるアントニオの内省が述べられるのである。青年たちの話がそれに影響を与えていないはずがない。

即興詩人として初舞台を踏んだアントニオは聴衆から題をつのった。そのひとつに「ナポリのカタコンベ」と書いてあった。それを見てアントニオは、子供のころ、ローマのカタコンベ（地下墓所）において「フェデリゴとの漫歩より地下に路を失ひたる時の心の周章など、悉く目前に浮びぬ」（鷗外、下、五五頁）。この、心をわくわくさせ、背筋をぞくぞくさせるような体験、それもまた冒険、Eventyr であって、鷗外はそれを「心の周章」と上手に言いかえた[45]。

Eventyr は原文中のみならず、原作の第二部第七章の題にも使われている。「アマルフィでの Eventyr」[46]がそれだが、サレルノからカプリへ向かう途中、道連れのジェンナーロとアマルフィで一夜をすごすことになった晩、昼間出会った人妻に血迷ったジェンナーロは、その家にこっそり忍んでいった。そこをアントニオが機転をきかし、事なきを得るにいたったのであるが、これも Eventyr で、アヴァンチュールと呼ぶよりはむしろ「エピソード」とした方が適当な事件だった。

鷗外訳ではこの題は用いず、「夜襲」としてエピソードの内容を端的に示している。

鷗外訳でも同名の題になっている原作第九章「教育」は、ローマにもどってボルゲーゼ家で六年間の教育を受けることになったアントニオが、後日その全体を概観し、読者に直接話して聞かせるところから始まっている。「読者よ。わが物語を聞くことを辞《いな》まざる読者よ」と鷗外は記しているが、この「物語」は『即興詩人』の巻頭に使われている「物語」と同一の内容をさすものでありながら、鷗外はさすがに「稗物語」とはしていない。底本のデンハルト訳が別の表現を用いているからである。(47)

鷗外訳『即興詩人』の巻末は省略がはなはだしく、要約、ダイジェストと言っても過言ではないほどである。かつてペストゥムで出会った盲目の少女ララがマリアと名を変え、手術を受けて視力をとりもどした美しい女性としてアントニオの前に出現した。そのマリアとアントニオはしんみりと語りあうのだが、マリアの「生涯の物語」は鷗外訳では見るも無残に改竄され、アンデルセンの空想の翼は鷗外の手によってずたずたに引き裂かれてしまった。該当の場所をあえてもとめれば、「心疾身病《しんしつしんへい》」の章、アンジェロが「金あまた取出て、逗留すること数日にして眠るが如くみまかりぬ」(下、一二九頁)の直後である。(48)

最後の例は、アントニオとララの身の上に奇跡に近いできごとの起こったカプリ島へ、すでに三年間の幸福な結婚生活を送ったふたりがふたたび訪れるところに出てくる。原作第十四章の後半、鷗外訳「琅玕洞」の章の冒頭である。「カプリ島は私たちふたりの生涯で一番不思議なことのあったところ、そこへ行けば謎が解けるかもしれない」という箇所を鷗外は、「再び此島に遊びて、昔日奇遇の蹟を問はんとするなり」（下、二三一頁）と、「奇遇」なる語をあてて Eventyr を文脈にそって説明している(49)。

以上見てきたように、鷗外はアンデルセンの用いた Eventyr という含蓄のある語のほぼ全域にわたる用例に接していたことが判明した。原作で Eventyr の語が使われていながら鷗外が省略してしまった箇所については何とも言いがたいが、それにもかかわらず、鷗外には『即興詩人』という作品の全体が Eventyr の構造をもっていたことまでは洞察できていなかった、あるいはみとめようとしなかったらしいと結論してよいようである。

6　省略部分――ラテン詩と「神」とキリスト教と……

すでに本稿の各所でそのつど言及してきたことであるが、鷗外訳『即興詩人』には省略部分が非常に多い。具体的にどの部分が省略されているかについてはすでに諸氏の指摘があるのでここにはいちいち列挙しないが、省略をほどこしたことの動機や意図、その背景にいたるまで考察を加えた論考は意外に少ない。

たとえば鷗外訳「考古学士の家」の章以降、マレッティ博士はさかんにラテン詩、特にホラチウスの詩を引用しているが、これらは鷗外訳では完全に無視されるか、ごく簡単な言及、書きかえがなされているにすぎない(50)。なぜなのか。と問う前に、もうひとつ確認しておくべきことがある。アンデルセンの原作に引用されているラテン語の章句はすべて原詩のままで、注も解説もなにもなかった。ラテン語の知識、それもホラチウスの詩句は、『即興詩人』発行当時にはまだデンマーク教養人の常識のひとつとみなされていたため、原語のままでよかったのである。それは明治の知識人に漢籍の素養があり、かつまた必要とされていた事情と軌を一にする。こうした背景を知っていたからこそ鷗外はあえてラテン語詩句の引用を翻訳することを控えたのであろう。原作、ドイツ語訳中ともに、ラテン語のままになっている章句に訳文をあて、現代文なら文語が使えたところを、たとえば返り点などをほどこした漢文の形式を用いて処理したとしても、それでは雅文に紛れて区別がつかなくなってしまう。[51]また、ストーリーの展開にとってそれほど重要な箇所でもないと鷗外はおそらく判断して、それで省いたものであろう。

ラテン語に限らず、どうしても省略のできない引用については、鷗外は少なくとも三通りの反応を示した。まずダンテ『神曲』地獄篇からの引用である。これはアンデルセンの原作では六行詩のデンマーク語訳、デンハルトのドイツ語版はそれの文字通りの逐語訳があげられているが、鷗外はそれを、「神曲、吾友なる貴公子」の章で、五七五七句四句に五七七の第五句を加えて訳した[52]（上、九二頁）。

次はアントニオの自作の詩である。これは鷗外訳「歌女」の章で、こんなすばらしい詩を作る作者を、アヌンツィアータはきっともっとよく知りたいと思うにちがいないと、アントニオがひとりで悦にいる詩であるが、原作、デンハルト訳ともに六行の詩を、鷗外は七五を九つ重ねて七七で締めくくる韻文に訳している[53]。

そして最後に『聖書』からの引用である。『即興詩人』第一部に二カ所出てくるが、鷗外は「ベレスヒツト　バラ　エロヒム[54]」（創世記一・一）、「ポプルスメウス、クヰツト　フエチイ　チビイ[55]」

（旧約聖書ミカ書六・二三）といずれもカタカナ書きにして全体を「不訳語」として扱い、その出典も意味も説明していない。祈りの句なので、呪文のように聞こえればそれでよかったのであろう。

これに限らず『即興詩人』の中には、鷗外も初版の例言三で述べているように、「文中加特力教《カトリコオ》の語多し」である。『即興詩人』という作品は言うまでもなくキリスト教、それもプロテスタントを背景にしたデンマーク文化の中で生まれたものであるが、作品にあらわれる「神」の概念はキリスト教の形而上学とはほど遠く、その使われ方も決して一元的ではない。これは前にもふれた二重性、主人公アントニオと語り手アントニオとの二重構造とも関連するのだが、「神」とは少なくとも『即興詩人』の中では、自分で制御したり予見したりすることのできないある意志によって世界が動かされているように感じる心的状態の別称であり、それは、ひとつには人生上のできごとがすべて意義深いものとしてそこへ収斂していくような生の根源として、もうひとつは、盲目的で恣意的な偶然性として二元的にあらわれる。次から次へと偶然のできごとにふりまわされる主人公アントニオの半生を、語り手アントニオが冷静にしかも賢明に解釈して語るという『即興詩人』の構造と、作品中の「神」のとりあつかわれ方とは決して無関係ではないのである。また、アントニオにとっての「現実」は、自己の外側に存在する何物かではなく、アントニオが、自分がそこに存在させられている世界と意義深い交渉をもつことそれ自体をさしていた。そこでは眼前の自然とその解釈とが見事に融合する。偶然に弄ばれていたかに見えた事象もひとつの方向性を見せて「調和」に達する。言葉を換えれば、そこに方向性を与える行為こそ「解釈」にほかならず、『即興詩人』中の「調和」が、エロスの世界においてアントニオがマリアと結ばれた時点で初めて達成されたこと、その前提としてアントニオの「虚栄心」の克服があったことについては、すでに述べておいた。「神」が語られながら、キリスト教絶対神の摂理ではなく、むしろ自然の摂理にのっとって偶然が起こる、奇遇がある。そして最後に「調和」がくる。この、混沌から和に向かわんとする心情の軌跡ほど日本人に受け入れられやすいものはないだろう。普遍性のゆえだと言えないこともないが、ともかく、鷗外訳『即興詩人』が好評を得た背景として、そういう事情も想定しておくべきだろうと思う。

翻訳は選択であると同時に解釈である。つまり、方向性を与えて枠を作ることにほかならない。『即興詩人』翻訳にあたって鷗外は数々の枠を設けた。そのいくつかを本稿中で見てきたわけであるが、鷗外の「省略」も、ただの不在、あるいは改変ではなく、ひとつの方向づけと見るべきであろう。原作の「省略」も解釈の形態なのであって、鷗外訳『即興詩人』を分析の対象にする時には、この「省略」も積極的に「解釈」し、意味を汲み取っていかなければならない。

原作第二部最終章にあたる部分は、鷗外訳では「流離」の章の中途から始まっている。それに「心疾身病」「琅玕洞」が続くわけであるが、この後者二章は、原作のなんと半分近くにまで縮約されてしまっている。以下、何が削られ、いかに略されたか、また、それがどうして行なわれたかをさぐってみようと思う。途中、誤訳など、翻訳上の問題点はもちろん指摘するが、瑣末な事項と重複は避け、本稿の論旨にかなう例に重点をおくことする。

区切りのよいところで、高熱にうかされていたアントニオが我に返り、ローザとマリアの姿を目にするところから始める。

オルガンの調べのような音楽につつまれながら[56]、生まれてはじめてキスをした女、ララをもとめてアントニオは夢の世界をさまよっていた。やがて目をあけたアントニオは、ローザのそばにマリア（ララ）がいるのに気がついた[57]。すると、マリアがいきなり立ちあがって部屋を出て行こうとした。アントニオは「ララ！」と呼びかけ、心を開いて愛を打ち明ける。それから二、三日たって、今度はマリアが心に秘めていた愛をしみじみと語って聞かせた。この場面で語り手は、「愛は混沌に秩序を与えて世界を造りあげた、と神話はおしえているが、愛する心ではこの創造がたえずおこなわれている」と、悟りすましたような声で読者に語っている[58]。これを鷗外は削った。マリアに愛されていたと知って至福の状態にあったアントニオは、原作ではしごく饒舌になるのだが、鷗外訳のアントニオは言葉少ない。いや、「我はおん身を愛す」（鷗外、下、二二八頁）といった雅文調では、歓喜に輝いているアントニオの高揚ぶりを外からながめて「説明」することはできても、それを「描写」すること、つまり、上気して愛を打ち明けるアントニオの表現を、そのまま再現することはまず無理だったと言ってよい。

　ところで、マリアの話の中にジプシーの占い女のことが出てくるが、鷗外は読みちがえたのであろう、「「チンガニイ」族のおうな」（下、二二九頁）としている[59]。夢のお告げに、カプリ島の魔女の岩屋へ行けば、天使から薬草を授かってトビアスのようにまた目が見えるようになるとマリア（ララ）は言われた。ここの、「トビアスの如く」（同）の直後に鷗外は、「(旧約全書《ママ》を見よ)」と、なんともスキャンダラスな注を文中に加えている。マリアは、綿々と微に入り細をうかがった身の上話を展開しているのだが、そのいかにも女性らしい話ぶりに鷗外は少々苛立ちでもしたのだろうか、流れに棹をさすようなこの一句をはさんだのだった。アントニオの饒舌同様、くどくどしい話も雅文体にはのせられない。また、自分の見えない目を治すのに、天使が薬草をくれたというマリアの御伽噺然とした話も、アントニオがあの薬草は自分が手渡したのだと語って真相を明らかにする。鷗外はその経緯をすべて省略し、「天使はおん身（アントニオ）に似たる声して我名を呼び、我に薬草を与へき」（同）とつじつまを合わせて処理している。その操作には、御伽の要素をなんとか最小限にとどめようとしている努力が見えないでもない[60]。さらに、ローザの弟の医師がマリアの目を見えるようにしてくれたという話は、アントニオは友人であり恋敵でもあったポッジョから聞いてすでに知っていた。そのことは前章十三章末で語られているのだが、同じ話がマリアの口から直接語られる部分で鷗外は、「流離」の章で原作には使われていなかった「手術」（下、二二五頁）なる語を使用して記述を具体的にしていたように、ここでも「手術は功を奏せり」（下、二二九頁）と「手術」をことさらに強調している。これは、薬草云々の御伽噺などしりぞけて、近代医学の技術的達成と有用性を無意識暗黙のうちに鼓吹しようと意図した鷗外の操作のように思えてならない。

ナポリに連れ帰られたマリア（ララ）はローザ姉弟の家に引き取られて新しい生活を始めた。それを機会にローザ姉弟は、ギリシャでなくなったふたりの大事な妹の名をとって、ララをマリアと呼ぶことにしたのだった[61]。鷗外が「我を養ひて子となし、希臘にてみまかりし子の名を取りて、我をマリアと呼びぬ」（下、二二九頁、傍点引用者）と訳しているのはおかしい。なにか先入観でもあったものか。それはよいとして、ローザ姉弟のもとでマリアが授けられたもうひとつのもの、美しい「魂の世界[62]」については鷗外はひとことも触れていない。完全に削除されている。アントニオとマリアが小さな礼拝堂の「贄卓《にへづくゑ》の前に手を握り」（下、二三〇頁）結婚式を挙げたことはさすがに省略されていないが、ふたりの愛が「魂の世界」に属すべきもの、愛の幸福こそが現実で、「神のみが人間の胸のなかに吹きこむことのできる至福」にひたりきっていたふたりのことは、鷗外はことごとく省いてしまった[63]。神の世界一般から、キリスト教の愛や至福という概念、魂の世界に話が及ぶ段になって、語り手の鷗外は選択をせまられた。そこで西洋文化の紹介者、作家・翻訳家の鷗外は、「普請中」の看板をかかげてアントニオとマリアの「愛の幸福」について語ることを断念し、かわりにごく日常的な地上的な愛をふたりに与えたのである。それは換骨奪胎などではない。原作の「魂」を奪う行為であった。逆に言えば、それをあえて行なったからこそ鷗外訳は日本文化の伝統の中で土着化に成功し、生きながらえ読みつがれてきたのである。したがって、原作の「魂」を抜き取ってしまった翻訳が、言葉の正確な意味での翻訳とは呼ばれえないのは自明であって、議論の余地などない。

結婚してから三年がたち、アントニオとマリアはアヌンツィアータと名をつけた女の子を連れてふたたびカプリ島を訪れた。そこで、かなり背が高く、彫りの深い顔が少々蒼白い外国人と出会った。これがアンデルセン自身だったことはすでに述べておいたが、鷗外訳ではこの外国人が、「容貌魁偉なる一外人」（下、二三一頁）となっている。底本のデンハルト訳では原作を忠実に訳してこの部分、Ein fremder Herr, ziemlich gross und etwas blass, mit kräftigen Zügen となっていて[64]、mit kräftigen Zügen だけなら鷗外訳のような意味にとれないこともないが、それでは「少々蒼白い顔」とあまりうまく適合しない。etwas blass を省略してしまったせいで、この外人は「彫りの深い顔」から「魁偉」に変身してしまったらしい。作者アンデルセンについての知識がとぼしく、『即興詩人』の構造が透視しにくかった鷗外にそこまで要求するのは無理かもしれないが。

さて、青の洞窟、琅玕洞では「万象は皆一種の碧色を帯び、艫の水を打ちて飛沫を見るごとに、紅薔薇の花弁を散らす如くなるなれ」（鷗外、下、一三二頁）という景観で、「それは妖精の世界、ふしぎな魂の世界だった[65]」が、この部分をふくめての一節、『即興詩人』の御伽の世界、神話的世界が昇華して大団円をむかえる次のような一節が、鷗外訳ではそっくり除かれている。――「超自然のあらゆる現象が現実に溶けこみ、現実が魂の世界にはいりこむ」、「花の種子から不滅の魂まで、みな奇跡」、「ところが、人間はそれを信じようとしないのだ[66]」――

『即興詩人』の御伽のような世界、その神話的構造は、叙述がいかに写実的であっても、所詮、信じる者にしか理解できないものだった。心情的にはロマンチストでありながらも、ものを見る目は現実主義者であった鷗外は、『即興詩人』の終結部で、琅玕洞の「自然の奇観に逢ひて」（下、二三二頁、傍点引用者）感動し沈思にひたる人々に理解を示した。いや、それが鷗外の理解の仕方であり、その限界だった。「自然の奇観に逢ひて」の一句は鷗外の挿入で、原作にもデンハルトの独訳版にもない。また、キリスト教関係のことは原則として省略していた鷗外が、ここにいたってとってつけたように「その奉ずる所の教の新旧を問はず……天にいます神父の功徳を称へざるものなし[67]」（同）と訳文をつけているのは、鷗外が自然の中に「神」を見ていたことと、新教旧教の人々が自然の奇観の中にかれらの神キリストが成就した奇跡を見ていたこととの間に何らの矛盾もないと感じたからにちがいない。

老婆フルヴィアの予言が的中し、詩人としても成功、マリアの愛もかちえたアントニオの半生は、文字通りの御伽噺だったといえよう。御伽噺はアンデルセンの童話同様、現実との相関関係のゆえにではなく、その閉じられ独立した非現実（夢の）世界の構造の普遍性と超時代性のゆえに意味を持ちうる。その内容は信じるものにしか理解できないのは当然で、非現実（夢）の世界が存在するという前提がみとめられなければストーリーは展開しない。同じことは『即興詩人』にも言えるのであって、詩人としては成功し（つつあっ）ても、恋愛生活の方では不運に続く不運の苦い体験をしていたアンデルセンにとっては、アントニオの経験した愛の幸福、しあわせな結婚生活、家庭生活は、夢に見る対象でしかなかった。アントニオがララと出会い、琅玕洞で神秘的な体験をしたあと、『即興詩人』中の記述は急速に非現実化する。それにアヌンツィアータの悲劇的な死が重なるにいたって、もともと夢物語のようだった話がますます空想性を増していって偶然が重要な役割を演じ、恋愛の舞台も魂の世界、精神の世界へ移っていく。鷗外は、こうした世界の女主人公マリアや、この世のものでない存在の一切に興味がなかったようで、「末路」の章でアヌンツィアータがアントニオにあてた遺書を訳したのちは、省略が目に見えて加速度的に増えていった。あたかも、アントニオとマリアの幸福な愛情生活など信じようとはしなかったかのように。それは夢物語でしかなかった。それにひきかえ、アヌンツィアータの死、歌姫の死には真実味があった。身につまされるような真実があった。

三　『即興詩人』と鴎外、あるいは歌姫と『舞姫』

鴎外訳『即興詩人』と鴎外の創作『舞姫』（一八九〇年）はしばしば比較の対象とされてきた。『舞姫』が『即興詩人』同様自伝的要素を持った一人称小説であり、異国（異郷）での体験をもとにした一種の恋愛小説に「出世／成功」のテーマが織りこまれているという意味でも、両者に共通点が多く見られるのは否定できない。以下、本稿であつかってきた論点との関わりから、『舞姫』の比較文学的研究に『即興詩人』を正確に位置づけ、それと同時に鴎外訳『即興詩人』に『舞姫』が先行していたことの意味を明らかにすべく、問題点を若干列挙しておきたい（ここで単に『即興詩人』というのは、『舞姫』執筆以前に鴎外が味読していたはずのアンデルセン原作〔デンハルト独訳〕の『即興詩人』であり、鴎外訳『即興詩人』のことではない。この一点は何度強調しておいてもしすぎではないほど重要である。『舞姫』発表時に鴎外訳『即興詩人』はまだ存在していなかった。これを無視して、鴎外訳をアンデルセン原作に見立てて『舞姫』と『即興詩人』の比較を試みることには、方法論上の誤りがあると言わなければならない）。図式的に言えば、アンデルセンの『即興詩人』は、『舞姫』という作品を通じて変形され、書き換えられて鴎外訳『即興詩人』となったのである。

まず、『舞姫』の自伝的要素について見てみよう。『舞姫』は『即興詩人』と同じくモデルのある鍵小説（roman à clef）であり、作品発表以来今日にいたるまでモデル問題が延々と続いてきている。しかし鍵小説『舞姫』はあくまで虚構作品であり、モデルがさまざまな方法で文学的に形象化されているのは言うまでもない。いわゆる「エリスさがし」も、『舞姫』中の記述との相関関係を根拠にしてモデルの真偽をあげつらうのは稚拙にすぎよう。モデルは想像力によって肉付けされ、文学的表現によって虚構化されているのである。実在のモデルが誰であったにしろ、舞姫エリスの形象に、たとえば『即興詩人』中の歌姫アヌンツィアータが強く影を落としていることは容易に想像され、それはこれまでにも繰り返し指摘されてきた。

それはさておき『舞姫』の主人公太田豊太郎であるが、この名が作品中に現われるのは冒頭第五節目「余は幼きころより……太田豊太郎といふ名は……」と、終末部で「我豊太郎ぬし、かくまでに我をば欺きたまひしか」とエリスが叫ぶところ、ただの二カ所にすぎない。あとはすべて「余」が使用されている。この、冒頭と結末だけに豊太郎の名を配した作品の枠作りは注目しておいてよい。語り手の「余」は、語りの裏に隠れて自らを描写していない。読者の知りうるのは「余」の内面であって、その外観についてはほとんど無知である。これが作品の枠作りとも関連しているのであるが、それにもかかわらず読者が太田豊太郎という人物を思い浮かべることができるような錯覚にとらわれるのはなぜであろうか。

『舞姫』という作品は、南イタリアの「ブリンヂイシイ」(Brindisi)の小港から「東に還る今の我」が、「西に航せし」時にも停泊したサイゴンの港において、ベルリンでの生活を回想するという構造になっている。その回想中にさらに、幼いころからの家庭の背景、「我名を成さむ」「我家を興さむ」という「功名の念」にかられて洋行した「我」の半生が簡潔に素描されて挿入されている。

『舞姫』は太田豊太郎を主人公にした回想記ふうの一人称小説であり、語り手「我」がベルリンでの体験を中心に、「功名心」に導かれ迷わされた自己の半生を語る、矮小化されて中途半端な、言わば未完の教養小説でもあった。これだけでも『即興詩人』との類似は明白だと言ってよい。

ところが、太田豊太郎の半生が鷗外森林太郎の半生に類似していることから、『即興詩人』のアントニオとアンデルセンとの相似関係と同じく、『舞姫』は鷗外の偽装された半自伝と見なされてきた。これも見やすいことで問題にすることもなさそうであるが、その際に忘れられがちなのは、日本の読者が何らの抵抗もなしに、太田豊太郎と仮面をつけた鷗外を重ね合わせて『舞姫』という作品を読み、感興をひきおこされている事実である。しかし、作品外の情報、作者とその周辺に関する知識を持たない読者には、この種の自伝的一人称小説のからくりは通用しない。すでに指摘しておいたように、主人公太田豊太郎は語り手によって描写されておらず、したがって、作家鷗外とその時代、その背景を知らない読者には、太田豊太郎のイメージが浮かべられないからである。『舞姫』が外国語に訳された場合、鷗外ばかりではなく、明治日本を知らない読者には、意志薄弱でいざとなると冷淡薄情、功名心にかられ虚栄心にふりまわされて愛する女を捨てた一日本人青年の告白としか読まれないのは、その間の事情を如実に説明してあまりある。[*] 作品中に記述されていないことは知りようがないためである。[68] そしてこの点こそが、同じく半自伝でありながら、空想の翼を異国の空に思う存分広げ、虚栄心にまどわされた自己の半生を饒舌に、しかも詳細に語りまくった『即興詩人』という〈夢〉物語と相違している。未完の教養小説『舞姫』には、名を成し目的を遂げた人物が成功にいたった過程を回想するという視点が欠けていた。と言うより、まだその視点を獲得できないでいた。

ところが『舞姫』発表二年後の一八九二年、すでに『うたかたの記』『文づかひ』を執筆し、石橋忍月とのいわゆる「舞姫」論争、坪内逍遙との没理想論争も経験、観潮楼に書斎を構え、『美奈和集』を出版した鷗外は、機が熟したのを見てとったかのように『即興詩人』を『しがらみ草紙』に発表しはじめた。それまでの文語体による文章表現の集大成たるべき意欲的な翻訳、原作のロマン主義風の作品世界を表現するにふさわしい雅文体を採用した翻訳であったが[69]、それがまた足枷になったことについては本稿第二節の2ですでに述べておいた。一方、鷗外訳『即興詩人』中では以前よりさらに洗練されていたとは言え、会話体ほか、『舞姫』の次元の文体ではもはや充分な表現ができない文章が原作『即興詩人』にはあり、鷗外はそれを容赦なく改変、あるいは切り捨てていった。そうした困難にもかかわらず、鷗外をなおも翻訳に駆り立てていたのは、文体の完成ばかりであったはずはなく、もっと強く根深い個人的な動機があったにちがいない。

そのひとつが虚栄心に翻弄されながらもなんとか自己の確立を成しとげたアントニオの運命への興味、そして何よりも、悲運の歌姫アヌンツィアータへの憧憬であったろうと思う。

鷗外は、アントニオが自分の虚栄心を真向から分析する部分を翻訳文中で等閑することによって、つまり、興味の不在を示すことによって逆におのれの「功名心」にいつまでもかかずらっている自分自身を露呈してしまった[70]。けれども、アントニオの夢物語のような結末ではなかったにしろ、鷗外も『即興詩人』の翻訳時には一応の成功を勝ち得ていた。それでいてなおもアントニオに惹きつけられたのは、アイデンティティーを回復し心の平衡をとりもどした小心弱気なアントニオの形象に自己を投影し、自分の境遇と二重写しにしてそこに代償を見出していたからであろうと思う[71]。

標準的な教養小説のパターンは、「調和的世界」が「危機」をむかえ、それを乗り超えてふたたび「新しい調和」に達するというものだが、『舞姫』の場合には「危機」から脱け出すところで終わってしまっており、「新しい調和」は予告すらされていなかった。鷗外は、この「新しい調和」を、『即興詩人』を翻訳することによって羨望とともに密かに味わっていたのにちがいない[72]。太田豊太郎という仮面をアントニオに換え、アントニオに太田豊太郎の言葉を語らせることでこの手品は可能になった。

もうひとり、自らの虚栄心の犠牲となったのが歌姫アヌンツィアータであったが、ある意味でアヌンツィアータはアントニオの犠牲者であったとも言える。男の詩人が、愛する女を死の世界に送ったあと、自分は詩作で有名になる、というのはオルフェウスとエウリディケの話であった。『即興詩人』はその一変形であり、ヨーロッパ文学の伝統にのっとった芸術家小説でもあったわけである。ドイツから帰国したのちに文名を馳せるにいたった鷗外（太田豊太郎）は、自分の出世の犠牲者となった歌姫ならぬ「舞姫」エリスを、『即興詩人』の翻訳文の中であらためて忘却の世界に送りこもうと企図したのではなかったか。

鷗外はアヌンツィアータの姿に、ありし日のエリスの面影をかいま見ていたにちがいない[73]。しかしそれも、エリスを忘れ追憶の世界に封じこめるための儀式にほかならなかったろう。『舞姫』中の記述を読んでみるがよい。そこには太田豊太郎の自己弁護しかない。弁解と言い訳しかなかった。別れることを余儀なくされ、それを自ら受け入れた自分。その苦しく無念な立場を、今回は太田豊太郎ではなく翻訳者鷗外が、『即興詩人』という作品を借りて密やかな弁明を試みていたらしい。そして、危機を運よく乗りこえたアントニオに空想の世界で自己同一化し、救済を得ていたらしいのである。

　アヌンツィアータの死以後の出来事を物語った部分の鷗外の訳文に、無謀で極端な省略が目立つことについてはすでに触れておいた。アントニオは作品中でマリアを得るのだが、このマリアは、アンデルセンにとって詩人としての栄誉と評判、詩心、詩神といったものの象徴であった。アンデルセンは『即興詩人』執筆以前も以後も、実人生において生身の血の通った女性の愛をえることは一度としてなかった。それが巻末近くで「魂の世界」の記述として御伽噺のような表現を与えられているのであるが、その部分を、『舞姫』以来、本質的にはロマンチストでありながらもすでにリアリストの目を兼ね備えていた鷗外[74]は、徹底的に削って捨てた。認識の対象として「世界」をとらえていた鷗外は、そこに何かの徴候を発見する場として「世界」を見る神話的立場には皆目興味を示さなかった。マリアが幻想の産物でしかないことを見抜いていたとも言えそうだが、鷗外の眼中にあったのは、ユダヤ人街に育った歌姫アヌンツィアータの形象の端ばしにほの見えた、舞姫エリスの面影だったのだろうと思う[75]。もっと正確に言えば、鷗外は、アンデルセンが実人生では実らぬ恋の対象を作品世界において造形したアヌンツィアータという形象に、異文化の男との恋にずたずたに引き裂かれた舞姫エリスを重ね合わせ、そうすることで森林太郎がドイツで知り合い肌を暖め合った女性の容姿にモンタージュさせていたのにちがいないのである。忘れようとする努力は、忘れられないからするのであり、延々と訳し続けられた『即興詩人』は、その儀式の残滓にすぎなかった。アントニオがマリアという御伽噺を手に入れて精神の平衡を取りもどしたように、鷗外は『即興詩人』というEventyrを訳すことによって、舞姫エリスという仮面をつけた意中の女性との和解をはかり、「新しい調和」を得ることに成功したのである。

だからこそ鷗外は、「年老い目力衰へた」母親のために翻訳原稿を四号活字を以て印刷し、そうすることで母堂に『即興詩人』の事実上の献呈を行なうことができたのだった。これは単なる美談のように受け取られてきているが、鷗外訳『即興詩人』は、実は森林太郎のいわゆるエリーゼ・ヴィーゲルト（ヴァイゲルト）事件に関する文学的始末記であり、かつまた林太郎が母堂から受けたであろう経済的援助に対する借金返済の書でもあったにちがいないのである。

さらに言えば、「石見人森林太郎トシテ死セントス」という遺言状の一節が意味するところについても、明治の近代国家体制に対する否定と見なす説ほか諸説があるが、(76)その深層心理には相変わらず、若かりし日の星、エリーゼの影が落ちていたと見てまちがいあるまい。それを裏打ちするように小堀杏奴『母から聞いた話』には、「此の女とは其後長い間文通だけは絶えずにゐて、父は女の写真と手紙を全部一纏にして死の前自分の眼前で母に焼却させたと言ふ」というエピソードが記されている。(77)「此の女」はエリーゼと思われるドイツの女性、「父」は鷗外、「母」は志け（しげ）である。鷗外はやはりエリーゼを忘れられなかったのであろう。別れた日のままのエリーゼを思い浮かべつつ、明治国家で名を成し出世する前の森林太郎、ベルリン時代の裸の「RM」で死にたかったのであろう。

ここに述べてきたことはもとより証拠をあげて証明のできる筋合いの話ではない。前節で分析した鷗外訳『即興詩人』と原作との差異のはざまから推論を組み立てての結論にすぎない。そして推論の有効性は、その説得性にしかないのである。[78]

おわりに

島田謹二博士の論文「森鷗外の『即興詩人』」をもって、「『即興詩人』の研究はここに完成してゐる」と述べたのは小堀桂一郎だが[79]、このすぐれて綿密な研究論文に対する献辞としてはうなずけても、『即興詩人』研究ここに究まれりとする姿勢には賛成できない。対象は何であれ、神格化は退廃のはじまりである。所詮われわれには見ることのできるものしか見えず、見ることのできないものは何としても見えないのであるから、視点が変われば視界も変わり、時が移って時代が変われば焦点の合わせ方、興味の対象が変わってくるのも当然、本稿も、そうした判断から今後の研究の参考になればと思い、アンデルセンの原作に照準を合わせて鷗外訳『即興詩人』を分析してみた。

小堀桂一郎はまた、鷗外の用いた底本のデンハルト訳につき、同書に「デンマーク語からの自由訳による」とわざわざ断り書きがあるのは、「まるで原典への忠実さに就ては予め責任を回避してゐる如き通俗普及版である」と断定したあとで、これは「どうやら自由な意訳であるらしい」と推測している[80]。レクラム文庫の一冊として刊行されたデンハルト訳を通俗普及版と見なすことには別に問題はなかろうが、それが意訳かどうかは原本にあたってみなければわかるまい。デンハルトの言う「自由訳」は、完璧な訳ではないという意味での自由訳であって、日本語の表現が喚起する意訳に近いようなものからは程遠い、むしろ直訳と呼ぶにふさわしい翻訳だった。それについては、すでに拙稿「鷗外訳ウィード短篇四作（一）」で述べておいたとおりである。[81] よい機会でもあるし、参考のためにデンマーク語原文とデンハルト訳との対応部分を三カ所あげておくので、比較してみていただきたい。デンハルト訳は、全篇ごく稀に語を補っている程度で省略もない。なぜ「自由訳」と断わらなければならなかったのか、謎である。もとよりデンハルトの文章は、あまり立派なものとは呼べないところがある。しかしそれも、アンデルセンの文章を忠実に再現、直訳したせいであって、非はむしろアンデルセンにあった。アンデルセンは才能あふれる語り部であっても、文章家ではなかったからである。

島田謹二はアンデルセンを「第三流のデンマルク物語作家」と見なして評価がきびしい。[82] 二流ではなく三流と呼ぶのが厳密に何を意味するのか、明らかにされていないが、鷗外の名訳に心酔するのはよいとして、その勢いでアンデルセンを不必要にけなすのはどうしたものか。鷗外が主人公のアントニオになった気分で訳文中に日本文をはさんだのに対して快哉を叫ぶ島田は、鷗外がそうして気をきかせるのは、「百姓づらのアンデルセンの、夢にも気づかなかった世界である」と高慢な言を吐いている。[83] 気づくも気づかぬも、それは日本語とデンマーク語の文脈がそうした表現を必要とするかしないかにかかっているのであって、「百姓づら」は関係ないではないか。売り言葉に買い言葉で、アンデルセンの口から「学者づら」という言葉が返ってきそうな失言である。

以下のデンマーク語原文に対応するデンハルト訳になるドイツ文は、島田の論文に取り上げられている部分から三カ所を選び、さらに相互の参照が可能なように、鷗外訳（岩波文庫版）、大畑末吉

訳（岩波文庫版）、鈴木徹郎訳の該当頁数を付してある。(84)

1. Da vare ogsaa Bønderne glade, naar de saae dette, som var dem Tegn paa et frugtbart Aar, de toge hverandre i Hænderne og dandsede i store uldne Pelse rundt om Tritonen, mens Regnbuen spillede paa den høie Vandstraale.

Dann waren auch die Bauern froh, denn sie sahen dies als das Vorzeichen eines fruchtbaren Jahres an. Sie reichten einander die Hände und tanzten in grossen Schafpelzen un den Triton, während der Regenbogen an dem hohen Wasserstrahle spielte.

（デンハルト、24-25頁／鷗外、上、三九頁／大畑、上、四三頁／鈴木、三四頁／島田、二六八頁）

2. Annunziata loe, sagde spøgende, at jeg var et slet Menneske, og at hun vilde skynde sig bort til Florenz, men hendes Haand trykkede min. Salig og med let Hjerte forlod jeg hende, jublede høit det vilde Raab. "Døe skal den, der intet Lys har!"

Annunziata lachte, sagte scherzend, ich wäre ein schlechter Mensch und sie würde eilen, um nach Florenz zu kommen, aber ihre Hand drückte doch die meinige. Selig und mit leichten Herzen verliess ich sie, jubelte laut den wilden Ruf: Wer kein Licht hat, muss sterben!

（デンハルト、145頁／鷗外、上、一六五頁／大畑、上、一九六頁／鈴木、一七一頁／島田、二六九頁）

3. Hun rakte ham Haanden til Tak, men slog sine Arme om min Hals, jeg følte et brændende varmt Kys paa mine Læber og hørte hende sige: "Velkommen til Napoli!" Fra Vognen, som rullede bort med hende, kastede hun endnu Kys med Fingrene. Vi stege op i Hotellet til Værelserne, Camerieren anviste os.

Sie reichte ihm die Hand zum Danke, schlang aber ihre Arme um meinen Hals, ich fühlte einen brennend heissen Kuss auf meinen Lippen und hörte sie sagen: "Willkommen in Neapol!" Aus dem Wagen, welcher mit ihr davon rollte, warf sie mir noch Kussfinger zu. Wir begaben uns in das Hôtel nach den Zimmern hinauf, welche uns der Camerieri anwies.

（デンハルト、212頁／鷗外、下、一八頁／大畑、下、三三頁／鈴木、二五二―二五三頁／島田、二六九頁）

註

（1）以下、気がついたところを拾い集めてみた。原文に正字が用いられているものは、新字にあらためてある。以下同じ。

「少年時代には『卽興詩人』の訳文の情緒に感激して、当時その原作を読みもしないで、どういふ根拠からか「原作以上の名訳」といふ評語の行はれてゐたのを鵜嚥みに嚥み込んで」（野上豊一郎「鷗外の翻訳的功績」『図書』第三三号、一九三八年、三―四頁）

「「即興詩人」の如き原作以上だなんぞと云う妙な褒め言葉が与えられているのは何故なのだろうか？」（大島田人「鷗外の翻訳文学（一）」『明治大学日本文学研究人文科学研究所紀要』第一四号、一九六〇年、

九九頁）

「しかも「原作以上」と謂はれる無比の名訳を得て」（沢柳大五郎「即興詩人小解」『鷗外』第四号、一九六八年、八頁）

なお沢柳は、「原作」を独訳の意味に用い、小泉信三も同様であったことを明記している。「鷗外の即興詩人が原作以上だといふのは、この〔デンハルトの〕独訳に較べてさう云はれるのであらう。……小泉信三博士は慥かレクラム訳と鷗外とを比較して鷗外の訳文の如何に忠実であり而も原作〔独訳〕以上であるかを記して居られたかと記憶するが」（傍点引用者、前掲論文、一四頁）

「アンデルセンの原書より鷗外訳の方が上だ、日本文学そのものだ、という高い評価もある。」（小松伸六「『即興詩人』とミュンヘン」『文学界』一九八一年九月号、一七八頁）

「その出来ばえは、しばしば原作以上という奇妙な讃辞をひきおこしたほどだった。」（中村明「『即興詩人』の文体」『国文学　解釈と鑑賞』第六二八号、第四九巻二号、一九八四年、二三三頁）

「その文章美の故に、そこに達成されたる文学的価値は明らかに原作以上のものであると屢々評される」（小堀桂一郎「鷗外の訳業と近代日本」『日本学』第二巻三号、一九八六年、一九三頁）

「原作よりも翻訳の方がずっと秀れているというような評判をえている翻訳がある。……『即興詩人』の翻訳が原作以上に卓越しているという価値をかちえているのであろう。」（富田仁「黎明期の海外文学移入の展望（その二）」『日本古書通信』第七二五号、一九八九年十二月、八―九頁）

なおこの小文には、鷗外が「デンマーク語の原書とともに英訳本をも参考にして翻訳に当たつた」という新説が出されているが、これはどこかで読みちがえ聞きちがえたことをそのまま無造作に投げ出したものであろう。鷗外がデンマーク語の原書も英訳本も参照していなかっただろうことは、島田謹二博士がすでに一九五一年に指摘している（島田謹二「森鷗外の『即興詩人』」『日本における外国文学』上巻、朝日新聞社、一九七五年、二六六頁)。訂正記事を出すぐらいの良心を期待したいものである。

最後に、正宗白鳥が『文壇人物評論』(一九三二年)所収の「森鷗外論」中で、「「即興詩人」のやうな翻訳以上の翻訳」(一七四頁)と書き記し、石川淳がその小文「諸国物語」(一九五三年)中で、「とても翻訳とは思はれないやうなうまい翻訳だと、誰でも決まり文句で褒めて、あとはけろりとしてゐる」(筑摩全集類聚『森鷗外全集』別巻、一九七一年、一七六頁)と述べていることも、参考のために記しておく。

(2) この章の執筆にあたっては、主として以下の文献を参考にした。

Knud Bøgh, Inledning til H. C. Andersen, *Romaner og Rejseskildringer* I, 1943.

Klaus P. Mortensen, "Forfængelighedens Kortlægning," in *Kritik* 30, 1974.

Klaus P. Mortensen, *Svanen og skyggen*, 1989.

Johan de Mylius, *Myte og roman. H. C. Andersens romaner mellem romantik og realisme*, 1981.

Gérard Lehmann, *Improvisatoren og H. C. Andersens første Italienrejse*, 1976.

Thorvaldsens Museum og H. C. Andersens Hus, *Jeg er i Italien! H. C. Andersen på rejse 1833-34*, 1990.

(3) 大畑末吉は、岩波文庫版『即興詩人』(一九六〇年)の解説で、「海男」を「人魚」と誤訳(下巻、三三二頁)、鈴木徹郎は「アグネーテ」を「アグネッテ」と誤読している(同訳『即興詩人』アンデルセン小説・紀行文学全集2、一九八七年、五二三頁)。

なお、大畑末吉訳、鈴木徹郎訳は、以下それぞれ、「大畑、上/下」「鈴木」と略記する。

(4) 作中アントニオは、その間の事情をダヴィデ(ダヰット)の詩になぞらえて語っている。岩波文庫版、森鷗外訳『即興詩人』(改版一九六九年)、下巻一三八頁以下を参照。以下、同書は「鷗外、上/下」と略記し、正字は新字にあらためて校注者の振り仮名を省く。

(5) 発展小説も教養小説も、一個人に焦点をあててその成長過程を描く小説であるが、教養小説の場合には、主人公が包括的かつ安定した自己認識に達する。つまり、自分自身を発見し、アイデンティティーを見出すのが常套である。

(6) たとえばアンデルセンは「醜いアヒルの子」であったが、アントニオは美少年であった。

(7) そのことを鷗外が知っていたとは思われない。

(8) 鷗外、下、五五頁以下、大畑訳は「サン・カルロ劇場の初舞台」下、八三頁。

(9) 島田謹二博士は物語の構想が「散漫で、ゆきあたりばったり」、プロットは「やや強引にもってゆきすぎて、童話ならいざ知らず、物語としては不自然に思われる点がところどころ目につく」（傍点引用者、島田前掲書、二五九―二六〇頁）と書いているが、『即興詩人』はEventyr、一種の童話なのである。後述第二節5を参照。

ちなみに、『即興詩人』の童話的性格に着目して鷗外作品を分析した論考に剣持武彦「山椒太夫と即興詩人」がある（『鷗外』第一五号、一九七〇年、九―二〇頁）。ただし、『即興詩人』中の童話的要素を指摘するのはよいが、これを「一種の貴種流離譚」（一三頁）と見なすのは少々甘すぎはしないか。「貴種流離」は平面上の運動だが、『即興詩人』はあくまでも、賤しい身分の男が、自己の虚栄心とたたかいながら社会的身分の梯子をよじ登って出世する、人間臭い物語だからである。

(10) もうひとつ例をあげるには、トゥスクルムの町の記述が好適だろう。――「心神定まらず、送迎忙しき際の事とて、方角道程よくも弁へねど、山に入ること太だ深きにはあらずと思はれぬ。わがその何れの地なるを知りしは、年あまた過ぎての事なり。後には外国人も尋ね入り、画工の筆にも上りぬ。ここは古のツスクルムの地なり」（鷗外、上、二〇〇頁／大畑訳は上、二四一頁）。

(11) 鷗外、下、二二〇頁／大畑、下、二八九頁。

(12) この項、Mogens Brøndsted, "Efterskrift" til *Improvisatoren*, 1987, pp. 308-310と、Knud Bøgh、註2

の前掲書、323, 330-331 頁による。

（13） クルーゼのドイツ語版（一八三五年）の表題は『あるイタリア詩人青春時代の生活と夢』となっていて、『即興詩人』が芸術家小説であることを明白にしていた。

（14） 鈴木徹郎はクヌート・ベアとカタカナ表記している（鈴木、五二二頁）。

（15） 比較参照が容易なように、ブロンシュテット教授が例としてあげている部分をデンハルト訳中からとって以下にあげておこう。デンマーク語文中、イタリック体の部分は、初版にあって第三版で脱落しているものである。

1 en tredje Character, *der hører med til Livet, og det en Character,* som ei var at forkaste.（原作第一部第十章）

イタリック体の部分を直訳すれば「（第三の）生きる上には欠かせない（しかも決して軽視すべきではない）性格（の持主）」となる。大畑、上、一四八頁を参照。

これがデンハルト訳では、aber trozdem ein Character, der nicht zu verwersen wäre.（105-106 頁）。鷗外訳は該当部分を、「されど君が如き性もまた世の中になくて協《かな》はぬもの」（上、一二五頁）と意訳している。

2 en Begivenhed, der engang havde beskæftiget mig så levende, *men som siden var giemt, nu atter traadte frem levende* og stærk（同上）

「（わたくしの心をかつては生きいきととらえていたあるできごと）、それはいつしか忘れ去られていたが、ここにふたたびありありと（力強く）蘇ってきた」（大畑、上、一五二頁）。

デルハルト訳では、eine Begebenheit, die mich einst stark und lebhaft beschäftigt hatte, *wieder in meiner Erinnerung wach werden sollte,* dass ……（一〇九頁）

なお、イタリック体の部分は、デンハルトが珍しく補ったもの。

鷗外訳はこれを簡潔にし、「されどこれも我がむかし蒔きて、久しく忘れ居たりし種の、今緑なる蔓草となりて」と、次に続く比喩の部分だけをとっている（上、一二八頁）。

3 inddrak hvert Hjerte den Glæde, *hun sang, den Glæde*, der laa i hendes *Øie!*（第一部第十一章）
イタリック体の部分の直訳は、「彼女の歌った（よろこび、彼女の目にあふれた）よろこびは」（大畑、上、一七八頁参照）
デンハルト訳は、da zog jedes Herz die Freude ein, welche, aus ihren Augen strahlte.（130頁）
鷗外訳は、「姫が目より漲り出づる喜をおのが胸に吸ひたり」（上、一五〇頁）。
以上、Brφndsted、三一二頁、註12による。

（16）作者、語り手、主人公三者間の関係を扱う視点論については、拙稿「「一元描写論」と「間隔論」――泡鳴と漱石の視点論について」（『国文学　解釈と鑑賞』第四九巻一二号、一九八四年十月）に付した註17と21に参考文献をあげてあるので参照されたい。それに次の書を加えておく。
Boris Uspensky. *A Poetics of Composition: The structure of the artistic text and typology of a compositional form* (tr. from Russian), 1973.

（17）そこでは、アンデルセンがイタリア旅行を敢行したという、『即興詩人』執筆の直接間接の動機はすべて払拭され、巻末で作者自身が作品中の記述に登場することも、単なるエピソードとしか見なされざるをえなかった。

（18）「小説の自叙体記述体」（『国民之友』第八号、一八八七年）三八―四〇頁。この項、亀井秀雄「近代文学における「語り」の問題」（『日本文学』第二七巻三〇五号、一九七八年）による。

（19）引用はいずれも「解説」（『日本の文学2　森鷗外（一）』中央公論社、一九六六年）、『三島由紀夫全

集』（第三二巻、一九七五年、一七〇頁）。
(20)『即興詩人』第一三版題言。
(21) それは「語り手」と言うよりはむしろ「書き手」としての鷗外が得た自由であって、原作の語り手が第二部第九章前半部、鷗外訳では第二部「教育」の章にあたる部分で、ボルゲーゼ家で教育を受けた六年もの長い間については、「もっと語るべきことがたくさんあったのだが……」（大畑、下、一七三頁）と読者に向かって「語っている」箇所を、鷗外は「この教育の六年の間、猶書かまほしき事なきにあらねど」（下、一三二頁）と訳して、読者に書いて見せて読んでもらうという態度をはっきり示している。小説における「語り」の役割に対する鷗外の理解は、ここに端的に、そしておそらく無意識に表現されているように、「何を」「いかに」語るかという語りの二大要素中、明らかに後者の「いかに」に重点をおいていたことを物語っている。そのことと雅文体の選択は決して無関係ではない。雅文体こそ「いかに」「書くか」の芸術であったのだから。
(22)『日本語の世界』第一三巻、付録3、中央公論社、一九八〇年十二月、一六頁。
(23) 小松伸六は、「私はこんど四十年ぶりで読み返してみたが、うたいすぎるこの明治調美文には酔うことができなかった。明治は遠くなりにけり、である」（前掲書〔註1〕、一七九頁）と記している。また、小堀桂一郎は、「我々は今日かうした旧様式の文体を喜び味はふ趣味を失つてしま」い、それは『即興詩人』の「文学的生命が衰へ涸渇したのではなくて、読者の側の趣味が退歩したのである」（前掲書〔註1〕、一九三一一九四頁）と述べている。参考のために記しておく。
(24) アンデルセンの『即興詩人』はデンマーク文学史上最初の教養小説、芸術家小説であった。それはゲーテの作品を直接規範にしておらず、むしろノヴァーリスやティークの作風に近かった。日本近代文学史上における外国文学移入と同様、デンマークでも、ドイツロマン主義と教養小説がほぼ同じ時期に紹介されていたことは記憶にとどめておくべきだろう。なお、「芸術は空想をもて観る」というハルトマン美学の根本思想を信条としていた鷗外が、『即興詩人』中で繰り広げられる空想の世界に魅了されていたことは疑う余地がない。

(25) この文章は、「今いかでかさる戯《たはぶれ》せらるべき」とそれに続く「謝肉の祭はまだ来ぬものを、とのたまひき」（上、四七頁）の中間におかれるべきものだった。デンハルト訳の該当部分は33頁。

(26) これに相当する部分、デンハルト訳では240頁。

(27) デンハルト訳ではeitel、312頁。ちなみに大畑訳は「この上ないつまらない人間」（下、一七二頁）、鈴木訳も「実につまらない人間」（二七六頁）。

(28) デンハルト訳はeitel、312頁。この部分、大畑訳は、「わたくしの耳には、そのうぬぼれのささやきが聞こえてきました。おまえの名はいつまでも死ぬことなく、人びとの口にのぼるだろう。だが、かれらの名はすべて忘れられてしまうだろう」（下、一七二頁）。

(29) デンハルト訳、die eitle Leonora、313頁。大畑訳は「無情なレオノラ」（下、一七二頁）となっていて不適当、鈴木訳では「虚栄におぼれたレオノーラ」（二七六頁）。

(30) デンハルト訳にeitelとある（313頁）。

(31) デンハルト訳ではEitelkeitが使われている（313頁）。

(32) デンハルト訳によればEitel war meine Seele（388頁）。

(33) デンハルトはEventyrをここでdas grosse Märchenと訳している（3頁）。「メルヘン」という訳語はそれはそれなりで納得がいき、適訳でもあるのだが、そのために原語のEventyrが、ドイツ語のAbenteuerとMärchenの両義をもつことを、鷗外は知らされることがなかった。

(34) …meinem ganzen abenteuerlichen Leben、デンハルト、11頁。

(35) urterhielt ihn mein Geplauder、デンハルト、11頁。
(36) デンハルトはこれもMärchenと訳している（70頁）。大畑訳は「歌と物語」（上、一〇二頁）。
(37) Abenteuer、デンハルト、92頁。
(38) von den vielen Abenteuern dieses Abends、デンハルト、96頁。
(39) herrliche Abenteuer、デンハルト、98頁。
(40) デンハルト訳にはUeberrede mich nicht zu einem Abenteuer（103頁）と、Abenteuerという語が使われている。
(41) das ernsteste Abenteuer meines Lebens、デンハルト、109頁。大畑訳は「わたくしの一生のもっとも重大な冒険」としているが、「冒険」では、ベルナルドとの関連で使われている例と区別がつきにくくて紛らわしい。
(42) デンハルトはここを、Aber das ist nichts, was einen Fremden unterhalten kan. と訳し、Abenteuerなる語を用いていない。ついでに記しておくと、大畑訳も「つまらないことを申し上げまして」（上、二二二頁）として、Eventyrの語を訳していない。
(43) デンハルト訳ではAbenteuer（206頁）。大畑訳は「山賊の洞窟での危難のこと」（下、二五頁）。
(44) デンハルト訳にはAbenteuerが使われている（221頁）。
(45) Abenteuer、デンハルト、249頁。
(46) デンハルト訳はDas Abenteuer in Amalfi（280頁）。大畑訳は「冒険」に「アヴァンチュール」と振り仮名をつけている（下、一二七頁）
(47) 原語のmit Livs Eventyrをデンハルトはder Erzählung der Abenteuer meines Lebens（309頁）と詳しく訳している。大畑訳、鈴木訳はいずれも「身の上話」（それぞれ下、一六八頁／三七三頁）である。『即興詩人』の作品世界にそぐわない、なんと貧弱でうら悲しい訳語であろう。
(48) デンハルトはAbenteuer（410頁）を使っているが、大畑訳は「マリアの生涯のできごと」（下、三〇五頁）で、これだけでは散文的にすぎる。
(49) unsres Lebens wunderbarstes Abenteuer、デンハルト、412頁。大畑訳は「わたくしたちの生涯のもっとも不思議なできごとの舞台」（下、三〇九頁）、鈴木訳は「私たちの世にも不思議な人生奇談の源」（四九九頁）。
(50) 塚田孝雄「即興詩人メモ（上）」（『鷗外』第二一号、一九七七年）一五頁にも同じ指摘があるが、その理由にまでは言及していない。なお、この論考は多大の時間を費やして調べあげた結果をまとめたものに相違なく、傾聴に値する指摘が少なくないが、誤解も散見するので、批判的に取り扱うことが肝要である。
(51) デンハルト訳ではローマン活字を使って区別している。
(52) デンハルト訳、75頁／大畑訳、上、一一〇頁参照。
木村毅は、この「鷗外の用いたレクラム版にある「地獄銘」は何人の訳を用いたともことわってなく、或はその訳者Denhardt自身の手になったのかも知れぬが」と記しているが、これはアンデルセンの訳詩を重訳したものと見てよい。それほど原文とドイツ語訳は近似しているのである。木村毅『比較文学新視界』松蔭女子学院、一九七五年、二〇七―二一一頁参照。

なお、アンデルセンは『即興詩人』の初版にのせた訳詩の拙劣さを批判されたために第三版では手を入れている。デンハルトはこの第三版の訳詩を重訳している。デンハルトの用いた底本が第三版だったことは、これによっても証明されるのである。この項、Knud Bøgh、前掲書（註2）、343頁を参照。ちなみにビューエの訳註は鈴木訳の巻末にそっくり邦訳されている。その五〇七頁、註51を参照のこと。

以下、初版と第三版のデンマーク語原訳詩、ならびにデンハルトの重訳をあげておくので比較されたい

（木村毅の引用には誤植があるので要注意）。

〔初版〕

Igjennem mig man gaaer til Smertens Stad
Igjennem mig til Smertens evige Væren,
Igjennem mig til de Forbandede.
Retfærdighed drev ham, der har mig bygget,
Almagt, Urkærlighed, Alvidenhed,
De have grundet disse Mure.

〔第三版〕

Igjennem mig man gaaer til Sorgens Stad
Igjennem mig ind til en evig Smerte,
Igjennem mig til det fortabte Folk.
Retfærdighed drev ham, min høie Skaber,
Mig skabte den guddommelige Magt,
Den største Viisdom og Urkjærligheden.

〔デンハルト訳〕

Durch mich geht man hinab zur Trauerstadt.
Durch mich geht man hinein zum ew'gen Schmerz,
Durch mich geht man zu der Verdammten Schar.
Gerechtigkeit trieb dich, du hoher Schöpfer,

Als du mich schufst in ew'ger Gottesmacht,
In grösster Weisheit und voll Liebesglut.

(53) 鷗外、上、一四一頁/大畑、上、一六八頁。
(54) 鷗外、「猶太をとめ」の章、上、一一八頁/大畑、上、一四一頁。
(55) 鷗外、「精神日、寺楽」の章、上、一七三頁/大畑、上、二〇六頁。
(56) 鷗外訳には「奇しく妙なる音楽の響き」(下、二二八頁)とあるのみ。
小学館版『日本国語大辞典』によれば、「オルガン」という楽器については仮名草紙『吉利子丹物語』、幕末期玉虫左太夫の『航西日録』などにもそれぞれ「おろかん」「ヲルガン」と表記されて知られていたようであり、「オルガン」という語そのものも木下尚江『火の柱』(一九〇四年)に「洋琴(オルガン)」、田山花袋『妻』(一九〇八、〇九年)に「オルガン」と使用されたのが初出のようである。しかし鷗外は、『即興詩人』上巻「美小鬟《くわん》、即興詩人」の章中で「「オルガノ」の笛」という語を用いており、これは『しがらみ草紙』第四一号、一八九三年に発表されているので、右の例より早い。
(57) 原作では、ここで語り手アントニオが「私の恐怖はすべて高熱のためだったのです」とコメントを加えているが、語り手鷗外は例によってこれを省いている。デンハルト訳の該当部分は407頁。
(58) デンハルト、408頁。
(59) 「不訳語一覧」中にZinganiとあるが、デンハルト訳ではZigeunerin、408頁。
(60) アントニオはマリア(ララ)と出会った不思議な世界を、「超自然と現実との間の固い結び目、解くことのできないもの」(大畑、下、三〇六頁/デンハルト、410頁)と呼んでいるが、鷗外はそれを説明可能な世界として再現しようとしているのである。
(61) デンハルト訳はnach einer lieben Schwester、409頁。大畑訳、下、三〇五頁。

(62) eine andre schönere Welt, die das Geistes、デンハルト、409頁。大畑、下、三〇四頁。
(63) Liebesglück ist Wirklichkeit、デンハルト、411-412頁。eine Seligkeit, welche nur ein Gott in die menschliche Brust hat hauchen können、同、412頁。大畑、下、三〇六―三〇八頁。
(64) デンハルト、412頁。
(65) デンハルト、414-415頁/大畑、下、三一一頁。
(66) デンハルト、415頁/大畑、下、三一二頁。
(67) Der Protestant wie der Katholik lernten hier an Wunder und Wunderwerke glauben、デンハルト、415頁。
(68) 日本の私小説と呼ばれる作品が、外国では通用しないのも同じ事情による。
(69) よく引用される言葉であるが、鷗外自らが筆をとったとされている『即興詩人』の広告文に、「即興詩人の翻訳は、一種の文体の殆ど其発展を全うしたるものにして、更に一歩を転ぜんと欲すれば、一大変化を見ざるべからざることを證するに足る」とあるのを見れば、その自信、その意欲は知れるだろう。引用は沢柳大五郎の前掲論文（註1）、一六頁によった。
　なおこの論考は、鷗外訳文中の章名とレクラム文庫版の章数の対照表をのせていて大変便利であるが、レクラム版の第一部五章と六章に対応する鷗外訳中の章名が「5　曠野」「6　水牛　みたち」となっているのは誤り（誤植）で、5に対応するのは「曠野」と「水牛」、そして6に対応するのが「みたち」である。同論考が再録されている『新輯鷗外剳記』（小澤書店、一九八九年）でも、誤りは訂正されていない。
(70) ドナルド・キーンは『続百代の過客』（朝日新聞社、一九八八年）中の「独逸日記」の項で、滞在中の鷗外が「挫折や失意の時期もあったにちがいない」にしろ、「自分の生活のそうした面は、あえて記録しなかった」ことを指摘している（二六八頁）。負けず嫌いの鷗外は、自己に関わる否定的事象には一切触れようとしなかった。アントニオの虚栄心への無関心ぶりは、そのままアントニオへの共感と見なしてよいようである。

(71) 鷗外のこうした方法論については、『森鷗外の翻訳文学』(至文堂、一九九三年) 第二章「ストリンドベリ劇」中の3「『稲妻』と『ペリカン』」の項を参照。また、史伝との関係に触れたものは、最近のものに、中村真一郎「文学としての評伝」(『新潮』一九九〇年十月号) がある (二七二頁参照)。

(72) 島田謹二は、鷗外が「『即興詩人』を訳出することによって、アントニオの主情主義を超克した」と洞察している (前掲書 (註1)、二七六頁参照)。この主情主義こそアントニオの「虚栄心」にほかならない。

(73) これはすでに言い古されていることである。大島田人、前掲論文 (註1)、一一〇頁、島田謹二、前掲論文 (註1)、二七四頁のほかに、村松定孝「森鷗外の翻訳文学」(『國文學』第四巻五号、一九五九年) 六三頁も参照。

(74) リアリスト鷗外については、小堀桂一郎『若き日の森鷗外』(一九六九年) 第四部第一章「舞姫」、特に五二〇、五二六頁を参照。

(75) 鷗外訳『即興詩人』と、『舞姫』をふくめたいわゆる「ドイツ三部作」を比較した論考に、千葉俊二「三部作と『即興詩人』」(『別冊国文学　森鷗外必携』第三七号、一九八九年) がある。また、清田文武「鷗外におけるドイツ三部作」(『鷗外』第四七号、一九九〇年) も参照。

(76) たとえば小泉浩一郎「鷗外と遺言状」(『一冊の講座　日本の近代文学6　森鷗外』有精堂出版、一九八四年) を参照。最近では柄谷行人が「一九七〇年＝昭和四十五年」(『終焉をめぐって』福武書店、一九九〇年) 三三頁で言及している。

(77) 成瀬正勝「舞姫論異説」(『文芸読本　森鷗外』河出書房新社、一九七六年) 四六頁から引用。

(78) 『舞姫』に関する紛々とした諸説については重松泰雄「『舞姫』諸説集成」(『國文學』第二七巻一〇号、

一九八二年)、ならびに嘉部嘉隆「『舞姫』研究史(二)」(『森鷗外研究』第三号、一九八九年)を参照のこと。
(79) 小堀桂一郎『森鷗外　文業解題　翻訳篇』一九八二年、四一頁。
(80) 同右、三八―三九頁。
(81) 『鷗外』第三七号、一九八五年、四〇頁。
(82) 島田謹二、前掲論文(註1)、二七一頁。
(83) 同右、二六九頁。
(84) 1と2は大島田人の前掲論文(註1)、一〇五頁にそっくりそのまま引用してあるが、大島論文中の引用には誤植が目立つ。また1については、佐藤恵子「『即興詩人』の腑分け――原文との比較文学的問題」(『国文学　解釈と鑑賞』第六二八号、第四九巻二号、一九八四年)三二七―三二八頁にコメントがある。

明治日本における西洋文化の理解と受容の実体をつぶさにしかも華々しく示している森鷗外『即興詩人』に関しては、まだまだ検討されるべき点が残っているが、ここでひとまず筆をおくにあたって、長谷川泉先生、鷗外記念本郷図書館太田正雄氏、東京大学総合図書館、デンマーク王立図書館より御助力を賜ったことを記して、感謝の念を表したい。

＊『舞姫』の英訳者 Richard Bowring は、賢明にも「翻訳」(*Monumenta Nipponica*, no. 30, 1975, pp. 151–166) に「背景」(同 pp. 167–176) と題した解説を付け加えて読者の理解を助けている。
本稿初出後に、『即興詩人』をあつかった次の論考が目にふれたので、参考のために記しておく。

松木博「森鷗外訳『即興詩人』」(『国文学　解釈と鑑賞』第五七巻四号、一九九二年)六五―六九頁。

V　鷗外訳『即興詩人』の系譜学

「テエベス百門の大都」に擬せられる鷗外の業績は、外からそのひとつひとつの門を叩き、眼前に広がる才華を感嘆の声とともに活写しても、所詮全容は見渡せまい[1]。また、中へ入って都の道をこつこつたどっていくだけでも不充分で、大都を見るには知的な工夫がいるだろう。空中高く舞い上がるなり櫓《やぐら》を組み立てるなりして、全部を俯瞰できる視点を確保する必要があるのではないか（それでもなお、見えない部分は見えないであろうが）。

本稿はそのささやかな試みである。目的はただひとつ、鷗外の翻訳と創作が有機的な関係にあることをあらためて指摘し、鷗外の作品を分析する際、それに先行する翻訳作品をも視野に入れてみるならば、「一門」のみに鋭く切りこんだ分析では見えなかった思いがけない側面が浮かび上がってくることを例示するためである。いかにも単純な話であるが、鷗外文学において翻訳が占める比重を知る者にとってはこれは相当やっかいな作業であり、おそらくそのためであろう、従来の研究者が敬遠しがちだった分野である[2]。

今さら言うまでもなく、鷗外は創作家であると同時に翻訳家でもあった。そこには相補的な関係があった。編年体の岩波書店版『鷗外全集』を繙《ひもと》いてみよ。目次を一覧するだけでも翻訳と創作の関係がいやでも目に飛び込んでくるではないか。そこから創作だけ、あるいはせいぜい翻訳作品の一部のみを抽出して全集を読み進めていては、読破した「門」の数は増えても櫓が建とうとは思われない。

必ずしも鷗外の訳した原作と創作作品相互の影響関係を論ずるためばかりではなく、鷗外の関心・興味の対象がどこにあったか、鷗外が翻訳の原作・粉本をいかに換骨奪胎させて自己の創作活動に利用していったか、さらに巨視的に見れば、西洋文化をいかに土着化し日本化していったか、その過程と実態を見極める上でも、翻訳作品は無視できない。鷗外文学における創作と翻訳の関係を明らかにする骨の折れる仕事を回避していては、「大都」はついにその全貌を現わすことはないように思われるのである。(3)

周知のように鷗外は足掛け十年の歳月を費やして『即興詩人』を訳出した。この執心ぶりがのちの創作活動に影を落としていないはずがない。本稿は、その軌跡をたどりつつ、鷗外における翻訳と創作の関連を明瞭にしていくことによって何が見えてくるかを示す一例であり、系譜学とする所以である。

一　鷗外訳『即興詩人』の宿題

拙著『森鷗外の翻訳文学』において筆者は、鷗外が翻訳の過程で不本意にも「歪曲」せざるをえなかった原作の諸要素を分析、原作との「差異」の諸相に焦点を合わせることで、明治という時代に鷗外を通じてなされた異文化理解（誤解）の一面を明らかにした。[4] その際、キーワードとして「自伝」「人称」「教養小説」「虚栄心」「物語」などを選んで解明を試みたが、本稿ではその延長線上に『雁』にいたるまでの鷗外の創作作品を据え、『即興詩人』との関連をたどってみることにする。『即興詩人』は、安部公房のいわゆる「補助線」にほかならない。

『舞姫』（一八九〇年）発表のあと、鷗外は一八九二年から『しがらみ草紙』に『即興詩人』を連載し、日清戦争を経てそれを単行本として出版したのが一九〇二年、さらに日露戦争を体験したのち、一九〇七年に陸軍軍医総監となった鷗外は、翌年に小説、戯曲の翻訳を旺盛に再開、一九〇九年には『半日』を皮切りにふたたび創作活動にも復帰した。あわせて西欧文学（文化）に通じるパイプラインを復活させせんとの意気込みで『椋鳥通信』の執筆も開始したのであるが、この時期以後、『雁』連載（一九一一―一三年）までの鷗外の諸作品には、翻訳、創作をふくめてひとつの傾向が見て取れる。

『魔睡』一九〇九年六月
『債鬼』（ストリンドベリ）同六月
『キタ・セクスアリス』同七月
『ジョン・ガブリエル・ボルクマン』（イプセン）同七月―九月
『団子坂』同九月

というように、いずれの作品においても「愛欲」（官能的快楽）や「虚栄心」をめぐる人間ドラマが鷗外の興味の中心になっており、それを総合するかのように『青年』が一九一〇年三月から一一年八月にかけて『スバル』誌上に連載されるのである。そしてさらに『普請中』(一九一〇年六月)が続き、翌一一年五月に『藤鞆絵《ふじどもえ》』が発表されたあと、九月に『雁』の連載開始となる。このように作品を並べてみると、そこにおのずから赤い糸が一本くっきりと通っているのが見えてくる。すなわち、「虚栄心」という枷をかけられ、「愛欲」に流され(そうになり)、なおかつ出世(成功)を夢見る人間像、創作をめざす青年像の諸相という赤い糸である。それはまた、作品の形式としての「自伝」的要素と「教養小説《ビルドウングスロマン》」の要素とに綯《な》い合わされていた。そしてこれこそ、鷗外の処女作『舞姫』の構成要素でもあった。『舞姫』自体がアンデルセンの原作『即興詩人』の影響のもとに書かれた未完の教養小説であり、鷗外訳『即興詩人』は、先行の『舞姫』にバイアスをかけつつ行なわれた創造的誤訳であった(5)。この三種の要素、「虚栄心」と「愛欲」と「教養小説」という問題は、そのまま日清・日露戦争後の鷗外の文筆活動に宿題として受け継がれ、鷗外文学の核を形成するにいたったのである。

一九一〇年頃の鷗外には、『即興詩人』翻訳の際には文化背景や言語表現上の相違のために歪曲や操作・割愛を余儀なくされていた諸点を、自己の創作作品のなかで消化しなおし、限界を越えようとする意志が漲《みなぎ》っていた。原作のコピーやパロディーではなく、日本の「教養小説」を完成させようという試行錯誤に鷗外はとらわれていた。『ヰタ・セクスアリス』『青年』『雁』は単なる連作ではない。ストーリー展開の上でも時間的にも、それは未完の教養小説『舞姫』に先行する「物語」であった。そしてその背景にいつも見え隠れしていた作品が、鷗外訳『即興詩人』であったのである。

自然主義文学が隆盛したから鷗外も愛欲を扱った作品を書き、漱石が『三四郎』を発表したから鷗外も『青年』を執筆したというような見取図が色褪せてしまうほどに、鷗外は自らの課題として、また作品のテーマとして虚栄心・愛欲の問題にたえず直面していたのであり、教養小説は言わばその実験の場、虚構化の場であった。愛欲こそ一九一〇年前後の鷗外が本当に書きたかったテーマであったといってよく、教養小説はそれを作品に織りこむ方法であったが、鷗外の虚栄心ならびに批評性が愛欲のテーマにヴェールをかけ、教養小説の方法に修正を加えていた。たとえば『魔睡』という短篇は決して谷崎潤一郎作『白日夢』のような大胆な表現をとるにはいたらなかったし、小説『青年』も、アンデルセンの原作『即興詩人』終末部に見られるロマン性を否定するがごとく、結末なしで「一応これで終」とされるにいたったのである。(6) それはそのまま、原作『即興詩人』の結末を翻訳するにあたってそれを大幅に削除したことの正当化であると同時に、鷗外の教養小説観を呈示するものでもあった。大成し(てい)ない主人公を描く教養小説は、主人公が死にでもしないかぎり決して終わらない。特にそれが自伝的要素を内に秘めている場合、ストーリーを何らかの形で終結させせれば、おのずと虚構性が醸成される。しかも、ストーリーがまったくの荒唐無稽でないかぎり、かえってそこに迫真性が生じるのである。鷗外はその機微を心得ていた。小説という輸入芸術の神髄が、まさにその一点にあることを見抜いていたのである。

鷗外は自然主義者の直情性はとらなかった。悲壮感の漂う「告白」の方法もとらなかった。かわりに、現実を変形あるいは拡大し、想像力を駆使することで、「出世を選ぶ」という点だけが真実の『舞姫』を発表し、さらに、「異性に興味がある」(『ヰタ・セクスアリス』)、「ものが書きたい」

（『青年』）、「小心で臆病である」（『雁』）という真実をつぎつぎと虚構化しフィクション化を繰り返していくことによって自己の実人生を神話化することに成功した。その原点にアンデルセンの『即興詩人』が位置していたのである。

アンデルセンの場合は、主人公のアントニオがさまざまなタイプの女性にめぐりあい、引っ込み思案で虚栄心の強い性格を矯《た》めながらついに詩人として成功して見事に出世をはたす話になっているのだが、これはあくまでも夢物語であって、実生活では女好きでありながらも失恋の連続、生涯独身で最後の最後まで虚栄心に翻弄されていた。写真を撮られるのが好きで必ず右の横顔を見せ、髪の毛もいつもカールにしていたアンデルセンは、自分が幸福な成功者だという神話を作り上げることによって孤独で不幸な人生に耐えていた。弱者は強者のマントで身をおおうことを夢見るものなのである。

鷗外はそうしたアンデルセンに自分と同類の詩人を見いだすと同時に、持ち前の負けじ魂からそこに安住することを潔しとせず、「弱者」の境遇からの超克を企図して「神話」の構築に精を出した。それがすなわち、鷗外訳『即興詩人』の宿題に対する解答であったのである。

二　『（文学）青年』への道――『ヰタ・セクスアリス』

『即興詩人』に匹敵すべき鷗外の小説のタイトルは「文学青年」であったろうが、その執筆の前にまず『ヰタ・セクスアリス』が発表された。従来、自然主義に対抗する形で書かれたと見なされるこの作品であるが、主題は「愛欲」史、主人公金井湛《しずか》をめぐる教養小説である。

少年時代の金井君は『燕山外史』『情史』などを読んでは、「かういふ本に書いてある、青年男女のnaivelyな恋愛がひどく羨ましい、妬ましい」（一四一頁）と思い、「自分が美男に生まれて来なかつた為めに、この美しいものが手の届かない理想になつて」（一四一―一四二頁）[7]いた。そして自分を「所詮女には好かれないだろうと思」っている「先天的な失恋者で」、「境遇上の弱者」（一一三頁）であると規定していた。にもかかわらず女のこととなると目ざとく耳ざとく、こと「愛欲」には関心大いにありなのであった。古道具屋「秋貞」の娘を、洋行するまでの二年の間、「美しい夢の主人公にしてゐた」（一四四頁）金井君は、この「美しい夢の中で、若しや此の娘は、僕が……話をし掛けるのを待つてゐるのではあるまいかとさえ思つたことも」あった。けれども、それほど自意識過剰なくせに、「まさか現《うつつ》の意識でそれを信ずる程の詩人にもなれなかつた」（一四五頁）とうそぶく小心者だった。色男であった友人安達の末路が「女の軽業師の情夫」（一四三頁）だったと聞いて溜飲を下げるような金井は、要するに虚栄心のかたまりだったのである。ここでは、「秋貞」の娘と金井がのちに『雁』のお玉と洋行前の岡田に変身することを記憶にとどめておこう。

金井湛は宴席にあっても醒めていて、「岸の上に飛び上がつて、波の騒ぐのを眺めるやうな」ことをする傍観者である（一五三頁）。「人生が自己弁護である」と信じている金井は、「どんな芸術品でも自己弁護」、「文章も自己弁護」（一六三頁）であると言って、ある新聞に雑録の体裁でものを書いた。それは「抒情的な処もあれば、小さい物語めいた処もあれば、考証らしい処もあつた。今ならば人が小説だと云つて評」するようなものだった（一六三頁）。金井が二十の時だった。

ともかくそれ以来中年になるまで金井は何も書いていない。それがようやく「自分の性欲の歴史を書いて見ようか知らん」と思うようになった。書くことによって「自分が自分でわかるだらう」(九〇頁)と考えたのである。アイデンティティーの発見、自己発見の(ために)文章を書く、これこそ教養小説のエッセンスであった。そしてそれは、金井が自ら指摘したように、自己弁護であり、Mimicry(擬態)であった(一六三頁)。小説という形で文章にし、物語った瞬間にすべてが虚構化されるからである。

「金井君は初め筆を取つたとき」、(『即興詩人』と同じように)「結婚するまでの事を書く積であつた。金井君の西洋から帰つたのは二十五の年の秋……初は二十五までの事は是非書かうと思つてゐたのである。……金井君の書いたものは、普通の意味でいふ自伝ではない」、小説でもない。ただ、「芸術的価値の無いものに筆を着けたくはない……恋愛を離れた性欲には、情熱のありやうがない……情熱の無いもの」は「自叙に適せない」と「自覚せずにはゐられなかつたので」「断然筆を絶つことにした」のだった(一七七頁)。

けれども作者鷗外の方は、洋行時代のベルリン滞在記を『舞姫』の形で作品(虚構)化している。『舞姫』では恋愛を伴った性欲が成就されていた。自叙にふさわしい情熱的な題材が取り上げられていた。ところが、すでに再婚して久しい金井湛が、「自分は少年のときから」情熱を「萌芽のうちに枯らしてしまつた」と述懐する時、これは金井が洋行中にも情熱を煽られるような体験をしてこなかったことを意味する。そう記述することによって作者の鷗外は、悲痛の一篇『舞姫』が取るに足らない夢物語にすぎなかったことを暗示している。さらには、十九歳で哲学の卒論を書いて以来「なんにも書かない」（一二四頁）はずだった金井に小説のようなものを新聞に書かせ、つじつまのあわない話にしてしまっている。(8) こうして金井の信憑性が疑われるようにすることで、結局、『ヰタ・セクスアリス』の全体を虚構化してしまうのである。そこへ、ただひとつ確かなものとして、両作品の「書き手である作者の鷗外が浮上してくる。

三 『(文学) 青年』

教養小説としては中途半端に終わってしまった『ヰタ・セクスアリス』にかえて、鷗外は『スバル』に『青年』の連載を始めた。一九一〇年、日本の文化・思想界に波が高かった年である。四月に『白樺』が登場、五月になるとハレー彗星が出現し、大逆事件が起こる。八月には韓国併合が強行されて時代が大きく揺れ動く中で、石川啄木は『時代閉塞の現状』を発表していた。そして翌年一月、大逆事件に判決が下り、八月には『青年』の連載が終わって『青鞜』が刊行された。

こうした時代を背景に書かれた『青年』も、虚栄心に弄ばれた文学青年小泉純一をめぐる教養小説であった。異性との出会い（愛欲）を通じて自己発見を行ない、おのれの虚栄心に向き合わされ、それを克服することで「ものが書ける」ようになる作家志望の青年を扱った芸術家小説である。愛欲の処理が自己発見の契機となり、それがさらに創作への道へ連なる。鷗外の教養小説の骨組みは、そのまま『即興詩人』の構造の引き写しでもあった。自己発見とは言え『青年』の場合は主体的ではなく、その過程もその背景も語られず、主人公が社会の仕組みに順応していく諸段階のみが儀式として記述されている点が相違しているのだが、自己の場所（帰属）の発見がすなわち日本流の自己発見であるという限りにおいて、『青年』は小泉純一をめぐる教養小説と呼んでさしつかえあるまい。

鷗外は、文学青年小泉純一の物語を語るにあたって、金井湛の『ヰタ・セクスアリス』の時とは手法を変え、言わば語りの戦術転換を行なっている。また登場人物についても、『即興詩人』のアントニオをめぐる三人の女に対応する女性を配置し、そうすることでストーリーを華やかなものにしている。小泉純一の愛欲遍歴は、こうしていっそう物語的要素を増加するにいたった。『青年』には周知のように実在の人物が名前を変えて登場しているが、彼らの隣には、鷗外が読書体験によってあるいは想像によって造形した日本人が息づいているのである。(9) それには当然のことながら翻訳作品中の人物も姿を変えてふくまれていたにちがいない。(10)

『青年』連載開始の前年、鷗外はストリンドベリの愛欲闘争劇『債鬼』を訳し、イプセンの『ジョン・ガブリエル・ボルクマン』も訳出して、これは間もなく上演されて世評を呼んだ。いわゆる「新しい女」の紹介がここに始まり、「青鞜」グループの登場につながっていくのである。『債鬼』『ジョン・ガブリエル・ボルクマン』、いずれにも年上の女、既婚の女と恋仲になる青年が出てくるが、ほぼ同様の女性が『即興詩人』にもサンタ夫人の名前で登場していた。もっともサンタ夫人は「新しい女」ではなかったが。

以下、鷗外訳『即興詩人』の創作篇である鷗外版『〈文学〉青年』について、両作品の比較検討を進める作業を通じて、鷗外文学における翻訳と創作の関係を探ってみようと思う。

『青年』は、『即興詩人』の主人公アントニオとその作者のアンデルセンがローマ、ナポリへ、また鷗外自身が『舞姫』の町、ヨーロッパの大都ベルリンへと、いずれも文明度の高い町へ旅していったように、田舎出の青年小泉純一が未知の首都東京を訪れ、「東京方眼図」を片手に、まず町の描写をするところから始まる。鷗外が対抗したと言われる漱石の『三四郎』は、地方から東京へ出てきただけなのに対して、小泉純一は、テキストの深部において、作者鷗外と翻訳家鷗外を経由してベルリンとローマをも同時に訪れているのである。『青年』の重層性、不透明性はここに由来していると言ってよい。

どこか不自然な物語性も、『即興詩人』の御伽話的性格、アヴァンチュールに満ちたストーリーの展開によっており、鷗外は、自ら訳した『即興詩人』の中では日本に該当する事象がなかったり適当な訳語が見つからずに苦心させられていた「物語」(デンマーク語の Eventyr)の諸相を、ひとつひとつ点検でもするかのように『青年』を書きついでいった[11]。キリスト教的な要素を抜き取って訳出した『即興詩人』を下敷きにして、日本版教養小説の執筆を意図していたのである。

『ヰタ・セクスアリス』が偽装された自伝、仮面を着けた自伝であったのに対して、『青年』は一歩進んで三人称の「半自伝」の体裁をとりつつ作中で視点の変換をたびたび行ない、主人公の日記の断片をも挿入した複雑な構造の教養小説になっている。ここであえて「半自伝」と呼ぶのは、『青年』が、鷗外の書かれざる自伝の諸要素、すなわち『ヰタ・セクスアリス』ほかの自画像が投影されている作品群中の体験の諸相を、新たに解釈し直す場所として構成されているからである[12]。作者鷗外と小泉純一の間の距離は、語りの装置からだけ見ても金井湛とのそれと比べてはるかに大きい。逆に言えば、鷗外はそれだけ自由に文学青年小泉純一の成長（変貌）の過程を語り、『即興詩人』というもうひとつの世界、さらには若き留学生だったベルリン時代へも飛翔することができたのである。

『即興詩人』の翻訳にあたっては、雅文体を選んだことで、これも「半自伝」の原作を一人称小説にしてしまった鷗外だったが、『青年』では口語体をとり、登場人物の各人がそれぞれの口調を持つように工夫された。とは言えそれはあくまでも枠組みのことであって、たとえば純一の日記の断片中の文章を語り手の文章に比べてみても、そこには何らの区別も見出されない。第十章と第十五章が「純一が日記の断片」とされているが、ここでは、語り手の知りえないことを、日記という自然主義的な「告白」の装置を駆使することによって純一に直接語らせている。しかしその日記は、「今の形の儘でか、又はその形を改めてか、世に公にする時が来るだらうか」（三八五頁）といった思惑の対象になるような性質の「半個人的な」告白であり、「拙い小説のやうな日記」（三八九頁）であった[13]。語り手と純一の相関関係が疑われざるを得ないようなものだったのである。鷗外はそうした読者の不信を退け、純一の告白の信憑性を保証しようとするかのように、第十五章の「日記」中で、坂井夫人との出会いを逐一細部まで回想しつつ、おのれの心の深部を測ってみている純一の記述の中途で、「そして奥さんの白い滑らかな頬を打たずに帰つたのを遺憾としただらう。／突然なんの著明な動機もなく、なんの過渡もなしに。（此下日記の紙一枚引き裂きあり。）」（三八七頁）と（　）の部分のコメントを挿入することで、語り手を強引に純一から引き離している。この操作こそ、「純一」という主語と日記中の主語「己」の相互変換が可能であり、『青年』の文体と「日記」の文体が同一であるという事実にヴェールをかけようとする試みであった。これはつまり、語り手と三人称の純一の間には、不即不離の関係が存在しているということである。[14]

さらに、語り手と純一が同一人物であるかもしれないというイリュージョンを壊すために、語り手は、純一以外の第三者にも視点を移し、その当人たちに語らせる工夫さえほどこしている。第二章の全体が大石の視点から記述されているのを見ることはたやすいが、第二十一章で、『即興詩人』中のアントニオとベルナルドのように「隔ての無い青年同士」（四二七頁）である純一と大村が歌がるたについて親しく語り合う場面では、「二人は又顔を見合わせて笑つた。／純一の笑ふ顔を見る度に、なんと云ふ可哀い目付きをする男だらうと、大村は思」い（四二九頁）、以下、大村の考えが語り手の口から直接語られる。また、ふたりが下宿を出て団子坂の通りへ曲がり、古道具屋を覗いたあとで鐘楼の前を下りて行くと女学生にあいさつをされた、その場面で、「大村は角帽を脱いで答礼した」。純一はその女学生の着物に目を留めるのだが、「袴の下に巻いてゐた、藤紫地（の）……友禅縮緬の袴下の帯は、純一には見えなかつた」（四三一―四三二頁）。ではだれに見えたのか。もちろん大村にである。そして語り手にである。

語り手が人物の行動にコメントを加える箇所もある。大村が近県旅行に立ってしまい、大都会の年の暮を一人寂しく過ごすことに耐えられなくなった純一は、箱根湯本へやってきた。その場面で、「純一を駆って箱根に来させたのは、果して寂しさであらうか。……さうではない。気の毒ながらさうではない」（四三六頁）とある。この部分は一応内的独白となっているのだが、「気の毒ながら」は純一の言葉ではない。語り手のコメントである。同様に、新橋の駅の場面で、純一は「革包と膝掛とを駅夫に預けて……二階の壺屋の出店に上がつて行つた。まだ東洋軒には代わつてゐなかつたのである」（四三七―四三八頁）と語りの現在の時点から東洋軒のことを書き加えているのも語り手（作者）である。

こうした視点の転換、視点の不統一は、作中の語りの均衡を破り、緊張をくずすという点では欠陥と見なされがちであるが、何をどう書いてもいいという小説本来の機能から言えば、語りの世界に隙間風ならぬ新鮮な空気を入れるという意味で、まさしく鷗外がのびのびとものを語ることのできる装置を提供したのだった。

作家としての鷗外だけではない。『青年』では、文芸批評家としての鷗外、翻訳家としての鷗外も間接的に随所でコメントを加えている。そしてこれはすでに言い古されたことであるが、純一に青年らしからぬじじむさい観察を再三させているのである。柳橋、亀清での宴会で、芸者を呼ぶか呼ぶまいか、芸者なしの宴会は美徳か偽善かの議論になった時、それを面白がって聴いている純一の観察――「この言ひ争つている一群の中に、芸者が真に厭だとか、下だらないとか思つてゐるらしいものは一人もない。いずれも自分の好む所を暴露しようか、暴露すまいか、どの位迄暴露しようかなどといふ心持でしやべつてゐるに過ぎない。そこで偽善には相違ない。……」（三九八―三九九頁）。また、客のひとり、ひどくにやけた新俳優の素振りを見て純一は、「御苦労にも此俳優の為めに前途を気遣つた。俳優は種々な人物に扮して、それぞれ自然らしい科白をしなくてはならない。それが自分に扮してゐる丈で、既にあんな不自然に陥つてゐる」（四〇五頁）。これも青年らしくない観察と言わなくてはならない。さらに、ほかの客より先に帰ろうとする純一に、芸者おちゃらが名刺を渡し、「こん度はお一人で入らつしやいな」（四一〇頁）と言う。純一は帰りの電車の中で、「どういふ動機であんな事をしたのだらう」と思いをめぐらす。しかし、「随分官能は若い血の循環と共に急劇な動揺もするが、思慮は自分で自分を怪しむ程冷やかである。或時（友人の）瀬戸が「君は老人のやうな理屈を考へるね」と云つたのも道理である」（四一一頁）。このようにまさしくじじむさい理屈づけは青年のものではなく、失敗、失恋を重ねたのちに、傍観者として夢と想像の世界に生きることを選んだ老成者の諦観の反映だった。情熱的な恋愛に没入できない者の自己弁護であった。鷗外は、アンデルセンの『即興詩人』のように夢物語を夢物語として華やかに展開させることができない、寂しく醒めきったリアリストであった。けれどもそのことは、夢見る情熱までも諦めているということには決してならない。夢、虚構の世界こそは鷗外の救いであり、青春を封じ込めておける世界だった。それは、鷗外が若々しく情熱的に生きることのできる世界だった。

次に、純一をめぐる女性像について見てみよう。教養小説の主人公を成長させる要因となった純一の「愛欲」と「虚栄心」に直接ふれてくるのは、清純なお雪、年上の未亡人坂井夫人、芸者のおちゃらの三人である。これに、理想的な女性、渋江五百《いお》を思わせるようなお安を加えてもよいが、純一にとって所詮お安は高嶺の花、関わりを持つにはいたらなかった。

これに対応する『即興詩人』中の女性が、敬虔清廉なフラミーニア、肉欲的で情熱的なサンタ夫人、虚栄心の権化で移り気な歌姫アヌンツィアータであった。そしてもうひとり、ララがいる。ララは、アントニオの即興詩に耳を傾けているうちに「目が見えたら」と強い願望を抱くにいたり、ついに奇跡が起こって視力がもどった。その機会にララはマリアと名前をかえ、裕福な暮らしをすることになったところでアントニオと再会、やがてふたりは結ばれて幸福な家庭生活を営むにいたる。アンデルセンの原作結末部に挿入されたこのエピソードは、教養小説の枠をこえる純然たる夢物語であり、御伽話であったため、鷗外訳『即興詩人』は、アントニオに幸福をもたらした奇跡を認めまいとでもするかのように原作の終末部を大幅に省略し、掉尾の数行を削ってしまう[15]。マリア（ララ）は、鷗外の世界からは程遠い存在であった。

フラミーニア、サンタ夫人、アヌンツィアータがいずれも個性を持った人格として造形されアントニオの成長に段階的に働きかけていたのとは対照的に、お雪、坂井夫人、おちゃらの三人は、ほぼ同時期に純一の前に登場している。『青年』は、巻末に鷗外が自ら記したように、実際には「物語の上の日数が六七十日になつたに過ぎない」ところで終わっているのである。その点では『青年』を教養小説と呼ぶには難があるのであるが、にもかかわらず純一がいかにも多種多様な遍歴をしたかのように思われるのは、人物配置上の工夫もさることながら、『舞姫』から『即興詩人』への延長線上に『青年』を置くことで可能にされた作品世界そのものの多層性によっている。

語り手の回想としてではなく、文学青年小泉純一の物語として構成されている『青年』では、作者鷗外自身の青年時代の追憶とその後の読書体験、翻訳、創作体験が有機的に融合しており、それゆえに作品の全体が夢の様相をおび、物語の時間的経過が緩慢になっている。主人公純一の成長の歴史というよりは、夢の記録に近いのである。第十九章で純一は夢を見る。「所々に白い反射のある緑の葉に埋もれて、長い髪も乱れ、袂も裾も乱れた女がゐるのである。……二人は遠慮なく近寄つた。／純一は相触れんとするまでに迫り近づいた、知らぬ女の顔の、忽ちおちやらになつたのを、少しも不思議とは思はない。馴馴しい表情と切れ切れの詞とが交はされるうちに、女はいつか坂井の奥さんになつてゐる。純一が危い體を支へてゐようとする努力と、僅かに二人の間に存してゐる距離を縮めようと思ふ欲望とに悩まされてゐるうちに、女の顔はいつかお雪さんになつてゐる」（四一六―四一七頁）。その瞬間、純一は「はつと思つて、半醒覚の状態に復《かへ》つた」。純一の「體には欲望の火が燃えてゐた」。夢を見ていたことに気づいて純一は、「ふとあんな工合に物が書かれたら好からう」と思う。夢の中では何もかも「輪郭や色彩」がはっきりしていて、「手で攫まれるやうに」思われたからである（四一七頁）。『青年』の執筆は、鷗外による「夢」の文章化にほかならなかった。

お雪、坂井夫人、おちゃらの三人は、それぞれの形で純一に愛欲を喚起させ、「性格上の修養」、生き方を考えさせる要因となっている。アンデルセンの『即興詩人』に登場するフラミーニア、サンタ夫人、アヌンツィアータも、主人公アントニオの恋心を煽り立てる存在であったが、その描写がロマンチックであったのに対して、純一の目、『青年』の作者鷗外の視線は明らかに自然主義を通過していて、肉欲を透視する官能的描写を行なっている。「マネエの画」「ナナ」（二九七頁）に比べられる鹿のような目をしたお雪さんのしなやかにねじられる腰の動きを見つめる純一。西洋雑誌を見ているお雪さんと並んですわっていると「袖と袖と相触れる。……健康な女の皮膚の匂がする。……〔お雪さんが〕仰山に體をゆすつた拍子に、腰のあたりが衝突して……純一は鈍い、弾力のある抵抗を感じた」（三七六―三七七頁）。お雪さんの腰に注意を集中させられていた純一だが、ふと「大いなる発見」をし、お雪さんは「人の為すを待つ、人の為すを促す」娘だと思うのである。

その瞬間お雪さんが「こはれ物」に見え、純一は「保護を加へなくてはならないやうに感じ」、それとともに「自分の身の内に漂つてゐた、不安なやうな、衝動的なやうな感じが、払ひ尽されたやうに消え失せてしまつた」(三七八—三七九頁)。

『ジョン・ガブリエル・ボルクマン』の上演を有楽座で観劇した時に出会った坂井夫人は「有り余る媚がある」「凄いやうな美人」で、劇中のヴィルトン夫人の日本版のような彼女の「切目の長い黒目勝の目」(三三三頁)に純一はすっかり魅了され、吸い込まれるように夫人と関係を結び、「知る人」となった(三四一頁)。しかし、たちまちのうちに「坂井夫人は決して決して己の恋愛の対象ではない」(三四二頁)と日記に書き記して自己防衛にかかる。恋愛なしに愛欲が成就されてしまったことに戸惑い、あげくに「なぜ猛烈な恋愛を求めようとしないか。己はいくぢなしだと自ら恥ぢ」るにいたった(三四三頁)。ヴィルトン夫人とともに「真の生活」を求めて旅立つ劇中の青年エルハルトのように振る舞えない自分を責めるのである。純一は、娼妓の型の代表者のような坂井夫人の「飽くことを知らない polype の腕に……無意味の餌になつて抱かれてゐたやうな心持がして、堪へられない程不愉快になつて来る」(三六五頁)。そのくせ、「器《うつわ》を傾けて飲ませずに、渇したときの一滴に咽《のど》を霑《うるお》させる」ような坂井夫人の手段にのせられ、ふたたび惹きつけられていくのである(三七四頁)。純一は空想を次第に放縦にする。そしてそれに逆らうように、坂井夫人に対する反抗心もつのらせていった。再会した坂井夫人の着物を純一ははっきりと記憶にとどめた。実は、着物の下の白い肌を透視していたので、火鉢の火を見ても「羅《うすぎぬ》を漏る肌の光」(三八六頁)に見えてしまう純一であった。そして坂井夫人を敵と思う気持をますますつのらせていく。夫人が、

「口にする詞」と「目の詞」を上手に使い分け、suggestif な言語や挙動を「半ば無意識に」「催眠術者」のように利用して、人の意志を左右するのに気がついた（四一五頁）。それでもなお「寂しさ」に襲われて、純一は坂井夫人を箱根に訪ねていく。けれども、性欲の衝動に操られてさまよう自分に対して、「なんとも名状し難い不愉快」（四四五頁）を感じるだけだった。さらにこの不愉快は、坂井夫人と同じ宿に泊まっている岡村なる画家を紹介されるにいたって、嫉妬という「厭な、厭な寂しさ」（四五二頁）に変化した。しかし、この愛欲劇の結末に訪れた敗北感は純一に自衛心を発揮させ、恋心を自発的に抑制する装置を備えさせた。それは、行動する純一を、事の成り行きを観察する傍観者に変身させた。その時点で、作中人物が語り手に変身したのである。まさにその視点を獲得した瞬間に、純一は「今書いたら書けるかも知れない」と思うようになった（四六五頁）。「美しい肉の塊」に幻惑されていた自分を、その肉の塊とともに距離をおいて観察し、自分の過去と現在を客観化できるようになったのである。それは、情熱を冷却することで、真に生活・行動することを諦めた代償として与えられた特権であった。

純一によって書かれるべき作品は、「現今の流行とは少し方角を異にし」た「伝説」で、それは『山椒大夫』というのが定説になっているようであるが、これはおかしい[16]。この説が説得性を持ちうるには、純一が『山椒大夫』の作者鷗外と同一人物であることが証明されなければならない。『青年』は教養小説ではあっても自伝ではないのである。純一は「伝説」を書こうと思っているが、それを執筆する前にすでに「日記」を書いている。この日記こそは、前述したように『青年』と文体を同じくする「現代語で、現代人の微細な観察を書い」たものであった（四五六頁）。純一の、

「寂しさの中から」（四七〇頁）生まれた作品は、『青年』でなければならないのである。

元日の朝、箱根の宿で「ものが書けそうだ」と確信するにいたった純一は、言わば、文学青年から作家への変身を遂げるのだが、その直後、雨戸を開けにきた「綺麗な女中」に対してたちまち自意識過剰、自尊心（fierté）丸出しの応対をしている。

同じような反応を、純一はおちゃらに対しても見せていた。亀清での宴会で出会ったおちゃらは刺激的な芸者であった。坂井夫人に誘惑され、すでに「知る人」になっていた純一は、「この可哀らしい敵の前で退却の決心をする」（四〇七頁）が、その姿態は強く印象に残り、夢にも現われるようになる。おちゃらが自分に興味を示してくれたことで、純一の心の裏には「vanitéが動きだして」いたのである（四一二頁）。

鷗外は『青年』の中で「虚栄心」なる語を一度も使用せず、vanitéか、それを説明した「自ら喜ぶ情」かのいずれかを用いている。この「自ら喜ぶ情」という語こそ、鷗外が『即興詩人』の訳文中で使用していた言葉であった[17]。vanitéは、純一が「好い子」だった小さい時から「美少年」の今日にいたるまで、「己の影を顧みて自ら喜ぶ情」あるいは「媚」として被り続けてきた仮面だった（三四三頁）。異性と対するたびに「自ら愛する心」（四一四頁）をくすぐられながら、自分は恋愛はしない、と冷ややかに考えていたのだった。

純一は坂井夫人を失ったことによって傷つき不愉快になった。しかしそれは、「自己を愛する心」が傷つけられた不平にすぎな」かった（四七〇頁）。そう認識した時に純一は救われた。そして「ものを書く」ことができるようになった。いや、「書くべきことが」生まれたのである。怯懦な心、虚栄心を克服して、己と向き合うことができるようになった。

一方、これも虚栄心のとりこだった面食《めんくい》のおちゃらは、男遍歴を重ねて転落していったことが、後日新聞記事によって純一に知れた。純一はそのことでふたたび自分の虚栄心をくすぐられるのだが、このおちゃらの運命は、『即興詩人』中のアヌンツィアータのたどった道の縮小版と言ってよい。その移り気と虚栄心からアヌンツィアータは敗北者になったのだった。

vanitéに弄ばれる青年というテーマは、再三指摘してきたように「即興詩人」の主題であり、『青年』は文字通り『即興詩人』の嫡子であった。『青年』の中で語り手は、純一に、鷗外ならぬ「鷗村の物では、アンデルセンの翻訳だけを見て、こんなつまらない作を、よくも暇潰《ひまつぶ》しに訳したものだ」と語らせているが、この自嘲めいた言葉は、逆に鷗外のvanitéをありありと映し出していると言える。自嘲ではなく自負だったからである。

『即興詩人』を翻訳するにあたって鷗外は、もうひとつ、「物語」（Eventyr）という語の多層性に手間取っていた(18)。原語の多義性が、訳語の選択の際に狭く限定されてしまうからである。夢物語もしくは御伽話、恋の冒険あるいはアヴァンチュールを意味するこの語を、鷗外は『青年』の中で、aventure（三四二頁）、「アワンチユウル」（三四三頁）として明らかに後者の意味で用いている。そして、アヴァンチュールとvanitéとの関連を明らかにせんとするかのように、短篇『藤鞆絵』を『青年』連載中の一九一一年五月に発表し、その中でさる宴会で襦袢の襟に藤鞆絵の紋を付けている若い芸者に人違いされ、嫉妬に似た不快感を覚えた主人公の心象を次のように描写している。

「これは佐藤君の、影を顧みて自ら喜ぶ心が傷けられさうになつて来たのである。vanitéが傷けられさうになつて来たのである。それと同時に佐藤君のアワンチユウルを求める心が漸く失望に帰しさうになつて来たのである。彼も此も毀傷せられたり、失望に帰したりしさうな時、始て不快な感じとなつて意識に上る。それまでは彼も此も意識に上らずにゐる」(『鷗外全集』第八巻、一二三五頁)。ここには、vanitéとaventureを知り尽くした鷗外の言葉がある。『即興詩人』の翻訳以来、ずっと宿題になっていた課題に、翻訳家鷗外は作家鷗外に変身して自らの(夢)物語『青年』を執筆し、『藤鞆絵』を書き加えることによってようやく解答を与えたのだった。

四 『(文学)青年』のその後

「ものを書こう」と旅立つところで終わっている『青年』では、純一の成功の軌跡が語られておらず、その限りにおいて教養小説としては未完であった。アンデルセンが『即興詩人』の結末を夢物語にしてしまったのと比較する時、そこにリアリスト鷗外の横顔を見ることができるのであるが、同時に、『青年』に続いて『スバル』に連載された『雁』のことが想起されてくる。

『雁』は、「僕」を語り手としているものの、単なる回想記でも一人称小説でもない。第十八節を見ればわかるように、「僕」は全知の語り手であるからであるが、だからと言って平面描写を行なっているわけでもない。第十四節の末造の女房お常は内的独白を行なっており、その限りにおいて意識の流れを思わせる語りを駆使している『雁』は、二十世紀小説の先取りをしていたとも言える。のみならずこの瀟洒な一篇は、鷗外がヨーロッパの同時代文学に通暁していたことをまざまざと見せつけている。第四節で貧しい老いた父親と二人で暮らしている十六、七の娘の描写がアンデルセンの『即興詩人』のアヌンツィアータからさらにさかのぼって『舞姫』の世界を彷彿とさせる点、「女は自己の競争者として外の女を見ると、或る哲学者は云つた」(『鷗外全集』第八巻、五三五頁)というキルケゴールからの引用、お玉に対するお常の嫉妬がストリンドベリの『強者』(鷗外訳『一人舞台』、一九一一年一月)と酷似し(十四節)、「(僕は)彼女(お玉)を妹の如くに愛する」(五九二頁)という科白が、そのままストリントベリの『債権者』(鷗外訳『債鬼』)に出ていた点、と列挙していくだけでも鷗外が、当時の北欧文学、ヨーロッパ文学の主流と呼応しつつ創作を進めていたことが見えてくる。(19)

『ヰタ・セクスアリス』『青年』から『雁』へと、語りの手法も人物、背景も変化させながら、なおかつ「女」にこだわり続け、愛欲と虚栄心にいつまでも翻弄されている主人公にまつわる一連の物語には、見紛うはずがない一貫性があった。同工異曲の作品間に連続性があった。主人公だけではない。たとえば『雁』における脇役末造の愛欲世界をとって見ても、鼾《いびき》をかいて寝ているかみさんの横で、お玉の白い肌を目先にちらつかせながらそのささやき声を思い出してはいい心持になっていたり(五節)、髪をなでつけているお玉の「くつろげた領《えり》の下に項《うなじ》から背へ掛けて三角形に見える白い肌」(五八四頁)をいつまでもあきずに眺めている木造の視線は、主人公「僕」のではなく、虚構化された全知の語り手である「僕」、すなわち書き手鷗外のものであった。

これをさらに『普請中』(一九一〇年六月)と結びつけて鳥瞰してみる時、鷗外の、愛欲をいかに馴致するかが基調テーマの教養小説風作品群の源に『即興詩人』があり、鷗外がほかの同時代の翻訳文学からも滋養を受けながら創作を展開させていた軌跡がありありと浮かび上がってくるのである。そして、『雁』の結末で岡田がドイツに旅立つことになって「洋行」が前面に押し出され、『普請中』の中で主人公の「西欧体験」が語られて話が振り出しにもどされるにいたって、鷗外訳『即興詩人』に先行していた『舞姫』が、鷗外文学を貫く赤い糸の起点としてふたたび姿を現わしてくるのである。ここに原点帰りがはたされ、鷗外における『即興詩人』シンドロームの総体が示されることになった。挫折（『舞姫』）に始まりなおも「普請中」の状態で展開された鷗外文学創作篇は、「まだ」を言い続ける『妄想』によって思想的・哲学的骨組みを与えられ、「物語」も「アヴァンチュール」もことごとく未完のままに円環を閉じることになった。かくして鷗外版教養小説は、出発点での挫折によって「未完」を運命づけられていたかのように、これも未完の『灰燼』と化してしまう。以後鷗外は、『即興詩人』の系譜から方向を転じ、座標軸を転回させて、「完結」があらかじめ約束されている（かのように見えた）史伝の世界に自己のアイデンティティーを求めていくようになるのである。

五　創作と神話

『青年』執筆時前後の鷗外の作品にはフランス語を文中に原語のまま用いた例が少なくないが、鷗外の空想世界を飛翔していたのはまぎれもなくドイツでの青年時代であった。『即興詩人』『舞姫』『雁』との関連で『青年』中の主人公小泉純一をめぐる三人の女性像に焦点を合わせてみると、そこに滞独中の青年鷗外が背景に投射されているような錯覚に陥る。小泉純一がたどり着いたのは東京でありながら実はベルリンであったにちがいない。岡田が旅立つのもドイツへではなく、森林太郎が留学を終えて帰国する日本へではなかったか。こう仮定すると、既婚の女性（サンタ夫人、坂井夫人、お玉）をドイツに残し、若い女性（アヌンツィアータ、おちゃら、エリス）の不遇にベルリンで立ち合った青年鷗外は、清純な女性（フラミーニア、お雪）を守ってあげなければならないと思いつつ結局何もせぬままに冷淡にも日本にもどってきてしまったことになる。この推測が正しいならば、青年鷗外には、ドイツ滞在中に坂井夫人、（末造にとっての）お玉に相当する知り合いの既婚夫人がいたことになる。[20]さらに空想の輪を広げていくと、帰国した鷗外を日本まで訪ねてきたのは、お玉にあたるドイツ女性だったように思えてくる。その女性こそエリーゼ・ヴィーゲルト（ヴァイゲルト）で、『舞姫』のエリスとは別人だったのではないか。同様に、『普請中』の日本を訪れたドイツ人の女性歌手も、愛欲にふたたび火の点くのを恐れた臆病な日本人の男によって体裁よく追い返されたドイッ女、とその点だけが真実であった虚構の人物で、彼女を歌手として造形することで鷗外は、逆に、実在の人物エリーゼは『普請中』の歌手ではない、やはり『舞姫』のエリスと同一人物だったらしいという神話をさらに強く印象づける煙幕を張ったのだと言える。[21]

鷗外の創作作品を、『即興詩人』の延長線上で集中的に読み込んでいくと、鷗外の女性像にこのような類型があったことが見えてくるのである。彼女たちは、愛欲にこだわり虚栄心に弄ばれている男（鷗外）を現実の世界に連れもどすかわりに、「もうひとつの世界」に遊ぶ小心な傍観者、冷たく醒めた夢想者に仕立てあげていった。彼女たちは、実在の女性であり続ける必要はなかった。

生きている者は変わってしまう。虚構化され、さまざまな形象に変貌していくことによって、彼女たちはかえって生き生きと鷗外の文学世界で生命を保ち続けることができたのである。

『即興詩人』の系譜はかくのごとく知的でハイカラ、西欧的かつ理性的であった。鷗外によって試みられ仕組まれた青年森林太郎をめぐるしたたかな神話は、その不純さ、未完性をふくめてもっと評価されるべきであろう。日本風に消化された西欧精神の神髄がそこに隠されているからである。そのためには、すでに指摘したように、鷗外の創作と翻訳文学との関連を大きく視野に入れなければならない。そうしてこそはじめて、西欧文化と真っ向から切り結ぶという恐ろしく孤独な作業を続けていた鷗外と、一九一〇年前後の日本の文化的背景とが浮彫りにされてくるのである。

西欧という「中央」の文化に関する知識が深まれば深まるほど、「周縁」日本の文化の異質性・特異性が際立ってくる。それが明治・大正時代に天皇制を擁するさまざまな形態の日本主義・原理主義を生み、文学の分野でも泡鳴の「一元描写論」から自然主義の亜流である「私小説」にいたるまで「日本化」の傾向を著しくしていくのであるが、鷗外の場合は、『半日』から始まり『追儺《ついな》』『魔睡』『鶏』『金貨』『金毘羅』『独身』『普請中』『あそび』『蛇』『妄想』『百物語』といった自画像を映し出した作品でさえ、いずれもなんらかの形で西洋の小説作法を意識して書いていた。これがみな一種の実験小説になっていたのを見ればわかるように、鷗外はたえず世界文学、同時代文学と通底した場所に立って、外に開かれた仕事をしていたのである。その点において、西洋文学から養分を吸収した上で普遍文学を指向し、人間存在の内部を深く執拗に探求していった「鎖国の文学者」漱石と相違していたといってよい。三島由紀夫が『青年』を評して、「『坊ちゃん』などよりも、現代の青年にもっともっと読まれるべき」作品だと言うのも、普遍的な青年像を描写しえた鷗外の開放的で明朗な文体の包容力に魅せられていたからにほかならない[22]。そしてその根源に、アンデルセンの『即興詩人』があったことは、象徴的かつ運命的な出来事であった。

註

（1）「テエベス百門の大都」については、長谷川泉著作選1『森鷗外論考』第一篇（明治書院、一九九一年）を参照。
（2）研究者だけではなく、『作家用語索引　森鷗外』（教育社、一九八四―八五年）のような鷗外研究の基本文献でさえ、翻訳作品を除外している。
（3）ここでは、一例として小堀桂一郎の画期的業績『森鷗外　文業解題』（岩波書店、一九八二年）が、「創作篇」と「翻訳篇」に二分されていたことを指摘するにとどめる。なお、補注も参照。
（4）長島要一『森鷗外の翻訳文学――「即興詩人」から「ペリカン」まで』（至文堂、一九九三年）（本書Ⅳ章に収録）。
（5）同右『森鷗外の翻訳文学』、特に二四八―二五五頁を参照（本書Ⅳ章三）。
（6）村松剛は、「自己本位のこと」（『新潮』一九九二年七月号）の中で、『団子坂』『魔睡』『青年』『灰燼』に息づいている強烈な volupté（肉欲）について語っている。
（7）『鷗外全集』第五巻中のページ数。正字は新字に改めてある。以下同じ。
（8）須田喜代次はこれを金井の「嘘」と断定している。「『ヰタ・セクスアリス』――「書き手」としての金井湛」（『国文学　解釈と鑑賞』一九九二年十一月号）参照。
（9）原作『即興詩人』の中でも、アンデルセンとその友人ヘルツが本文中に登場していた。前掲『森鷗外の

翻訳文学』二〇八―二〇九頁参照〔本書Ⅳ章一の3〕。

(10) 村松剛は前掲論文中で『青年』に言及し、その「筋書きはシュニッツラーかだれか、世紀末作家の作品から想を獲たのかも知れ」ないという洞察を行なっていたが、『即興詩人』には触れていない。

(11) 数ある『青年』論の中で、その童話性に注目していたのは、私見によれば、新潮文庫版『青年』に解説を書いた高橋義孝ただひとりであった。しかし、『即興詩人』との関連は視野に入っていない。

(12) 「半自伝」については前掲『森鷗外の翻訳文学』二一七―二二二頁参照〔本書Ⅳ章二の1と2〕。

(13) 以下、『青年』からの引用はすべて『鷗外全集』第六巻による。

(14) 語り手と三人称の主人公との間に存する不即不離の関係については、拙稿「一元描写論」と「間隔論」――泡鳴と漱石の視点論について」(『国文学　解釈と鑑賞』一九八四年十月号)参照。

(15) ロマン主義風の教養小説『即興詩人』の構造的矛盾については、前掲『森鷗外の翻訳文学』二二二―二二五頁参照〔本書Ⅳ章二の3〕。アントニオは恋(愛欲)の成就によって詩人としての成功をつかんだが、鷗外はそれとは無縁だったからである。逆に、だからこそ鷗外は『即興詩人』に憧れていたとも言える。翻訳完結の意志と動機は、この憧憬にひそんでいたにちがいない。

(16) 岩波文庫版『青年』所収の唐木順三による解題、二一七頁参照。

(17) 前掲『森鷗外の翻訳文学』二二五―二三三頁参照〔本書Ⅳ章二の4〕。

(18) 同右、二三三―二四〇頁参照〔本書Ⅳ章二の5〕。

(19) 同右、第二章「ストリンドベリ劇」参照。ちなみに『青年』の中でも、北欧文学者のほかにユイスマン、メーテルリンク、フローベルらの名があげられていた。

(20) お玉が岡田と末造の両者に対して分裂した形象であることは、すでに平岡敏夫が『日露戦後の文学の研究(上)』(有精堂、一九八五年)第四章「森鷗外『青年』」の中で指摘していた。

(21) 前掲『森鷗外の翻訳文学』二四八―二五五頁参照(本書Ⅳ章三)。
(22) 三島由紀夫「森鷗外」(一九六六年一月)『作家論』(中央公論社、一九七四年)所収。

補注

小堀桂一郎の画期的業績『森鷗外　文業解題』(岩波書店、一九八二年)は、「創作篇」と「翻訳篇」に二分されている。もちろんどちらの部分でも創作と翻訳の相互関係にも洞察深い言及がなされているのであるが、たとえば本稿で扱う一九〇九―一一年前後の創作に関して言えば、『杯』以下の散文詩風の作品が、鷗外が同時期に翻訳発表したリルケの『白』、アルテンベルクの『釣』に共鳴して創作されたものであることが指摘されるだけであった(三七―四〇頁)。同書の目的は書名が示すとおり各作品の「解題」にあり、総合的な「分析」ではないので、これは無理な要求と見られても仕方のないところである。けれども、数ある『青年』論のほとんどが、せいぜい作中に扱われているイプセンの『ジョン・ガブリエル・ボルクマン』を視野に入れることで事足れりとしているのにはうなずけない。

また、先行作品との関連から『青年』を二葉亭四迷の『平凡』と比較し、自然主義との関係を探る上で正宗白鳥の作品からの影響関係を分析、さらには啄木まで考察の対象にして論じた平岡敏夫の研究、『日露戦後の文学の研究(上)』(有精堂、一九八五年)も高い水準を示しているが、『三四郎』との比較、啄木らのモデル問題へのこだわりと、つまるところは従来の研究の延長線上に論が展開されており、そこには翻訳作品への言及はまったくない。

さらに比較文学の分野でも、たとえば清田文武による、シュニッツラーの翻訳と『魔睡』『団子坂』との比較研究(『鷗外文芸の研究』中年期篇、有精堂、一九九一年)など、すぐれた研究成果があるが、方法論上、対象が個別作家、個別作品に限定されていて、これもものたりないように思われる。

Ⅵ 『即興詩人』とイタリア――森鷗外とアンデルセン

Summary

Mori Ôgai translated Hans Christian Andersen's novel *Improvisatoren* (1835) as *Sokkyô Shijin* (1902). Its fame and popularity has been so enormous that it is considered to be one of the classics of modern Japanese literature. Allured by Ôgai's superb translation into an elegant and flowing literary language, many readers in Japan have expressed their admiration. There is, however, not so much equivalence between the original *Improvisatoren* and the translated *Sokkyô Shijin*. No one can talk about the literary world of Andersen on the basis of Ôgai's translation. *Sokkyo Shijin* is in fact not an ordinary translation of literature but a genuine work of cultural translation. Ôgai transgressed the bounds of translation.

Andersen's fascination of Italy as a Scandinavian was thus reinforced and adapted to the Japanese soil by Ôgai. He re-created the image of Italy and made it absorbable and amiable for the Japanese readers. It was a great feat.

1　文化の翻訳者、森鷗外

二十世紀初頭、日露戦争をかろうじて勝ち抜いた日本は、文化の領域で前代未聞の激動期を迎えていました。維新期以来徐々に進行していた西洋文化の紹介と消化の仕事に、近代日本の知性が果敢に挑戦し、その日本化を試みるようになっていたのです[(1)]。

イタリア東方学研究所はちょうどその頃、一九〇七年の創立になります。時代の子森鷗外は、西洋文化を日本化するプロセスを文字どおりに体現した近代日本の知性であり、「翻訳者」でした。一八八八年にドイツ留学から帰って以来鷗外の行なっていた翻訳は、単なる西洋文学の紹介ではなく、文学作品を通じての「文化の翻訳」でした。「文化の翻訳」というのは、狭義のテキストの翻訳にまつわる言語学的な理論ではなく、もっと幅の広い、異文化の翻訳のことです。

創作の分野でも鷗外は、貴重な西洋体験をしてきた生身の自己を原作として、それを日本の風土に「翻訳」する形で作品を書いていましたが、鷗外における「文化の翻訳」の実態が如実に見てとれるのが、イタリアを舞台にして書かれたアンデルセン原作の『即興詩人』でした。

帝国陸軍軍医であった鷗外は、日清戦争（一八九四―九五）、日露戦争（一九〇四―〇五）と二度の戦争に従軍し、その間、文学関係の執筆は下火になっていました。それでも翻訳の仕事は怠ったことがなく、『舞姫』をはじめとする「ドイツ三部作」と同じ文語調の雅文体でもって一八九二年に開始した『即興詩人』の翻訳は、延々九年間続けて一九〇一年に訳了し、翌一九〇二年に刊行しています。

鷗外は「翻訳者」の目でもって西洋文化と日本の伝統文化の両者を見つめ、自分の生きる時代にコミットしていました。ふたつの文化の橋渡しができるだけの器量と知識を兼ね備えていた鷗外は、単なるバイリンガル、二言語使用者ではなく、二文化を理解するバイカルチュラルでした。異文化間の類似と差異を知り抜いていたのです。その上で、「小説」という輸入芸術がまだ根を下ろしていない日本の文学界と読者の現状にあわせ、文章口語体が未完成の日本の文化環境に適合させる形で訳文を紡ぎ出していました。

『即興詩人』の訳文に格調の高い雅文体を選んだことで鷗外は、原作の語り手をしりぞけ、翻訳者である自分が代わりに語り手となって、原作の再話を試みました。「虚栄心」に翻弄される原作の主人公に鷗外は自画像を投影させ、原作の質的転換を行ないました。そのため、鷗外訳『即興詩人』には原作者アンデルセンが不在で、それは翻訳であるよりも原作の再編集であり、創造的な誤訳でした。それこそ当時の鷗外が行なっていたやむを得ない翻訳の実態でした。文学の作品を訳しながらも鷗外は、実際には、訳文からキリスト教を排除しつつ西洋の文化の「日本化」を実践していたのです。それは「文化の翻訳」としては偉業でした。あの時代にはそれ以外に方法がなかったのです。

けれども、すでに新しい時代にふさわしい新しい書き言葉の文体の模索が開始されていましたから、時代遅れといえば時代遅れでしたが、鷗外の雅文体による翻訳は、近代化日本の過渡期に現われた名作で、熟れ過ぎた果実のような甘味と芳香を発して読者を魅了しました。イタリアを謳歌する『即興詩人』は明治期西洋文学作品邦訳のひとつの達成を示す典型的な作品となったのです。また、泉鏡花、島崎藤村をはじめ、上田敏、永井荷風、木下杢太郎、佐藤春夫らへ多大な影響を与え、異国趣味を育ませました(2)。

鷗外個人にとっても『即興詩人』は重大な意味をもつ作品で、鷗外が西洋で過ごしてきた夢のような青春時代へのオマージュでもありました。

2　鷗外と『即興詩人』

『即興詩人』と鷗外の出会いは運命的なものだったと言えます。ひとりの作家もしくは翻訳家が出会うべくして出会う作品というのがあるものです。鷗外の場合、それが『即興詩人』でした。鷗外とアンデルセンという組み合わせに驚く人もいるでしょうが、実はこのふたり、いろいろな面で共通点を持っていました。とはいえ鷗外訳の『即興詩人』は、アンデルセンの原作から相当かけ離れていて、少なくともこの翻訳から原作者アンデルセンを思い浮かべることは不可能です。

アンデルセンの原作『即興詩人』はリアリスティックな記述とロマンティックな夢物語が融合し、自伝と一人称小説が混合した複雑な作品であるとともに、実人生の記録と小説的虚構が無造作に織りなされ、まばゆいばかりのイタリアの自然を謳い上げる紀行文学、観光小説でもありました。『即興詩人』はいわば仮面をつけた自伝、アンデルセンの半自伝でしたが、鷗外はその自伝的背景を捨て去り、回想記風のきらびやかな一人称小説として訳しました。

語り手を変えただけではなく、鷗外訳『即興詩人』は、神とかキリスト教に関する部分を省略し、訳語を操作して日本の文脈に置き換えた作品でした。けれども、鷗外訳における操作は、訳文が日本語で読むに堪えるものになれるかどうか、それがかかっていた必死の選択だったのです。鷗外は文学の作品を訳す以上に、西洋文化をいかに取り入れるか、何を捨てるかに腐心していました。それは、おのれの教養と文化的背景を抵当にして行なった賭けでした。鷗外の西洋文学の翻訳は、西洋「文化」の翻訳だったのです。

しかし、鷗外訳の『即興詩人』でもってアンデルセンの文学を語るわけにはいきません。アンデルセン不在の鷗外訳は、翻訳と呼ぶよりもむしろ脚色と見なすべきで、そのせいでしょう、岩波文庫版には、翻訳作品につける赤色ではなく、日本近代現代文学を示す緑色の帯がついています。「森鷗外訳」と明記されているにもかかわらずに、です。けだし卓見と言うべきでしょう。

個々の人物の表現の特性が捨て去られ、老若男女、みな語り手の言葉しか話さない雅文体を選択することにより、鷗外はアンデルセンの原作を離れ、自己の言語空間をのびのびと飛翔できる自由を得ました。そこまで拡大された自由を獲得していたからこそ、鷗外は悠々九年間も『即興詩人』の世界に遊ぶことができたのだと思います。

三島由紀夫が現代人にはもう書けないと言った雅文体は、戦後世代には書けないどころかもうほとんど読めなくなっています。たとえ読めたとしても読書速度に問題があり、いきいきとしたリズム感は味わいにくくなっているようです。特に二十一世紀の若い世代に鷗外訳『即興詩人』が広く読まれることはおそらくないでしょう。(3) そう私が二〇〇五年に出版した岩波新書『森鷗外　文化の翻訳者』で予言したところ、「さてどうなることか」という反応がさる書評にありました。(4)『即興詩人』の翻訳はほかにもあるので、ストーリーを追うだけなら別に鷗外訳を選ぶ必要はないのですが、偶然が重なり唐突な事件が相次ぐお伽話のような小説『即興詩人』、ロマン主義的な恋愛小説の伝統にのっとっていながらも、夢幻的なリアリズムの世界を築き上げた『即興詩人』の夢物語の世界に身を委ね、イタリアの自然美に酔い痴れようと思う読者は、やはり鷗外訳を選ぶべきでしょう。

3 『即興詩人』のあらすじ

ここで『即興詩人』のあらすじを紹介しておきましょう。

貧しい家に生まれたアントニオは、母親を馬車で轢き殺され、おじのペッポのところに預けられますが、やがて首都ローマに出、富裕な一家の庇護を得て教育を受けました。

ナイーヴで引っ込み思案のアントニオは、性格も容姿も対照的なベルナルドと親友になります。ところが、美しい娘アヌンツィアータが現われてからというもの、事実上恋敵となったアントニオとベルナルドの仲はもつれるばかりでした。

そしてある日、歌姫と呼ばれて名声を馳せるにいたったアヌンツィアータをめぐる恋の鞘当ての挙げ句、不慮の事故からアントニオはベルナルドを深く傷つけてしまい、逃亡の旅に出ることを余儀なくされます。

けれども、失恋の旅の途上で盗賊の一味に捕らえられてしまいました。たまたま一味の中には運命を占う老婆フルヴィアがいて、アントニオは幸運の星を目に宿している、と告げます。そこで第一部が終わります。

第二部は舞台がまず南のナポリに移り、アントニオは南国人の誘惑と熱い恋情、そしてヴェスヴィオ火山の噴火に出会います。年上のサンタ夫人の情熱的な誘惑にあやうく陥落しかけたアントニオでしたが、危機一髪の時にマドンナの像が落ちてきて救われるという幸運に恵まれました。

また別の土地では若い人妻が犯されそうになったのを機転をきかせて救い出したアントニオは、文字どおり純潔と貞操の権化でした。

そして、夢と感覚の世界が溶け合った理想の愛を思い描きつつ、日の見えない物乞いの少女ララと心を触れあわせる機会を得ます。

ある日、カプリ島へ向かって舟で海へ出たアントニオは竜巻にあって避難し、青い洞窟において夢とも現《うつつ》ともつかない状態で盲目の美少女と再会しました。

なんとか命を取り留め、ひとまずローマにもどってふたたび教育を受けることになったアントニオは、今度は修道女フラミーニアに失恋して、心の傷をいやすために水の都ヴェネツィアを訪れました。当時、凋落と無気力のシンボルと見なされていたこの町は、棺のような黒いゴンドラもあれば溜息の橋もあり、アントニオの心情にはふさわしかったのです。

ところが、思いがけないことがふたつ待ち受けていました。ひとつは落ちぶれて惨めな姿をさらしたアヌンツィアータとの数年ぶりの再会でした。アントニオはアヌンツィアータがベルナルドを愛しているものとばかり思いこんでいたのでしたが、それは誤解で、アヌンツィアータの愛していたのは自分の方だった。が、そう知らされても時すでに遅く、アヌンツィアータは死の床にありました。

もうひとつは、今は目も見えるようになり、マリアと名前も変えて裕福な暮しをしていた以前のララとめぐりあえたことでした。

アントニオは、自然美を称えた自分の即興詩が、盲目だったララに「もしも目が見えたなら」という強い希望をいだかせ、それが幸いして視力を取りもどすことができたのだ、と知らされます。それを聞いてアントニオは、芸術の力を信じるにいたりました。

そして、自分の利益のためではなく、人のために詩作することの喜びを学び知り、ついに虚栄心を克服したのです。

こうして、愛されることではなく、自分から愛することのすばらしさを知ったアントニオは、マリア（ララ）の愛も勝ち得ることができました。

マリアもアントニオもかつては下層階級の子供でした。けれどもアントニオは芸術の力を身につけ、マリアは暖かい心を育んだおかげで、ふたりとも見事に「出世」することができたのでした。ハッピーエンドです。

4　アンデルセンの『即興詩人』

アンデルセンが主人公アントニオに変身して始まった夢物語が、マリアと結ばれて幸福に終わった時点で、今度は即興詩人のアントニオが実人生に舞いもどってきて、その夢物語を散文の作品として書き記しました。それが『即興詩人』であり、『即興詩人』とは以上のような構造をもった、ある意味でしごく現代的な作品だったのです。

『即興詩人』は、聴衆の称賛に酔うことはできても過酷な批評には耐えられない芸術家としての虚栄心とナルシシズム、その自己中心性との闘いが主題の一種の芸術家小説です。『即興詩人』は、主人公がいかにして虚栄心を克服して成功を勝ち得たかという出世物語であり、深刻さこそ欠けていましたが、かえってその軽みが当時は新鮮だったのです。

すでに指摘しましたように、『即興詩人』には度重なる偶然や神秘的な暗合、謎の失踪、宿命的な誤解、恋のもつれなどなど、ロマン主義文学の構成要素がふんだんに取り入れられていました。そうした背景のもと、デンマーク人のアンデルセンがイタリア人の主人公になりすました偽装された自伝の中で、こうなってほしいという夢を綴った点が新趣向なのでした。

そればかりではありません。アンデルセンの性格中、虚栄心以外にも、人前に出たがる性癖とか、恋愛における臆病、異性に誘惑されることに対する恐怖とかも主人公アントニオの性格を形成する要素になっています。自己顕示、もしくは自己暴露を夢物語の中でやってのけたという点で、『即興詩人』はきわめて野心的な作品なのでした。単なる一人称小説ではなく、作者アンデルセンの影を抹消してしまっては平板になってしまう、そんな作品でした。つまり、作者の影がつきまとってはじめて立体的になるように組み立てられた特殊な一人称小説だったのです。

アンデルセンのイタリア旅行には、奨学金を出してくれた後援者がいましたが、その恩返しと報告をかねてでしょう、アンデルセンは訪れた町々の記述を作品中に挿入してサービス精神を発揮しています。

さらに、巻末近くでアントニオをふたりのデンマーク人に会わせています。そのひとりはアンデルセン自身、もうひとりは詩人のヘルツでしたが、『即興詩人』最終章にある一八三四年三月六日という日付は、このふたりが実際にカプリ島を訪れた日なのでした。(5)

5　イタリアという別世界

アンデルセンはイタリア旅行中、記録魔と呼んでいいほどの執拗さでもって見聞したことを逐一日記に書き留め、スケッチまでしていました。その克明な記録が『即興詩人』に活かされているわけですが、見ること、観察することへ重心が傾いていた背景には、アンデルセンにはイタリア語ができなかったという事実がありました。このことは記憶にとどめておくべきです。アンデルセンは言葉ではなく、「もの」を通してイタリアと接触していました。感覚器官を全開にし、全身でイタリアを体験していたアンデルセンでしたが、言葉というコミュニケーション手段が欠落していたために、イタリア人の思考、感情その他、目に見えない抽象世界のできごとはすべてアンデルセンの想像力の産物でした。その分アンデルセンは、自分が見たかった夢をそこに見、自分の聞きたかった話、語りたかった逸話を自由に紡ぎ出すことができました。

それは、滞独中にドイツ語が堪能だったおかげでドイツ人と親しく交渉を持ち、その内面生活にまで立ち入ることのできた鷗外が、リアリストの目を持ちえたのとは対照的です。けれども、ことイタリアとなると鷗外にとっては未知未踏の国、『即興詩人』中の記述と、読書による知識があったのみ。鷗外は「もの」ではなく、言葉を通してアンデルセンが見入り描写したイタリアの文物、風光を想像するよりほかありませんでした。

鷗外もまたイタリア語の知識が乏しかったわけですが、注目すべきは、鷗外は『即興詩人』をデンハルト訳のレクラム文庫版から重訳したことです。重訳をしたことによって必然的に誤解が生じていたのは容易に理解できることでしょう。鷗外は、アンデルセンのドイツ語訳「テキスト」を通してのみイタリアと接触していました。好奇心のかたまりとなり、光り輝く別世界のようなイタリアを間接的に体験していた鷗外でしたが、アンデルセンの自伝的要素に関する知識が欠落していたために、主人公アントニオを生粋のイタリア人ととらえ、その思考、感情世界に没入していました。アンデルセンの描写が想像力の産物であったのと同様、鷗外も、アントニオの背景を恣意的に操作し、自分が見たかった夢をそこに見ていました。このようにして鷗外訳『即興詩人』は、原作の枝葉末節を切り取った分、日本人好みの「イタリア」というイメージを提供することができたのです。

6　結語

鷗外は、『即興詩人』の作者と翻訳を通して交流することで新しい世界を開き、イタリアという南欧の異文化に接触することによって世界観の次元を高めていました。外国文学を翻訳する過程で「もうひとつの世界」に遊んでいただけではなく、その体験をさらに自国語で創造するという、えも言われぬ楽しみを味わっていたに違いありません。

わたしたちが外国文学を読むという行為も、実は広い意味での翻訳で、作品を読みつつ読者はみなそれぞれの私家版を創作しているのです。読み方は読者の数だけあります。読者は作品中の人物とその世界に自分の思いと夢を仮託し、自分なりの「もうひとつの世界」に遊ぶのです。そういう意味で鷗外訳『即興詩人』は、明治期以来の日本人が「イタリア」に遊べる楽園を提供してきたと言えるでしょう。

森鷗外記念会の発行する雑誌『鷗外』に、鷗外訳『即興詩人』に関する論文を私が発表したのが一九九一年、それが至文堂から発行された単行本『森鷗外の翻訳文学』に収録されたのが一九九三年でした。一九九九年にはアンデルセンの生地オーデンセで開かれた国際アンデルセン研究会議に招かれ、日本で鷗外によりリメイクされた『即興詩人』について発表、そして二〇〇二年の春にナポリ大学で行なった連続講演の時にも鷗外訳『即興詩人』について話をする機会を得ました。その時に、ナポリの町の古本屋でイタリア語版の『即興詩人』、*Un racconto romano. L'Improvisatore* を見つけたことで、私の『即興詩人』熱が再燃しました。それがきっかけとなって発奮し、日本では子供の読み物としか扱われていなかったアンデルセンのいわゆる「童話」を、大人のためのお伽話、「寓話」として読めるようにと、新しい翻訳をアンデルセン生誕二百年の二〇〇五年に四冊刊行しました。同じ年に岩波新書『森鷗外　文化の翻訳者』を刊行したことはすでに触れましたが、この記念の年に開催されたオーデンセでの国際アンデルセン会議では、「アダルト・オンリー」というタイトルで、大人のために日本語に新訳した私の本について発表しました。

鷗外が『即興詩人』を翻訳することでイタリアに憧れたように、私は鷗外訳『即興詩人』を研究する過程で、ほかの幾多の日本人がそうであったようにイタリアに魅了されてきました。それはアンデルセンの目を通したイタリアでした。けれどもそれは、幸いなことに、『影』というすばらしい作品の冒頭でアンデルセンが描いたナポリの町のように、暑い日差しのもとではひっそりしていながら、夜になって明かりが点されると生気を取りもどし、にぎやかに「生きる」ことを満喫するイタリアでした。そんなイタリアを、私もいずれまた何らかの形で再現してみたいと思っています。

註

（1）本稿は、拙著『森鷗外　文化の翻訳者』に基づき、シンポジウム「イタリア観の一世紀――旅と知と美」において発表した講演原稿である。

（2）その影響については、日本における比較文学研究の草分けである島田謹二が「森鷗外の『即興詩人』」で記述している。『日本における外国文学（上）』二五七―二八一頁参照。

（3）ちなみに、鷗外訳を称賛し紹介する図書として、二〇〇二年に安野光雅の『絵本　即興詩人』、二〇〇三年には森まゆみの『「即興詩人」のイタリア』が刊行されている。

（4）武藤康史「日本語探偵帖」『東京新聞』二〇〇五年十二月十七日を参照。

（5）詳しくは拙著『森鷗外の翻訳文学』第四章、ならびに『森鷗外　文化の翻訳者』第二章を参照。

参考文献

長島要一『森鷗外の翻訳文学――「即興詩人」から「ペリカン」まで』至文堂、一九九三年
長島要一『森鷗外　文化の翻訳者』岩波新書、二〇〇五年
アンデルセン『あなたの知らないアンデルセン』全四巻、長島要一訳、評論社、二〇〇四―〇五年
安野光雅『絵本　即興詩人』講談社、二〇〇二年
森まゆみ『「即興詩人」のイタリア』講談社、二〇〇三年
島田謹二「森鷗外の『即興詩人』」『日本における外国文学（上）』朝日新聞社、一九七五年
Andersen, Hans Christian, *Un racconto romano. L'Improvvisatore*. Introduzione di Atanasio Mozzillo. Presentazione di Luigi Malerba. Tradotto dall'originale danese da H. e G. Cau Elmqvist. Guidla editori.

Napoli, 1984.
Nagashima Yoichi, "Hans Christian Andersen remade in Japan: Mori Ogai's translation of improvisatoren," in Johan de Mylius et al (eds.), *Hans Christian Andersen: A Poet in Time*, Odense: Odense University Press, 1999, pp. 397–406.
Nagashima Yoichi, "For Adults Only," in Johan de Mylius et al (eds.), *Hans Christian Andersen —Between Children's Literature and Adult Literature*, Odense: University Press of Southern Denmark, 2007. pp. 369-373.

第三部

Ⅶ 「文化の翻訳」の諸相とバイカルチュラルの翻訳者・森鷗外

一八八八年にドイツ留学を終えて帰国した鷗外は、ドイツ語からの翻訳という形で広く西洋文学一般の紹介を精力的に展開していた。筆者は鷗外が重訳した北欧文学作品を点検し、原典のテキストがドイツ語訳を経ていかに変貌させられていったか、その行程に光を当てることで鷗外の翻訳ぶりを拙著『森鷗外の翻訳文学』（至文堂、一九九三年）で紹介した。そこでは、鷗外の翻訳していたのが西洋文学作品のみならずその背後にあって当時の日本ではまったく未知の世界であった西洋「文化の翻訳」であったこと、テキスト自体の翻訳にも誤解と歪曲と省略があり、誤訳に近いものであったことなどを指摘した。さらに、鷗外の誤訳が単なる誤訳ではなく、もっと底の深い「創造的な」「操作」であり、西洋文学作品の翻訳を通じて西洋「文化の翻訳」をしていただけではなく、その方法論が、乱暴な言い方をすれば、能力にふさわしい「見えるものしか見えない」から、恣意的な「見たいものしか見ない」に移行することで原作の「脚色」さらには原作からの部分的な「引用」に進化していったことを拙著『森鷗外　文化の翻訳者』（岩波新書、二〇〇五年）で説明を試みた。鷗外の文学活動の源泉には必ず「原作」があり、それを一貫して「翻訳」することで、名訳と名作の数々を生み出していたのであるが、そうした方法を「文化の翻訳」と呼んでいたわけである。

こうして西洋文学、さらには西洋文化一般をテキストと見なしていた鷗外の翻訳ぶりを吟味する過程で培われた手法を応用し、筆者は、長年暮らすことになったデンマークと祖国日本との間にどんな文化的な交流があったかを調査するプロジェクトに乗り出した。デンマーク人と日本人が、おたがいの文化をどう見てきたか、偏見と誤解を繰り返しながら、ある一定の日本像、デンマーク像をどう作り上げてきたかを、一六〇〇年、デンマークではクリスチャン四世、日本では徳川家康が君臨していた時代にまでさかのぼり、両者の「誤訳」ぶりの変遷を、文献史料を渉猟して記述、デンマーク語版に続いて日本語版を『日本・デンマーク文化交流史 1600–1873』（東海大学出版会、二〇〇七年）として上梓した。そこで明らかになったことは、おたがいの国と文化に関する情報を集める途上で恣意的な読みが行なわれ、さらには情報の選択と都合のいい引用がなされたあげく、偏向した見方が無批判に繰り返されることによって神話同然のような言説が形成された点であった。

これらのプロジェクトはいずれも従来のいわゆる比較文学・比較文化の分野で遂行されてきたのであるが、それと平行して筆者は、流行の激しい文化論と翻訳論の動向にも注目してきた。ところがこの分野は、バベルの塔など児戯に思えるほど複雑な現実を前にして、錯綜混沌を極めている。いかなる定義も受けつけないような感のある「文化」も、おびただしい可能性と不可能性を秘めた「翻訳」も、いずれも複雑体の権化と言ってよいが、それが「文化の翻訳」となると、単なる複雑体プラス複雑体ではなく、まさしく複雑体の掛け算もしくは自乗と言ってもよく、変幻自在でとりとめがなく、まさにグローバル社会の現象そのものである。それを扱う理論の方が個別の限定された現象は説明できても、ダイナミックに世界的規模で変貌する現実に追随していけそうにないのは明確なのにもかかわらず、安易に「文化の翻訳」を唱えて何かを言い当てたような気になるのは迷妄である。また、それを無批判に受け入れ、何かを理解したつもりになるのも不毛である。

二カ国間文化交流史の進展に見られる、おたがいの国と文化というテキストに対して恣意的な読みを行ない、情報の選択にあたって都合のいい引用をほどこし、こうして形成される偏向した見方を無批判に繰り返すことによって神話同然のような言説を形成していく過程は、実は、「文化の翻訳」という概念の成立自体にも当てはまるのである。

「文化の翻訳」は神話化してしまっており、まさにそれゆえに諸説の間の相互理解を可能にしている一方、ズレと差異と誤解を生じさせている。筆者の主張する、「文化の翻訳は誤訳である。他者に関する単なる知識のみでは、他者を理解したことにはならない。他者との関係の歴史的背景を知り、その相互関係を批判的に考慮しておたがいの見解の相違を比較対照することができなければ誤解は解けない。そのためには、異なる言語を話す能力を持ち、自分の文化的背景を他者のそれに照射して、自他の文化の総体を俯瞰できる能力を備えたバイカルチュラルの人間が必要とされる」という見解を検証する意味でも、「文化の翻訳」の諸相を、近い過去にもどって概観しておくことは、意義あることであると思う。「文化の翻訳」と簡単に口にはするが、人それぞれ必ずしも同じことを言っているのではないからである。

翻訳論は、翻訳される側の言語テキスト「原作」と、翻訳された結果の方のテキスト「翻訳作品」間の「等価」を求める作業と理論の展開に前世紀以来延々とこだわってきた。翻訳作品を原作にいかに近づけるか、その点のみに注目してきたと言ってよい。ところがそれは、同種の文化圏に属する諸言語間の翻訳に関しては有効であっても、他種文化圏の作品からの翻訳となると、たちまち壁にぶつかってしまう。翻訳不可能な事象が頻出し、次元の異なる翻訳が要求されるようになるからである。

日本では伝統的に異種文化に属する作品の翻訳以外はしてこなかったために、そうした問題意識すら発生しなかったのであるが、西洋文化圏では、こうした袋小路から脱出し、国際化社会にふさわしい翻訳論を求める動きが一九八〇年代に顕在化してきた。その嚆矢を放ったのがスーザン・バスネットの『トランスレーション・スタディーズ』（一九八〇年）であった。それまでは言語学と比較文学の影響下にあった翻訳論を、翻訳には言語そのものだけではなくその奥に広がる文化をも視野に入れる必要があることを認識し、自国文化の担い手としての自国言語と、異文化を表現している他国言語との関係としてとらえる理論に脱皮させていった。

以前は、他文化に属する作品中に現われる、どうにも訳しようのない事象を、その文化の特殊性に帰させることで孤立させ、体裁良く繕ってきていたのであるが、やがて、その言語全体が特殊であるのに気づくにいたる。言語で表現可能な範囲が認識可能性に関わっており、表現の方法とあいまって世界観を形作るものであることがわかってくる。言語間に「等価」を求め、文化間に普遍性を追求しようとする意思は、複数の異文化とその多元性に立ち会って方向転換を迫られたのである。

こうして、言語表現の背後に文化を見据えた上での二言語間の複雑な交渉を扱う議論が展開され、試行錯誤を繰り返していくのであるが、その過程を書き留めたのが、スーザン・バスネットとアンドレ・ルフェーヴル共編になる画期的な著作『翻訳、歴史と文化』（*Translation, History, and*

Culture, 1990）であった。この時点で翻訳論は「文化的転換」を成し遂げ、従来の言語学的呪縛から解き放たれたことになる。同時に、比較文学がますます比較文化の様相を呈するようになり、さらにポストコロニアリズムが台頭してくる。

一九九〇年代を通じてバスネットとルフェーヴルは、当時隆盛していたカルチュラル・スタディーズへの接近を試みた。当初から西欧中心主義的でとかく一国文化内の事象のみを研究対象にする傾向の強かったカルチュラル・スタディーズに、国際化社会に適応する、異国文化との交流をも視野に入れた研究をうながすべく、カルチュラル・スタディーズも含めたさまざまな「文化論の翻訳的転換」を提唱した。その説は同じふたりの共編になる著書『文化の構築——文学的翻訳についてのエッセイ』（*Constructing Cultures: Essays on Literary Translation*, 1998）の最終章"The Translation Turn in Cultural Studies"で詳しく論じられている。要点は、どの文化もそれぞれ作家とかテキストとかのイメージが異なることを明らかにすること、テキストが文化的境界を超えて共通の資産になる過程を追求すること、偏見とか権力関係とか翻訳をめぐる文化政策を探求すること、そして研究成果の蓄積をはかることであった。

しかし残念なことに、おたがいに孤立状態から脱出し相補関係を樹立することで飛躍を期待した翻訳論研究者の側からのカルチュラル・スタディーズに向けられた呼びかけは、事実上無視された形でかき消されてしまった。最低二言語を駆使する翻訳論が、質的転換を遂げて自らを再定義したのに反して、カルチュラル・スタディーズは英語のみを使用して西欧中心主義を貫いてきている。

ところが、文化論はカルチュラル・スタディーズだけではなく、文化人類学も民族学も比較文化論もそれぞれに文化についての研究を展開していた。そして、事態を一層複雑にするような形で、「文化の翻訳」（translation of culture）と平行して、ポストコロニアリズムとポストモダニズムの言説が、「文化翻訳」（cultural translation）を唱えるようになっていたのである。前者があくまでテキストの解釈を伴った翻訳に重点を置いていたのに反して、後者は文化現象としての政治的かつ社会的な「翻訳」を扱っている。

「文化翻訳」はポストモダニストでポストコロニアリズムの中心的理論家であるホミ・バーバが提唱した用語で、彼の主著『文化の場所』（*The Location of Culture*, 1994. 邦訳二〇〇五年）の最終章「結論」で説明されている。バーバの言う「翻訳」は、トランスレーションの語源である「トランス」つまり越境のことであり、テキストの翻訳ではない。世界が国際化してグローバルになったポストコロニアリズムの時代は、各地で移民が大量に発生し、文明国間でもさかんに移住が行なわれるようになった。その結果として異文化間の越境が行なわれ、それは単に物理的な現象ではなく、言語的にも心理的にも葛藤を伴いつつ新たな文化的な雑種を生み出す要因になった。バーバは、こうした異文化間コミュニケーションにおけるパフォーマンスを「翻訳」と呼ぶのである。したがって、こうした変化の過程に順応できない移民に関しては、「翻訳不可能性」が語られる。

要するにバーバの「文化翻訳」は文学的テキストの翻訳とは無関係であり、そこでの「翻訳」とは、生身の人間の移民の過程とその状態のことである。これと、翻訳論の側からの「文化の翻訳」は峻別されなければならない。「文化翻訳」が、「文化の翻訳」と同列に論じられるために混乱が生じているのである。そして、バーバのポストコロニアリズムだけではなく、伝統的な「翻訳」という言葉は拡大解釈されて乱用混用され、希薄化してしまった。

けれども、越境をする「文化翻訳」という現象は、二カ国語を話すバイリンガルだけではなく二カ国の文化に通じたバイカルチュラルという雑種を誕生させる。これは「文化の翻訳」にとっては、グローバル社会にふさわしい新たな「翻訳者」の誕生を意味する。

これに対しては、純種の翻訳者たち相互間で共存を主張する声が上がるであろうが、それはいわゆる「多文化主義」の残照である。多文化主義は、個別の文化それぞれの特殊性を尊重すると同時に、その文化を担う民族や言語との結びつきを強調する結果、すべての文化を相対化してしまうため普遍主義の対極に位置する。多文化主義に潜在するこのような原理主義に挑戦するのが「脱構築」で、何にであれアイデンティティーには核があり、そこに本質が秘められているという考えを否定する。脱構築者たちにとって、文化とは記号のシステムであり、何ら歴史的物理的な源泉を持たないひとつの言説にすぎない。おのおのの記号はおたがいの関係のみによって存在し、源泉はなく、あるのは本質と思われていたものの軌跡だけである。したがって、文化も、自然状態ですでに存在している本質的な形態の反映として現われてくるのではなく、あらゆる可能な分類を超えて、たえず構築されつづけ構成し直される行動体としてとらえられている。脱構築にとってはすべてのアイデンティティーが、最初から文化的に操作され組み立てられたものである。

以上のような確認がなぜ「文化の翻訳」にとって重要かというと、多文化主義が固定したものととらえ、そこに本質があるかのように考えていたことどもはすべて歴史的なプロセスにあって恣意的に操作され歪曲されたものにすぎないという視点を持たずには、二十一世紀のグローバル化された世界において、「翻訳」の行為そのものが無意味になってしまうからである。

すでに脱構築された現代における「文化の翻訳」は、ますます雑種の翻訳者、バイカルチュラルの能力を必要としている。バイカルチュラルの人間は積極的で批判的、思慮深く同情的で、他者と対等の立場に立って意見を交換し、他者の異なる背景を尊敬して理解する力を備えているべきである。そして他者の理解には、言論の自由と、差異の尊重が前提となる。「文化の翻訳」は、バイカルチュラルの人間が実践する行為であり、二十一世紀のグローバルな複雑体社会が、意識的に取り入れるべき行動規範であろう。

そして森鷗外が、萌芽的な形とはいえ、日本における「文化の翻訳」の先駆者として忘れられない存在であったことが、あらためて思い起こされるのである。

Ⅷ　森鷗外『椋鳥通信』と文化の翻訳

「文学における国際交流――異文化理解の検証と普及」という表題の国際シンポジウムが二〇一〇年十月に富山大学で開かれ、「文化の翻訳者」としての森鷗外について発表をしたが、会議の焦点は、主催者のプロジェクトである、鷗外が百年前に行ない雑誌『スバル』に連載していた『椋鳥《むくどり》通信』と名づけられた西洋文化の紹介にあわせられていた。

一八八八年にドイツ留学を終えて帰国した鷗外は、ドイツ語からの翻訳という形で広く西洋文学一般の紹介を精力的に展開していた。その分量は全集の半分を占めるほどあって余人の追随を許さず、アンデルセンの『即興詩人』、ゲーテの『ファウスト』ほか、数々の名訳が残され偉業として世にもてはやされてきている。

けれども、鷗外の博識とあざやかな職人芸に圧倒されていたためか、その方法論と実態についてはあまり論じられることがなく、日本社会の近代化の過程で、翻訳という作業を通じて鷗外が日本文化と日本語の「近代化」においてどのような役割を果たしていたのかを、単なる感想ではなく、実証的に調べる作業が必要とされていた。

筆者はその手がかりとして鷗外が重訳した北欧文学作品を点検し、原典のテキストがドイツ語訳を経て鷗外の手によっていかに変貌させられていったか、その過程を追うことで鷗外の翻訳ぶりを検証し、鷗外の翻訳していたのが西洋文学作品のみならずその背後にあって当時の日本ではまったく未知の世界であった西洋「文化」の翻訳であったこと、テキストの翻訳にも誤解と歪曲と省略があり、誤訳に近いものであったことなどを明らかにした。

そこからまた一歩進み、鷗外の誤訳が単なる誤訳ではなく、もっと底の深い「創造的な」「操作」であり、西洋文学作品の翻訳を通じて西洋「文化」の翻訳をしていただけではなく、その方法論が実は鷗外の文芸的著作のすべての分野、すなわち、初期のいわゆるドイツ三部作からはじまって中期の現代小説や歴史小説、さらには後期の史伝にいたるまでにわたって、いつでも「原作」の「翻訳」であったと確信するにいたった。

まず恣意的な読みに基づいた翻訳がなされ、自国の文化的伝統や背景を考慮して原作中のキリスト教やエロスに関する表現に「翻訳者」の操作の手が加えられる。やがて、原作で扱われていた西洋思想に批判的解釈がなされ、それは翻訳作品の中ではなく、鷗外自らの作品として編曲され脚色される。そしてさらには原作のテキストを史料に求め、そこからの引用という形で「翻訳」がなされ、鷗外は史伝という類い稀な表現形式を編み出したのである（拙著『森鷗外　文化の翻訳者』岩波新書を参照）。

さて、今回の国際シンポジウムで取り上げられた『椋鳥通信』であるが、一九〇九年から一九一三年まで雑誌『スバル』に毎月発表されていた同時代西欧文化の息吹を伝えるおびただしい数の情報源である。

鷗外の主目的は、ドイツの新聞や雑誌に報道されている西洋全体におよぶ最新の文学情報を網羅的に読みあさり、その中から、自分のアンテナにかかってくる作家たちとかれらを取り巻く潮流、伝記的知識、ゴシップにいたるまでを微に入り細をうがって書き留めておくことにあった。記述の仕方には特徴があり、原則として、作家名が表題として上げられる時には、次のように改行されてアルファベットで表記された。

都会嫌いの

Gustav Wied

は Roeskilde 付近に別荘を作って住んでいる。

ちなみに、地名その他もドイツ語表記そのままで使われているが、岩波書店刊『鷗外全集』第二十七巻の索引は、こうして表題として上げられた作家名だけを取り上げており、文中に現われている作家名を検索することはできないので、新しい索引が望まれる。

デンマークの作家ウィードの短篇を鷗外は四作訳しているが、その作業の裾野で、鷗外はこういった些細な情報まで集めて翻訳していたのである。二十一世紀のインターネットが発達した世界で暮らしているわれわれには想像に難いことであろうが、遙かに遠い西洋での日常を知らずには、明治当時の同時代西洋文学の作品を読み解くことは不可能であったからだ。一例として『椋鳥通信』一九〇九年四月の項から表記を多少あらためて引用してみる。

保険の範囲が広がって随分可笑しなのがある。倫敦には発狂したときに金を貰う筈の保険がある。米国には嫁入りをしくじったときに金を貰う筈の保険がある。四十歳が境になっている。

鷗外は、ドイツ語圏の情報の海を原作として、そこから必要と思われた部分のみを抽出して紹介し、その作業を通じて、鷗外の目を通して屈折させられていたとはいえ西洋文化の最新の模様を日本語で織りなしたのだった。これも立派な翻訳であり、鷗外というすぐれた翻訳者だからこそできた離れ業であった。鷗外はただ無造作に情報を拾っていたのではない。自然主義中心の文学潮流の行方を確実にとらえており、北欧文学に限って言っても、ストリンドベリ、イプセンの時代から、印象派風な新しい流れへ移りつつあった動向を、特に選んで『椋鳥通信』に記録していた。

鷗外が『椋鳥通信』という驚異的な活動を通じて日本の近代文学に貢献していたことは言うまでもないが、それを現代風に言えば、ドイツから船便で送られてくる新聞雑誌類を相手にたったひとりでグーグル検索を行ない、毎月一度ウィキペディアの日本版に西洋文学と文化一般について書き続けていた、ということになろうか。

ともかくも、逸話と情報の宝庫である『椋鳥通信』を、時間と興味のある読書人にお勧めしたい。

Ⅸ　「文化の翻訳」と先駆者森鷗外 考

グローバル世界の「文化の翻訳」

二十一世紀のわれわれは、今や、地理、言語、国籍の境界など完全に取り払われた「地球運命共同体」の一員として、相互依存の関係の網に捕らえられているため、だれもそこから逃れることはできない。グローバル社会の触手は政治、経済、環境、宗教、文化のあらゆる分野に及んでいる。その状況は、複雑体を絵に描いたようである。

バベルの塔など児戯に思えるこの二十一世紀の複雑体の渦中にあって、かろうじて秩序を与え得る方法が、「文化の翻訳」であると思う。他者に関する単なる知識のみでは、他者を理解し友好的な関係は結べない。他者との関係の歴史的背景を知り、相互関係を批判的に考慮しておたがいの見解の相違を比較対照することができ、異なる言語を話す能力が要求される「文化の翻訳」が、グローバル化してしまった二十一世紀には必要とされているのではないか。

「文化の翻訳」は、文学作品の技術的翻訳でも、実利的な異文化間コミュニケーションでもない。世界を「他者」の目で見ることのできる能力、自分の文化的背景を他者のそれに照射して、自他の文化の総体を俯瞰できるバイカルチュラルの能力のことである。

バイカルチュラルの人間は積極的で批判的、思慮深く同情的で、他者と対等の立場に立って意見を交換し、他者の異なる背景を尊敬して理解する力を備えているべきである。そして他者の理解には、言論の自由と、差異の尊重が前提となる。「文化の翻訳」は、バイカルチュラルの人間が実践する行為であり、二十一世紀のグローバルな複雑体社会が、意識的に取り入れるべき行動規範ではあるまいか。

「文化の翻訳」の可能性

「文化の翻訳」とは、言い換えれば、誤解を超えて可能な範囲で相互理解を図り、翻訳可能性を追求する努力と言えるだろう。

インターネットの網の目でおおわれている二十一世紀の世界では、言語と文化の枠を超えたコミュニケーション能力が要求されている。経済活動においても、複雑な相互依存体系に必然的に組み込まれている各企業は、広義の「翻訳」の過程に絶えず影響されている。このような環境にあって、個人の外国語能力が、収益を至上命令とする企業の活動のみならず、広く諸言語異文化間の相互交流にとって欠かせない要素であることは言うまでもないことだが、それはまた、異文化同士が、部分的であれ、混合して雑種化し、新たなアイデンティティーを生み出す上でも重要な役割を果たす。その過程にあっては、「翻訳」が、国際的な交流分野での対人関係、「人間的な」コミュニケーションの舞台での必要要件として現われてくる。

文化の翻訳は、アカデミックな研究分野のひとつなだけではなく、今日のグローバル世界においいて、日常生活レベルでの異文化間コミュニケーションを扱う実践的な理論としても有効である。膨大な数の移民や難民、亡命者が絶えず移動し、転勤による移住はもとより、国際結婚、混血児、帰国子女などの問題を抱える現代世界の状況を考えれば容易に理解できることであるが、当事者たちは、複数の文化の間を移動することによって、生身で「翻訳」の過程を味わっているのである。そこでは、生まれ育った「母国」の文化や言語が否応なしに相対化され、雑種化され、程度の差こそあれ変形されている。「母国」での定義や慣習が、常時再検討を迫られているのである。男女の行動パターンといった世俗的なことがらから、人権とか公正、正義とかいった普遍的と思われている概念まで、文化が異なれば、微妙に差異がある。だからこそ抗争、軋轢が絶えない。

現在でこそ「アイデンティティー」とカタカナで書くようになっているが、この言葉、以前は「自己同一性」という用語で表現されていた。「自分自身と同じであること」を意味するこの言葉を、たとえば「日本人というアイデンティティー」といとも簡単に口にする時に、それが何を指示しているのかを考えてみると、説明の段階で、まずまちがいなく日本語というナショナルな母国語が登場することになる。「日本人というアイデンティティー」は、翻訳可能なアイデンティティーであるのか。何となくわかっていたはずの「日本人というアイデンティティー」は、外国語と外国文化にさらされ、少なくとも二言語、二文化間にはさまれた状況に身を置いてはじめて思い描くことができるようになる。母国語の通じる祖国が不明瞭にしろ想像できるようになり、説明可能になるのである。そのダイナミックな過程はまさしく「翻訳」である。その結果、翻訳可能な「自分」を発見するであろうが、それが「アイデンティティー」である。それは固定された概念ではなく、絶えず変換するプロセスでもある。文化の翻訳は必ずプロセスとして現われる。

このように、翻訳可能性とは自国語と外国語との間の言語的な差異に関連するだけのものではなく、それが実践された形の口頭による言語表現、文字による表現活動、つまり、話し言葉、書き言葉にも関わっている。さらに言えば、広義の「言語」という媒体を使った表現行為、たとえば身振り、音楽、絵画、ダンス、演劇など、あらゆる表象の分野に及んでいる。そこでは、コードが代わり、「外国語」という枠が導入されるや、表象の「意味」が多かれ少なかれ変化してしまう。

けれどもまさにその変換が可能だという事実が翻訳可能性を証明しているのであり、グローバル世界でのコミュニケーションは、誤解をも含むアバウトな理解で始まった関係を、対話、ディアローグでもって修正しながら改善していく過程でしかありえないであろう。すべてがプロセスであるがゆえに、その全行程を容認し、柔軟かつ冷静に対処する能力が要求されているのである。

多文化主義と脱構築

さまざまな政治的現実が、その複雑さを説明する必要から、文化の舞台に引きずり出されることが頻繁に起きるようになっている。たとえば「民主主義」の機能さえ、実際に通用しているのは学術的に定義された概念ではなく、文化的に「翻訳」され、解釈された形でしか語れなくなっている。「文化の翻訳」は、民主主義にしろ何にしろ、「原作」がいかに「操作」(翻訳)されているかを明らかにする一方、複数の文化間の相互関係にも注目する。この過程はまさに複雑体そのもので、原作の純粋さを追求することに重点を置けば原理主義に落ち入り、原作の特殊性をぬぐい去って操作の仕方自体を究めていけば、逆に理論に固まった普遍主義が浮かび上がってきてしまう。それこそがポストモダニズムの状況を反映しているのであるが、文化の分野では、「多文化主義」と「脱構築」という形で語られてきた。

多文化主義は、個別の文化それぞれの特殊性を尊重すると同時に、その文化を担う民族や言語との結びつきを強調する結果、すべての文化を相対する形で普遍主義の対極に位置する。文化活動が際限なく分類されていって、たとえば文学を例にとれば、「世界文学」といった抽象的かつ普遍的な現象は多文化主義にとっては存在せず、言語によって英文学、さらに国に分けてアメリカ文学、人種に分けて白人文学、性別に分けて女性文学、というように細かく分類されてレッテルが貼られていく。

脱構築は、多文化主義に潜在するこのような原理主義に挑戦するもので、何にであれアイデンティティーには核があり、そこに本質が秘められているという考えを否定する。脱構築者たちにとって、文化とは記号のシステムであり、何ら歴史的物理的な源泉を持たないひとつの言説にすぎない。おのおのの記号はおたがいの関係のみによって存在し、源泉はなく、あるのは本質と思われていたものの軌跡だけである。したがって、文化も、自然状態ですでに存在している本質的な形態の反映として現われてくるのではなく、あらゆる可能な分類を超えて、たえず構築され続け構成し直される、いわば普請中の行動体としてとらえられている。脱構築にとってはすべてのアイデンティティーが、最初から文化的に操作され組み立てられたものである。

国家が想像された共同体であるとしたベネディクト・アンダーソンの説も、ネーションはナレーション、国家は言説だとしたポストコロニアリズムのホミ・バーバの説も、多少乱暴な言い方になるが、そうした観点の延長にあるといってよいだろう。

以上のような確認がなぜ「文化の翻訳」にとって重要かというと、多文化主義が固定したものととらえ、そこに本質があるかのように考えていたことどもはすべて歴史的なプロセスにあって恣意的に操作され歪曲されたものにすぎないという視点を持たずには、二十一世紀のグローバル化された世界において、「翻訳」の行為そのものが無意味になってしまうからである。

かつて、国民文化とか、卑近な例でいえば夏目漱石は国民作家だったとか言っていた時代があったが、それはすべて、それぞれの時代の文化的要求が作り上げた言説、強いて言えば伝説にすぎない。これは異文化間ではなく同文化内で行なわれた「文化の翻訳」といってよいが、近代国家形成の過程で生じてきた、伝統や日本文化の本質と呼ばれていたものをいかに解釈し、近代化に順応させていくかという要求に応える形でなされた「翻訳」だったのである。その一環として「国民的」というラベルが作られたわけで、それは文化的であると同時に、きわめて政治的な行為でもあった。

このように、純粋に言語学的なレベルでの翻訳を超えて、文化的かつ政治的な現象として翻訳をとらえること、それこそが「文化の翻訳」である。

森鷗外の「文化の翻訳」

さて、情報の伝播が緩慢で、世界がさほど複雑ではないように思われていた時代に、「文化の翻訳」を果敢に実践していたのが森鷗外であった。

翻訳には必ず二項が関与している。翻訳される側とされた結果である。原作と翻訳作品と言い換えてもいいが、その中間に翻訳者が存在している。そして、この翻訳者がどちらを向いていて、どちらに近い場所に位置しているかによって、翻訳の結果が変化する。すでに数百年も繰り返されてきた、原作に忠実か、つまり直訳に近いか、それとも翻訳されていく言語で理解されやすい意訳になっているかという議論は、要するに、この位置の取り方の問題だということができる。

意訳風の翻訳は、わかりやすさという安直な規準からすれば、たしかにそれなりの有効性が認められるのであるが、自国文化の枠に収まらないもの、なじまないものは切り捨ててしまうので、独善的でありつつ原作に対する優位を誇示することはできても、自国の言語体系、語彙体系に新風を吹き込むことはない。

一方、原作という「他者」、差異を体現している異質なものを尊重もしくは憧憬する立場は、エキゾチックでロマンチックである。原作に忠実であることによって、自国の文化と言語表現を裏切るように思われがちだが、「文化の翻訳」の柔軟性を持った観点からいうと、それはむしろ愛国的な行為なのである。どういうことかというと、まさに異質な要素を備えているからこそ新鮮な原作における他者の視点と表現を自国の言語体系に引き入れることによって、自国言語を活性化し豊かにすることができるからである。それは自国の文化の発展、さらには自国全体の繁栄に寄与する。たとえば森鷗外は、ドイツ留学を終えて帰国して以来、西洋文学の全体をその古典から当時の現代文学にいたるまで幅広く翻訳していたが、それは日本の近代化という国家的プログラムに呼応する偉業であった。鷗外はただ単に西洋文学作品の内容を紹介していただけではなく、そこに表現されていた西洋的思考の諸側面を、日本文化の鏡に挑戦的に照射して見せていたのだった。あわせて新しい語彙や表現を導入し、新しい日本語の創造に寄与していたわけである。国民作家夏目漱石は、多数の読者に支持されていたという意味で大衆的でその当然の帰結として保守的、本人の意思とは無関係に体制側に立っていたが、その点鷗外は、エリート好みの審美家で、帝国陸軍の内部にあって軍医としての最高位にまで達していながらも、皮肉なことに文化の分野では終始先鋒をつとめる革新的な前衛であった。

その前衛性とはすなわち、鷗外が現代でも通用する「文化の翻訳」の方法論をもって、バイカルチュラルとして世界を視野に入れた活動をしていた先駆者であった点にある。

X　百年前の森鷗外

生誕百五十年の記念の年〔二〇一二年〕に、百年前の一九一二年前後の森鷗外について語ってみる。帝国陸軍軍医という本業の傍らに始められた文業の分野で、鷗外は眼を見張らせるような華々しい業績を残しつつあった。日清、日露戦争期を経て、生成期日本近代文学という険しい山をさらに上へ上へと登っていた鷗外が、その頃ようやく視界に入っていた頂上に達していたように思われるからである。

頂上を極めた者を待っているのは通常下山であるのだが、鷗外はなかなか頂上から下りようとはせず、そこに留まり、広い青空を四方に臨みながらゆっくり円熟していたのではなかったか。広い空とは世界の文学である。それを見つめていた鷗外は、作家であり翻訳者であった。

ゲーテの世界文学

「世界文学」という呼称はゲーテが提唱したことになっているが、現代のグローバルな社会で使われている世界文学というあいまいな用語とは意味するところが異なっていた。

ゲーテは一八二七年一月三十一日のエッカーマンとの対話の中で、ある中国の小説を読んでそれが興味深かったこと、しかも難なく理解できたことを語っている。その小説中に描かれた人物像、自然に対する態度や人間関係が、言語が異なっていたにもかかわらずヨーロッパの作品と類似していることに気がついたのだった。ゲーテはもちろん翻訳を通してその小説を読んだわけだが、ヨーロッパの外部に、自らの琴線に触れる文学作品があることを発見し、同時代の偏狭なドイツ国民文学に光をもたらす目的で、世界文学を唱えることになった。けれどもその規準としては依然として古代ギリシャの文学が想定されていて、普遍的な人間的価値をふまえて構築され国境を越えて通用する文学が世界文学とされたのである。

それはすこぶる理想的な提唱であったが、当時の歴史的背景を考慮に入れれば納得のいくことだった。普遍的な人間観が語られていた背後には、アメリカの独立とフランス革命とを経て西洋で樹立された人権の思想があった。自然と社会に関わりながら成長していく個人の権利を守ろうという確固とした信念があった。焦点は明らかに個人に合わせられていた。しかし、そうした普遍的な人間として育つべく教養を備えた人物像を描き出す文学作品を書くためには、個別言語を使用する以外に道はなかった。個別言語はまた近代国家の形成に寄与するところとなり、必然的に各国文学の発展をもたらすことになった。

さらに、そうした傾向と同時に、ドイツロマン主義に代表されるように、普遍的な詩的世界を追求する文学が開拓され、個々人の相違、言語的文化的境界を越えた人間一般の感情世界を表現する努力がなされた。作品を広く普及させるために翻訳がさかんに行なわれるようにもなった。こうして、各国言語で書かれてナショナルでありながらも普遍性を求める文学が創作され、翻訳を通じ言語の壁を越えて対話が可能な文学創作が、ヨーロッパ言語圏に出現した。理想を追求する普遍的な作品生産の場と読みの場はナショナルであっても、トランスナショナルな視野を備えた文学、それがゲーテ流の世界文学であった。中国の小説との出会いが契機になっていたとはいえ、世界とは所詮ヨーロッパであったのである。

ブランデスの世界文学

産業革命を経て十九世紀のヨーロッパは世界文明の中心になった。交通が発達し、電信が発明され、万国博覧会が開かれて、異文化間の交流が頻繁になるとともに、自然科学が進展し、探検が世界各地で行なわれて知的活動も留まるところを知らなかった。その成果が旅行記などに書き記されて各国語に翻訳され、知識が広く共有されるようになったが、この時期人々に強く意識されたのは、世界の文化の多様性と異質性だった。やがてそれが理念ではなく、日常の具体的な体験となって認識されるようになった。そうした中、デンマークの文芸批評家ゲオーウ・ブランデス（一八四二―一九二七）は、ヨーロッパ文学の新しい流れを批判的に概観した『十九世紀文学主潮』（一八七一年）を著わし、近代文学の基礎であるリアリズムの神髄を提示していたが、さらに自然主義の理論も構築するようになり、イプセンの名を広めるのに功績があった。ブランデスは普遍性を求めるのに急で審美主義と空想に走りがちであった文学をしりぞけ、自由思想と人類の進歩を具体的かつリアルに表現する役割を文学者に求めた。そして、ゲーテの世界文学の提唱を継承すべく、一八九九年に「世界文学」と題するエッセイを発表した。そこでは普遍性と理想主義に彩られて世界に向けられていたゲーテの視点を、いわば求心的に個人と現実に移し、その個人個人が言語と文化の枠を超えておたがいに対話のできる場として世界文学をとらえていた。二十世紀初頭にブランデスは、現代のグローバル世界のパースペクティヴを先見するような形で、欧米中心であったにしろ、世界文学を構想していたと言える。

国民文学を超えて普遍性を備えているような世界文学を夢見るのではない。その種の作品は、どこでも理解される反面、根が浅いゆえに生命力と滋養に欠ける。世界を対象として書かれる作品は、まずまちがいなく底が浅いのである。一方、世界文学と呼ばれうる作品は、そのほとんどがしっかりと大地に立ったローカル文学であり、たまたまある特定の言語で書かれたにもかかわらず、翻訳の恩恵をこうむって広い世界に知られるようになる文学である。ブランデスは次のように書いていた。「未来の世界文学は、芸術としてさらには科学としてごく一般的な人間性を備えてさえいれば、ナショナルな特徴が強ければ強いほど、そしておたがいに異質であればあるほど、より魅力的なものとなろう」。

世界文学の前提は翻訳

いくら優れた作品であっても、別の言語に翻訳され自国の領域を越えて読まれるようにならなければ世界文学の資格は得られない。自明の理であるが、その際に翻訳者が果たす役割の重要さは何度強調してもし過ぎることはない。現代の翻訳論のカノンと見なしてよい論文「翻訳者の課題」を書いたベンヤミンが言及していた「作品の後生」は、まさに広い意味での「翻訳」、読みと解釈に保証されて初めて実現されるのであるが、その典型的かつ決定的なモメントが外国語への翻訳であり、異文化への移植である。この過程を通じて原作の種が新しい土壌に適合し根を下ろすことができるならば、後の生命、後生を与えられることになる。しかし、いかに土壌が肥沃でも、移植者である翻訳者の扱いが悪ければ、種は芽を出すことはない。また、翻訳者の腕がよい場合は、新しい読みをされた原作の種は美しい花を咲かせることになる。ところがそれはもう原作のローカルな土地に固有の花ではなく、広域世界の花の一種となっているのである。かつてたまたまどこかのローカルな地で育った種から咲いた花として、後生という価値が付加され、その作品は世界文学になる資格を与えられる。

優れた翻訳者には、外国語の知識だけではなく異国文化に対する深い知識が要求されるのは言うまでもない。それに加えて、自国語を巧みに操る能力を有し、自国文化の全領域に精通する教養の持ち主でなければならない。そうした素質に恵まれた翻訳者を輩出できるためにはそれなりの国力と文化力が必要とされるのだが、逆に、国に力があるからといって、有能な翻訳者が出てくるわけではない。

近代日本の翻訳者森鷗外

鷗外は周知のように帝国陸軍から衛生学を学ぶために一八八四年にドイツに派遣され、四年後の八八年に留学を終えて帰国した。その間、本来の学業に励みながら広く古今のヨーロッパ文学作品を読破していた。いずれ翻訳を試みる望みを抱いていたことも知られている。

ここで重要なのは、当時のドイツが破竹の勢いで国力を拡大していた点、その結果ベルリンがヨーロッパの首都と呼ばれてもおかしくないほど、政治、経済、文化の面で活力があった点である。その渦中にあって鷗外は、細菌学など、衛生学に関わる関連分野で最先端をゆく科学が発達していた環境に呼応するように進んでいた、ドイツにおけるヨーロッパ文学翻訳出版の恩恵に浴することができた。その典型的な例がレクラム文庫であったが、鷗外は、この廉価版の書庫から、ドイツ文学の古典から現代文学のみならず、ドイツ語訳を通じて欧米文学の全域を視野に入れた読書を楽しむ機会を与えられ、その幸運を満喫していたのだった。鷗外は文字通りの世界(欧米)文学に囲まれていたといってよいだろう。個別文学に偏った読書ではなく、鷗外はごく自然に、ブランデスと同時代の世界(欧米)文学を多角的にとらえる視点を養っていたのだった。のちに鷗外がこれらの作品の一部を日本語に翻訳するようになった時にも、そこにはいつでも「世界文学」の視座が据えられていて、スカンディナヴィア、フランス、ロシア、オーストリア、ベルギー、アメリカなどの作品も、すべてドイツ語から重訳されたこともあり、世界文学の一部として扱われていた。

けれども、各国の短篇を翻訳紹介したアンソロジー『諸国物語』(一九一五年)の表題に見られるように、鷗外は「世界文学」なる語を使用したことはない。世界文学という概念がヨーロッパ中心主義であるという認識を持っていたかどうかは別として、日本も含め各国の文学は対等であるという、鷗外独自の沈着冷静な判断があったにちがいあるまい。あえて相対主義の立場をとっていたというのではなく、各国の文学伝統の異相を乗り越えた地点で「文学」なるものを追求していた鷗外にとって、文学とはすなわち世界文学であったはずである。世界文学は特殊な状態ではなく、わざわざことわる必要もない所与の自然な現象であったろう。

そうした冷徹な態度をとれるようになっていたのも、理論ではなく実践者として翻訳に関わってきた鷗外が、翻訳という恣意的かつ偶然の選択から成る複雑体であり、泥沼のように不透明かつ不分明な行為を知り抜いていたからこそだったと思われる。翻訳を通じて此彼の差異が明瞭になればなるほど、その差異にもかかわらず相通じている「赤い糸」が見えてくる。そこには国境もなく、価値観の相違も捨象されている。かつて石川淳は、『諸国物語』を論じて「無精神の大事業」と呼び、傍観者鷗外のなせる技と見なしたが、何の思い入れもなく無思想でありながら、これが世界の文学だ、と何気なく鷗外が突き出したのが『諸国物語』であり、およそ「文学」を志す者にとっては、それは無言の果たし状であったにちがいない。豚に真珠、それをどう受けとめるかで、読者の資質が問われているからである。八年以上の年月をかけ、無選択のようでいて巧みに選ばれている短篇を集めた『諸国物語』は、当時の鷗外が、無色透明の訳者になろうとしつつ、翻訳者とは何者なのか、文学とは何なのかを模索していた軌跡だと見たい。

作家鷗外の誕生と西洋体験の翻訳

ドイツから帰国して日本近代化の過程で重要な役割を果たした鷗外のすることなすことすべてが広義の「翻訳」、「文化の翻訳」であったことについては、すでに随所でさまざまな角度から述べてきているのでここでは繰り返さない。ただ簡単に、一九一二年までの足跡を確かめておくことにする。ポイントは、文学者鷗外のみならず、人間森林太郎の生涯において、「翻訳」が決定的な役割を果たしていたことである。翻訳の過程における操作は必然的に原作を変形するが、鷗外はそれを常に創造の源としていた。

帰国後に書かれた名篇『舞姫』（一八九〇年）は、近代化の端緒にあった日本からドイツに渡った青年が、西欧文明の中枢で味わった貴重な体験をフィクションとして日本の読者に提供した作品だった。鷗外は自らの体験を原作とし、それを操作し「翻訳」した。原作の構成部分は配列替えをされて変形され、新たな解釈をほどこされた。その結果、作品の舞台であった西洋の文化が「翻訳」されたのだった。さらに、西洋に渡り帰国した主人公も、文化的に「翻訳」されて戻ってきた。『舞姫』の作品世界は、若い鷗外の西洋体験が吟味され再表現される、言わば変身の場として機能していたわけである。

ところが、西洋体験を「翻訳」する行為はまた言語とスタイルの革新を必要としていた。まったく新しい内容を語るにはそれに見あった言葉が要求されたのである。西洋の文化的背景も日本の文化的環境に適合させなければ理解されそうになかった。『舞姫』を執筆しながら鷗外は、ドイツ滞在時の貴重な体験という原作が翻訳可能かどうか、試してみていたとも言える。原作の操作、歪曲、省略などはすべて虚構化の過程で不可避だったわけだが、事実にしろ虚構にしろ、新しい言語表現を発見しなければならなかった。日本の環境ではまったく未知であった体験を伝え説明するには、それにふさわしい新しい声が必要とされたのである。当時にあって、それはまず日本の伝統的な文化と文学の枠の中で模索し、工夫していく以外に方法はなかった。

文語体を洗練した雅文体と呼ばれる格調高く多分に叙情的な文章で書かれた『舞姫』では、語り手の言葉と登場人物全員の言葉との間に区別がなく、作品に流れるのは語り手の声のみで、登場人物たちそれぞれの特徴的な声は完全に無視される形になった。老若男女、日本人であろうとドイツ人であろうと、登場人物はみな同じひとつの声で語り、作品全体が全知の語り手による再話になっている。その過程で、意識的にしろ無意識的にしろ、さまざまな形で操作が行なわれていたのだった。

『即興詩人』と西洋文化の翻訳

雅文体は、時間的にも空間的にも遠く離れたことを語るロマンチックでエキゾチックな物語を再現するには有効で、鷗外がアンデルセン原作をドイツ語訳から重訳した『即興詩人』は、見事な成果をあげた。『舞姫』の二年後に着手され、九年をかけて完成されたこの名訳は、一人称小説の原作の構成を無視し、『舞姫』と同じように語り手ひとりがすべてを再話する物語に変容されていた。鷗外は原作を完全に換骨奪胎し、鷗外訳『即興詩人』から原作者アンデルセンを思い浮かべることはできなくなってしまっている。

自らの西洋体験を「翻訳」した『舞姫』の時とはちがって、『即興詩人』翻訳の際に鷗外は、新たなチャレンジに遭遇していた。すなわち、原作の背後に着実に横たわる西洋文化の伝統をいかに日本語に翻訳するかという課題である。あるものは翻訳不可能、またあるものは説明なしには理解できないため、新種の操作が必要とされた。典型的な例はキリスト教の根本にふれる言説で、これは西洋の宗教的ドグマもしくは儀式として扱われた。情熱的でエロティックな場面も抑制された表現で暗示されるにとどまるなどして、概して日本の読者に受け入れられ理解可能なように工夫されて訳された。こうして鷗外が提供した西洋のイメージは操作され歪曲されていたのだが、にもかかわらず、国を挙げて近代化に邁進していた当時の日本の読者には、『即興詩人』は充分に魅力に満ちエキゾチックであったため、大成功をおさめることになった。

世紀末から新世紀へ

十九世紀末の世界は激動の時代だった。植民地主義の渦中に巻き込まれたアジアでは日清戦争が起こり、ヨーロッパ内外でも各地で暴動や戦闘が起こっていたが、その反面、文化の方面ではもろもろの知的活動が盛んになっていた。前述のブランデスが擁護したイプセンは、そうした知的エリートを代表する劇作家だった。日本でもいち早くイプセン会が結成されてその思想の吸収に躍起になっていたが、鷗外も、イプセンの戯曲『ブランド』の第二部を『牧師』と題して一九〇三年に訳出し、すべてか無かと叫ぶ理想主義者の牧師を紹介した。けれども、使用した文体は『即興詩人』と同じ雅文体、キリスト教の扱いも同じく西洋の宗教として一般化され、イエスも単に神とされていた。個性の強い人間ブランドの性格を伝えうる日本語を、鷗外はまだ獲得していなかった。言文一致の運動が進んでいたとはいえ、鷗外の文語から口語への移行は、やっとその試行が始められたばかりの状態にあった。

日露戦争期を境にして鷗外の口語による作品執筆は頻度を増すようになり、一九〇九年以降は翻訳創作を問わず、すべて口語で書かれるようになる。口語を使用することによって鷗外は語りのスタンスを変更し、作品中に多くの異なった声を導入することができるようになった。それに伴い、科白が主体の戯曲の翻訳において本領を発揮するようになり、ストリンドベリ、ウィード、ビョルンソン、イプセンなどの北欧の作品をはじめとする戯曲の翻訳を精力的に手がけた。口語の使用は同時代ヨーロッパの思想の紹介を容易にし、それを批判的に論じる機会を与えることになった。口語は鷗外を西洋と同時代の作家にしたのだった。

イプセンの戯曲と「文化の翻訳」

『牧師』に次いで鷗外が一九〇九年に訳したイプセンの戯曲『ジョン・ガブリエル・ボルクマン』は、その翻訳が口語でなされたほかにもうひとつ注目すべき点があった。

かつては権力の座にあった主人公の銀行家ボルクマンは、顧客の預金口座の不正横行罪に問われての服役後、相も変わらず昔の夢の虜になっている。その息子エアハルトは今を生きるのに忙しく、中年の女性に夢中になっている。鷗外は、主人公ボルクマンの、何ごとも国のため人のためにしたことなのだ、とうそぶく姿勢に批判的で、それが利己主義の隠蔽された形に過ぎず、真の利他的個人主義は別物であるという主張を、自作小説『青年』（一九一〇—一一年）で展開した。原作の焦点をボルクマンからエアハルトに移し、その日本版として小泉純一という形象を造形、中年の女性に坂井夫人を配置して語られる『青年』の中で鷗外は、日本におけるイプセンの受容の諸相を描き、イプセンの思想への批判と持論の提示を巧みに行なったのだった。以前のように、翻訳の過程で原作を操作して省略改変を行なうのではなく、まず原作を独立させて翻訳しておいた上で、その延長として翻訳に絡めて自作を執筆、その中で原作の要点を批判的に論じたわけである。

鷗外はここにおいて翻訳の戦略を変更したといってよいだろう。それは文学の翻訳から、文化の翻訳への転換だった。原作を解釈し言語的に翻訳する受動的な作業から、原作の核にあたる思想を能動的に取り上げてそれを再創造する作業としての翻訳への移行である。文学作品の翻訳には常に原作の操作が伴い、文化的要素の改変が行なわれるのであるが、文化の翻訳では、翻訳者が積極的に原作の書き換え、語り直しを行ない、原作に批判的なコメントを加えて新たな創造を試みる。

同様の操作を鷗外は、一九一一年に同じイプセンの戯曲『幽霊』の翻訳で行なった。前回は『青年』一作に文化の翻訳を集中させていたが、『幽霊』の場合は、原作の表題の意味する「再び帰り来たる者」が表象する過去の遺産、過去の幻影、遺伝といった諸相を、鷗外はいくつかの短篇の中で取り上げてイプセンの思想を批判的に論じた。

放蕩的だった亡夫をいつしか理想化していたアルヴィン夫人のもとに、パリに留学していた息子のオズヴァルドが、梅毒を患ったために母親のもとで死のうと思って帰ってきた。夫の亡霊の再来、トラウマの現出である。おまけにオズヴァルドは、父親が当時家の小間使いだった女に生ませた娘に、そうとは知らずに恋心を抱いている。これは近親相姦である。義務を果たして生きてきたというアルヴィン夫人の理想が崩れ落ちる。

鷗外は、同じ年に書かれた『かのやうに』や『百物語』において「イブセンの幽霊」にたびたび言及しているが、それは必ずしも戯曲そのものを指しているのではなく、幽霊は過去継承のシンボルとして、もしくは文字通りの幽霊として扱われていた。鷗外はイプセンの「義務」という概念に対する否定的な態度もしくは過小評価に異議を唱え、さらにイプセンの女性の扱い方に救いがなく無慈悲なのが不満だった。それに対峙させるように鷗外は、自作の中でイプセンの幽霊を日本人の傍観者に変身させて登場させた。イプセンの戯曲から、「過去」という忌まわしくも恐ろしい亡霊、その理念のみを抽出した。鷗外はここでもイプセンの原作に対する批判を翻訳の外部で行ない、『かのやうに』のあいまいでありながらも切実で人間的な日本の現実を舞台に、文化の翻訳をして見せたのだった。

文学作品の翻訳から一歩進んで批判的な「文化の翻訳」を自作で行なうことで、鷗外は当時の日本の文化環境に呼応した自己のヴィジョンを作り上げていたわけである。それは、「過去」をいかに扱うか、「新しい女」は日本ではいかなる女性であるべきかという点に関わっていた。

「新しい女」を扱った『人形の家』の原作は『幽霊』の二年前に書かれ、主人公ノラは「新しい女」の代名詞のように日本では使われていた。鷗外はこの戯曲を、すでに邦訳があったにもかかわらず『ノラ』の表題で一九一三年に訳出した。鷗外はノラの形象を礼賛しておらず、むしろ批判的なのだが、同時に、原作発表当時のヨーロッパでノラの夫ヘルマーに示されていた同情からも距離をとっていた。要するに鷗外はふたりのどちらも支持していなかったのである。それが明らかに読み取れるのが、鷗外が翻訳とともに発表した『ノラ解題』である。

その中で鷗外はノラの未熟さ、子供っぽさに触れ、何でも自分に都合のよいように解釈する無邪気そうでいながら思慮のない性格を突いている。世間知らずなのであるが、そのくせ道義心には厚く、男と女の間柄に関わることには感覚が優れている。夫のヘルマーも、家庭での義務、社会的な義務はきちんと果たしているようでいても実は小心で、今の幸せが破壊されることを恐れ、妻の信仰心の薄さ、無責任な性格をなじったりしている。かつて夫を助けようと偽りの署名をして借金をしたノラは、それを悪利用されて窮地に立つのだが、書類偽造の事実が明るみに出れば、夫の立場も危うくなるのに、ヘルマーは自分のことしか考えていない。それがはっきり自覚できた瞬間、ノラは人形の家を出る決心をした。ノラは最後まで夫が罪を肩代わりしてくれる奇跡を待っていたのだが、それはついに訪れなかった。自殺まで考えていたノラだったが、夫は死ぬに値せずと悟ったのだった。鷗外は、ノラが自覚にいたる過程でそれまでとはうってかわっていきなり論理的な思考をするようになった点をまず批判している。さらに、この一見幸せそうな夫婦の間に親しい会話がないのを不満に思っていた。

イプセンの『人形の家』のおかげで、日本でも「新しい女」をめぐる議論と男性中心の社会から女性を解放しようという活動が「青鞜」などを中心に高まり、鷗外もそれを積極的に支持していた。けれども、そうした動きとノラという女性の形象とは別物であった。「新しい女」をめぐって鷗外は、もっと先を見つめていたのである。

『ノラ解題』で『人形の家』に対する批判を展開していた鷗外は、さらに自作の中で、日本の夫婦と、自律して勇気あふれる人生を送っていた日本女性を描写することを通じて、イプセンの女性観に対するアンチテーゼを提出した。文化的歴史的背景はまったく異なっていながら、鷗外はおのれの理想とする結婚生活と夫婦間のあり方を描いて見せたのである。そうすることでイプセンの女性観結婚観に対する批判的なコメントとしたのであるが、イプセンの名は出していない。けれどもそれはイプセンの戯曲を継続的に「翻訳」した行為と見なしてよく、イプセンの思想の核を変形し、日本の文化的環境に移植し発達させたものと考えてよいだろう。『ノラ』発表の翌年に書かれた短篇『安井夫人』や『ぢいさんばあさん』（一九一五年）、さらに史伝『伊沢蘭軒』（一九一六―一七年）がその好例である。安井仲平の妻佐代、じいさん美濃部伊織を待ち続けていたばあさん「るん」、伊沢蘭軒の次男柏軒に嫁いだ「たか」、いずれも鷗外好みの古風ながらも凛々しい「新しい女」であった。

イプセンの掲げた「よい結婚とはいかなるものか」という問いに答えるために、鷗外はまず作品『人形の家』を翻訳し、『ノラ解題』を発表して批判をきちんと提示、その上さらに、机上の理論ではなく実際目に見える形で理想の夫婦像を描写したのだった。翻訳者鷗外はそこまで徹底して「文化の翻訳」を貫徹していたのである。

『椋鳥通信』

鷗外は、口語体で執筆することで、同時代西洋文化の動向をいち早く伝えることが可能になった。その証左であり、驚嘆に値する快挙が『椋鳥通信』である。雑然としていながらしかも疑いなく鷗外の手になる選択が明らかな最新の情報が、一九〇九年から一三年まで雑誌『スバル』にほぼ毎月発表されていた。鷗外は船便で送られて来るドイツの新聞雑誌を読みあさり、その中からこれはと思う文学文化全般に関する情報を、些細なゴシップにいたるまで大きな網にかけて書き留めていた。同時代文学を読み解くためには、その背景の日常を知らなければならない。鷗外はその種の知見を独占することなく読者と分かち合っていたのだった。情報の海から何をすくいあげるかは、ひとり鷗外の取捨にかかっていたわけだが、まさにそのために、無方針で選択がされていないようでいて、なおかつまぎれもない見識がうかがわれるのである。西洋文化というテキストが日本語に移され表現されたという意味で、『椋鳥通信』もまた立派な翻訳、「文化の翻訳」であると言える。また、膨大な量の資料から必要な記事を選んでそれを巧みに編集し自家薬籠中のものにする方法は、以後、いわゆる歴史小説、史伝にも受け継がれていく。歴史小説の場合は史料の脚色、史伝では史料からの引用が行なわれたが、これも広義の「翻訳」であった。

一九一二年前後の項目を見ていて目にとまるのは、当時健康が危ぶまれていたストリンドベリの病状にまつわる情報が頻繁に書き留められている点である。肺炎を患った、熱が上がった下がったという些末なことはもとより、一月二十日に六十三歳の誕生日をどのように祝ったかということまで、ストックホルムでの出来事をドイツの新聞記事をもとに伝えている。さらに、胃癌が四月十六日に発見されて腹水があり、やがてモルヒネ注射で胃の痛みを鎮めることができなくなった、絶食をして夜もよく眠れない、死期が近づいている、と書き連ね、ついに五月十四日に死んだことを記し、短い弔文を載せている。鷗外は敬服する作家をこうして看取っていたかのようだった。葬式の模様、死後の各種の出版についても言及している。

また、一九〇九年に女性として初めてノーベル文学賞を受賞したラーゲルレーフ、一九一一年受賞のメーテルリンク、一九一二年のハウプトマンなど同時代の文学者の動向にかぎらず、ベルリン大学の人事に関する記述も多く、ヨーロッパ各地のオペラ興行についても筆まめに記している。美術の方面でも、最新の動向に触れ、次のように書いていた。「パリイの画界は半年前に方形派（cubistes）が横行して、葉巻箱で組み立てたやうな人物をかいてゐたが、今は未来派（futuristes）の世となつて、画は線と点とに分裂してしまつた」（『鷗外全集』第二七巻、六七八頁）。

時事的なニュースも数多く、四月十四日にタイタニック号が沈没したこと、「乗組員二三四〇人中救はれたものが七〇五人である」という当時の報告を記載している（同上七〇七頁）。かと思うと、ベルリンの電車のパンタグラフについて「角が四本ある」とメモしたり（六九九頁）、これも唐突に、「アフリカ内地を旅行すると鶏肉と卵とにあきる。鶏は堅い。卵も土人の持つて来るのは新しくない。たうもろこしは日本流に焼いて食ふ。果はバナナ、マンゴの外 Papaya がある。米は赤いをかぼである」などと書き留めたりしている（七二八頁）。

この時期、鷗外がストリンドベリのほかにもうひとり注目していたのがゲーテである。特にヨーロッパのどこの劇場でだれがファウストの役を演じたかについて細かく記録し、「五月二十四日にワイマルで始て Ur-faust を興行した」と報じ（七二〇頁）、その原稿は一八八七年に発見されて以来、朗読はされても興行はされていなかったこと、ベルリンから役者が来てメフィストを勤めたことを付け加えている。また、パリのファウスト興行についても、第一部第二部を初めて通しで公演したオデオン座の舞台について、興味を惹かれた点を列挙している。そしてストリンベリのゲーテ評を引用し、ゲーテの面白みが、「何者をも真面目に扱ふ価値がないらしく、そのために憂ふるにも泣くにも及ばぬらしく、軽々と扱つて、神を畏れず、神に親み、絶えず思想を新にして、時代の先頭に立つて働いた処にある」点をあげていた（七四四頁）。

鷗外の『ファウスト』訳

鷗外が『かのやうに』を執筆した一九一二年の夏、明治天皇が崩御した。鷗外訳『ファウスト』の刊行は翌一三年一月、この年の鷗外は、ドイツ滞在時以来宿願であったドイツのみならず世界の古典の翻訳が出版される日を待ち遠しく思っていたことだろう。文芸委員会の依頼で翻訳されたということで、難しそうな印象を与えられがちの『ファウスト』だが、鷗外はその翻訳を楽々とこなしていた。翻訳の過程で心を青年時代に舞い戻らせて楽しんでいたにちがいあるまい。

のちに鷗外自らが明かしているように、『ファウスト』の訳本は舞台にのせて役者が口にできる文章で書かれることが目ざされていた。したがって、文語雅文体による名作『即興詩人』の文体ではなく、鷗外は基本的に口語体で『ファウスト』を訳すことになったが、原作が同時代文学ではなく古典であることを考慮にいれ、謳うように格調の高い段落には適度に雅文体も適用して原作の層の厚さ、詩的世界の深みを伝えるべく努力している。口語体も一本調子な散文的なものではなく、おどろくほど読みやすい話し言葉で、軽やかなリズムがあって爽快である。これはすでに指摘されたことのある箇所だが、メフィストフェレスは冒頭の「天上の序言」で次のように言う。

いや、檀那。お前さんがまた遣って来て、
こちとらの世界が、どんな工合になっているか見て下さる。
そして不断わたしをも贔屓にして下さるのだから、

わたしもお前さん所《とこ》の奉公人に交って顔を出しました。
御免なさいよ。ここいらの連中が冷やかすかも知れないが、
わたしには気取った言草は出来ない。
わざと気取ってみたところでお前さんが笑うだけだ。

（『ファウスト』森鷗外全集11、二九頁）

この言草はまさしく下町の昔気質の職人然としていて、至近の例を持ち出せば柴又のフーテンの寅さんが言いそうな口癖ではないか。鷗外は原作の複雑微妙なニュアンスを、日本語表現の全音階を使い分けて再現しようとしていたと言えるだろう。しかも、独断に落ち入ることを避けるために、数々の注釈書を繙いて学び、準備万端を整えた上で翻訳に当たったのだった。鷗外が『ファウスト』の翻訳を成し遂げたことにより、西洋古典が消化されて日本語でみごとに再生された。まさしく偉業だったが、ゲーテの高みを極めたという達成感とともに、その時点で、日本文学は世界文学の一翼を担えるという自信が沸いたのではなかったか。それこそ時代が要求していた国力の発露であったろう。鷗外の『ファウスト』が記念碑的な作品たる所以である。

『ファウスト』と若返り

ゲーテの代表作『ファウスト』を第一部第二部ともに翻訳する過程で、鷗外は従来の「文化の翻訳」を以前とは別の形で行なっていた。イプセン劇翻訳の時のように訳了後に原作の思想を批判的に発展させるのではなく、アンチテーゼとして別の形象を提示するのでもなく、鷗外はゲーテに親

和力を見出したかのように、『ファウスト』のテキスト空間を翻訳しながら通過することで変身を果たしていた。すなわち、ファウストにちなんだ若返り願望の成就である。そしてそれは、好みの女性像の造形とも関わっていた。

鷗外は『舞姫』以来、自作の中で数々の女性を描いてきたが、親近感を抱いて好意的に描写していたのは、みな若くて意志が強く、知的で自立心の強い女性だった。すでに『人形の家』のノラとの比較で言及した女性たちのほかにも、『山椒大夫』の安寿、『最後の一句』のいち、『渋江抽斎』の五百《いお》をあげることができる。これらの女性像と類似した資質を、実は『ファウスト』のヒロイン、マルガレエテ（グレエトヘン）が持ち合わせていたのだった。

ファウストは第一部の初めの「街」の場で、通り過ぎるマルガレエテに「美しいお嬢さん」と呼びかけ、家まで送っていこうと申し出る。すると、

　　マルガレエテ
わたくしはお嬢さんではございません。美しくもございません。
送って下さらなくっても、ひとりで内へ帰ります。
（振り放して退場。）
　　ファウスト
途方もない好い女だ。
これまであんなのは見たことがない。

あんなに行儀が好くておとなしくて、
そのくせ少しはつんけんもしている。
あの赤い唇や頰のかがやきを、
己は生涯忘れることが出来まい。
あの伏目になった様子が、
己の胸に刻み込まれてしまった。
それからあの手短に撥ね付けた処が、
溜まらなく嬉しいのだ。

（同上、一八七―一八八頁）

町の娘マルガレエテに一目で運命的に惚れ込んでしまったファウストの独白こそ、鷗外の好みの女性の簡潔的確な表現になっている。

ところがマルガレエテは、自分も好意を抱いたファウストの出方を受動的に待つのではなく、続く「夕」の場面でお下げ髪を編みながら、積極的な行動に移らんばかりに次のように言う。

今日のお方がどなただか知れるなら、
何か代りに出しても好いと思うわ。

（同上、一九二―一九三頁）

さらに「四阿《あずまや》」の場になると、ファウストはマルガレエテをつかまえてキスをするのだが、マルガレエテも自らファウストに抱きついてキスを返し、「あなた、心から可哀くてよ」と告白するのだった（二二三四頁）。マルガレエテは自分の意志で行動し、愛の場でも対等の立場を保っている。それこそ鷗外が理想とする女性のあり方だったろう。

回帰と史伝

けれどもその女性は若い娘でなければならなかった。ロダンのモデルとなった日本女性を描いた短篇『花子』（一九一〇年）の主人公は、現実には三十六歳だったにもかかわらず、鷗外の世界では十七歳に変身させられていた例を見てもわかるように、鷗外には無意識にしろ、自分がドイツ滞在時の青年林太郎の肉体を取り戻し、当時出会った令嬢たちの群れの中に身を置き直して、夢のようなもうひとつの世界を楽しむ傾向があったように思われてならない。それは単なる若返り願望や少女志向ではなく、もっと深いところで歴史に回帰すること、さらには、文学、小説の概念の根本に立ち戻り、それを超越し昇華したいという欲求と結びついていたはずである。

乃木将軍の殉死を契機に書かれた歴史小説の数々は、史実の脚色を史料からの引用に代えることで史伝という古今稀なるジャンルを生み出した。今であり過去、過去であり今であるような史伝の小説空間は、量子力学が扱う光の概念のように変幻自在、無色透明である。かつてエマソンは、おそらく歴史というものはなく、あるのは評伝だけだろう、とどこかに記していたが、鷗外は、歴史か評伝か、ではなく、歴史でも評伝でもある「史伝」を発明したことで、文学の世界に名を留めることになるだろうと確信する。常に世界文学の場で翻訳をし創作をしていた鷗外は、百年前の一九一二年ごろに『ファウスト』の翻訳でついに世界文学の高みに達し、その勢いに乗ってとうとう西洋起源の「小説」という概念を相対化することになったのだった。

参考文献

『鷗外全集』(全三八巻) 岩波書店、一九七二―七五年
『ファウスト』森鷗外全集11、ちくま文庫、一九九六年
赤羽根龍夫「『舞姫』と『ファウスト』」『日本文学を哲学する』南窓社、一九九五年
エッカーマン『ゲーテとの対話』岩波文庫、一九六八―六九年
小堀桂一郎『森鷗外　文業解題　翻訳篇』岩波書店、一九八二年
高橋英夫「「幻怪なもの」の大海から――ドイツ文学と森鷗外」『持続する文学のいのち』翰林書房、一九九七年
長島要一『森鷗外の翻訳文学――「即興詩人」から「ペリカン」まで』至文堂、一九九三年
長島要一「鷗外「日本回帰」の軌跡」『文学（隔月刊）』第一巻三号、二〇〇〇年〔本書Ⅲ章に収録〕
長島要一『森鷗外　文化の翻訳者』岩波新書、二〇〇五年
長島要一「「文化の翻訳」の諸相とバイカルチュラルの翻訳者・森鷗外」『富大比較文学』第三集、二〇一〇年〔本書Ⅶ章に収録〕
長島要一「「文化の翻訳」と先駆者森鷗外考」『鷗外』第八八号、二〇一一年〔本書Ⅸ章に収録〕
長島要一「森鷗外『椋鳥通信』と文化の翻訳」『群像』二〇一一年二月号〔本書Ⅷ章に収録〕
ベンヤミン「翻訳者の課題」『暴力批判論　他十篇』野村修編訳、岩波文庫、一九九四年
道家忠道「翻訳文学の問題――『ファウスト』翻訳をめぐって」『文学』第二四巻五号、一九五六年

Georg Brandes, "World Literature," Translated by Haun Saussy from "Westliteratur," in *Das literarische Echo* 2: 1 (1 October 1899).

Georg Brandes, *Hovedstrφmninger i det nittende århundredes litteratur*, 6 bd., Optr. efter 6, gennemsete udg., 1923, 1966–67.

第四部

XI　翻訳の人・鷗外

鷗外は翻訳者だった。全集の半分近くを西洋文学の翻訳作品が占めていたからだけではない。鷗外は本質的に、作家活動のあらゆる分野で、「原作」を変形（トランスフォーム）する広い意味での「翻訳」（トランスレーション）をすべく宿命づけられていた。近代化を進める明治日本の急務の一端を公私に担いつつ、前人未到の沃野にひとり立ち、まず用語から作り上げていかなければならなかった。それは口語文体の模索と構築、同時代ヨーロッパの文芸思潮の紹介と日本化、さらにはその批判的発展としての新しいジャンルの開拓へと、とどまるところを知らなかった。そうした文学活動と陰陽関係をなす存在として、いつでも翻訳があったのである。西洋作品の翻訳と平行して鷗外は、西洋文化一般を紹介し、日本の文化土壌への移植を行なっていた。これも「翻訳」で、鷗外の人生六十年は、「翻訳」に明け暮れていたと言える。

若き軍医として四年を過ごしたドイツでの体験を、鷗外は『舞姫』以下のいわゆる「ドイツ三部作」という創作短篇に変形し、ヨーロッパの息吹を紹介していたが、未知の世界を表現する文体を創造して書かれたこれらの作品は、まさしく西洋文化の「翻訳」であった。

そうした言語的、文学的挑戦を果敢に引き受けた鷗外は、さらに美しく洗練させた雅文体と呼ばれる漢語調文語体の文章でもって、アンデルセン原作になる『即興詩人』を九年の歳月をかけて翻訳した。ドイツ語版から重訳されたこの作品は、舞台がイタリアということもあって、北欧デンマークの作者のイメージが消し去られてしまい、主人公アントニオの恋と成長の物語を翻訳者鷗外が語り手となって再話する形になっている。一人称小説である原作の構造を根本的に変形して展開される鷗外訳『即興詩人』は、新しい言語表現を模索する鷗外が雅文体を駆使して西洋エキゾチシズムへの誘いを謳い上げていて、熟れた果実のような世界を築いている。まさに鷗外の独擅場であった。原作者アンデルセンなど無視する形で翻訳、というより創造的に誤訳し変形した『即興詩人』は、むしろ創作と見なすべきで、日本近代文学の金字塔たりうる資格を充分にそなえている。北欧のアンデルセンが抱いていた明るい南欧に対する憧れをなぞるように鷗外は、近代化の渦中にあった日本人に向けてロマンチックな異国を流麗な言葉でもって描き出し、アントニオの悲恋と奇跡的な幸福を語って夢のような世界に誘っていたのだった。『即興詩人』は泉鏡花、島崎藤村、上田敏、永井荷風、木下杢太郎、芥川龍之介らを魅了し、日本の文学青年に影響を与えていった。実際の西洋ではなかったにしろ、鷗外の『即興詩人』は海の向こうにある「もうひとつの世界」を色鮮やかに描き出していた。

日露戦争を境に文学、文化の分野でも徐々に変化が進行し、言文一致の動きが一応の成果を得て文章体が文語体から口語体へ重点を移すと、鷗外も柔軟に対応していった。当時の西洋文学のチャンピオンはイプセンであったが、その作品を翻訳するにあたり、最初は雅文体を使っていた鷗外も、後に口語体に改めている。また、イプセンの取り上げていた個人主義、利己主義の問題を批判的に紹介し、自ら利他的個人主義を唱えるなどして鷗外は独自の小説作品を書くようになるが、この時期に翻訳者鷗外が打ち立てたもうひとつの金字塔がゲーテの大作『ファウスト』の翻訳であった。

文芸委員会からの依頼でなされたこの翻訳は、国権を誇示し、あわせて日本の国威を体現、象徴するかのような印象を与え、一見近寄りがたく思われる。西洋古典の翻訳のため、鷗外は文語表現を随所に使用して格調を保ちつつ、戯曲なので当然ながら口語体の話し言葉を多用している。それがびっくりするほど読みやすくなっているのである。分厚い訳書のどこでもよい、ページを開いて見れば納得するはずである。西洋への窓を開け、憧れの対象になっていた『即興詩人』は、漢文脈の文語体なので現代の若い読者は注釈なしには読めまいが、『ファウスト』はほぼ口語体の文章で仕上げてあり、リズムがあって品がよく、身近で軽やかである。

鷗外は、西洋文学の典範である『ファウスト』を翻訳するにあたり、数々の注釈書その他を参照しながら、模範的かつこなれた訳文に仕上げた。それは快挙であった。日本語で書かれた文学が、西洋文学に匹敵可能だということを実証したわけで、翻訳を成し遂げたことによって鷗外自身がゲーテの高みに近づき得たと感じていたように、日本文学が世界文学の一翼を担えるという自信を、鷗外の『ファウスト』が与えてくれたからである。これは当然ベストセラーになった。

その間に明治天皇が崩御し、鷗外は歴史に向けて座標軸の転換を行ない、史料を翻案脚色する方法から、一歩進んで史料から引用する史伝を編み出した。そうして新たにもうひとつの世界を構築したが、それも「翻訳」であった。

XII　翻訳者・鷗外の世界

本日のお話の基調、通奏低音になると思いますので、鷗外の著作中、私にとっていちばん印象に残っている箇所をふたつ引用しておきます。ふたつとも『妄想』（一九一一年）からです。

生れてから今日まで、自分は何をしているのか。始終何物かに策《むち》うたれ駆られているように学問ということに齷齪《あくせく》している。これは自分にある働きが出来るように、自分を為上《しあ》げるのだと思っている。その目的は幾分か達せられるかも知れない。しかし自分のしている事は、役者が舞台へ出てある役を勤めているに過ぎないように感ぜられる。その勤めている役の背後《うしろ》に、別に何物かが存在していなくてはならないように感ぜられる。策《むち》うたれ駆られてばかりいるために、その何物かが醒覚《せいかく》する暇がないように感ぜられる。勉強する子供から、勉強する学校生徒、勉強する官吏、勉強する留学生というのが、皆その役である。赤く黒く塗られている顔をいつか洗って、一寸《ちょっと》舞台から降りて、静かに自分というものを考えて見たい、背後《うしろ》の何物かの面目を覗《のぞ》いて見たいと思い思いしながら、舞台監督の鞭《むち》を背中に受けて、役から役を勤め続けている。この役が即ち生だとは考えられない。背後《うしろ》にあるある物が真の生ではあるまいかと思われる。然しそのある物は目を醒《さ》まそう醒まそうと思いながら、またしてもうとうとして眠ってしまう。

そしてその〔専門の学術雑誌〕代りに哲学や文学の書物を買うことにした。それを時間の得られる限り読んだのである。

ただその読み方が、初めハルトマンを読んだ時のように、饑《う》えて食を貪《むさぼ》るような読み方ではなくなった。昔世にもてはやされていた人、今世にもてはやされている人は、どんな事を言っているかと、譬《たと》えば道を行く人の顔を辻に立って冷澹《れいたん》に見るように見たのである。

冷澹には見ていたが、自分は辻に立っていて、度々帽を脱いだ。昔の人にも今の人にも、敬意を表すべき人が大勢あったのである。

帽は脱いだが、辻を離れてどの人かの跡に附いて行こうとは思わなかった。多くの師には逢ったが、一人の主には逢わなかったのである。〔中略〕そしてどんなに巧みに組み立てられた形而上学でも、一篇の叙情詩に等しいものだと云うことを知った。

(『森鷗外全集3』ちくま文庫、一九九五年、四九―五〇頁、六四―六五頁)

1　文化的体験の「翻訳」と『舞姫』

鷗外の処女作『舞姫』(一八九〇年)の冒頭に、次のような一節があります。

五年前《いつとせまえ》の事なりしが、平生《ひごろ》の望《のぞみ》足りて、洋行の官命を蒙り、このセイゴンの港まで来《こ》し頃は、目に見るもの、耳に聞くもの、一つとして新《あらた》ならぬはなく、筆に任せて書き記《しる》しつる紀行文日ごとに幾千言をかなしけむ

（『鷗外全集』第一巻、岩波書店、一九七一年、四二五頁）

『舞姫』は青年太田豊太郎が語り手の一人称小説として書かれています。けれども、日本の一人称小説によくあるように、語り手豊太郎と書き手鷗外との境界は流動的であいまいです。にもかかわらず、小説中の記述も作品世界の構造や背景も、若き森林太郎が一八八四年の八月から八八年の九月まで洋行中に書き留めていた日記中の記録とほぼ一致していると信じられてきています。鷗外は周知のように、衛生学を学ぶために帝国陸軍からドイツに四年間派遣されました。引用の部分で豊太郎は「五年前」と言っていますが、これは「足掛け五年」ということで説明がつくかもしれません。鷗外の日記『航西日記』の記述によりますと、林太郎はサイゴンに九月七日から九日まで滞在し、熱帯の町のエキゾチックな雰囲気にすっかり魅了されていました。その歓喜ぶりが色彩豊かな漢文で表現されています。したがって、この引用部分の記述は、林太郎の体験に裏付けされた信用に値するものと考えていいようです。

ところが、それから四、五年経っての復路でのサイゴンの印象は、まったく別のものになっていました。豊太郎も林太郎も、西洋体験によって、意識の深いところでまったく別人のようになっていたのです。西洋の国から日本に帰るにあたって林太郎は日記の表題を文字通りに『還東日乗』としました。『舞姫』では、西に航海する青年と、東に帰還する青年との間のコントラストが明確に

表現されており、間接的ながら、林太郎が行きと帰りにつけていたふたつの日記に言及されています。すなわち、

げに東《ひんがし》に還る今の我は、西に航せし昔の我ならず　（同上）

『舞姫』における豊太郎の語りと、林太郎の日記中の記述が密接な関係にあるために、『舞姫』がフィクションであることを知りながらも、読者は豊太郎と林太郎を微妙にだぶらせたイメージを作りがちです。少なくとも、『舞姫』の時間的空間的セッティングは本物だろう、小説中の町や港、風景の描写は林太郎の洋行中、西洋滞在中の実体験に基づいて書かれているのだろうという印象を受けてしまいます。そうした細部は見事にストーリーラインに組み入れられていて、不協和音などひとつも奏でていないと思いがちです。けれども、『舞姫』の記述と日記の記録を丹念にひとつずつ対応させて調べていくと、明確な「差異」と「操作」の痕跡が見えてきます。
『舞姫』の次の一節にこうあります。

嗚呼、ブリンヂイシイの港を出でゝより、早や二十日あまりを経ぬ。　（同上）

ブリンヂイシイ＝ブリンディジ（Brindisi）はアドリア海に面した、イタリア半島の長靴のかかとに当たるところにある港町ですが、林太郎はこの港どころか、イタリアへは一度も足を踏み入れ

たことがありませんでした。西に航海した時の林太郎は、スエズ運河を通過しポートサイドを出港した後、地中海を渡り、シチリア海峡を抜けてからサルディニアとコルシカ島の間を通ってマルセイユに着きました。東に還る途上の林太郎は、七月二十九日にマルセイユを出港、イタリアのどの港にも寄港することなくポートサイドに直行しています。それは日記の記録にあるとおりです。

鷗外のイタリアとイタリア文化に関する知識は、ゲーテの『イタリア紀行』ほか、ヨーロッパの文学作品を幅広く読むことで蓄えられていたようで、とりわけ、デンマークの作家アンデルセンの『即興詩人』からの影響が大きかったように思われます。この作品は、後年鷗外がドイツ語版から重訳を手がけ、日本語の名作に仕立て上げましたが、作品の舞台はすべてイタリアで、ローマやヴェネツィア、ナポリなどの町が美しく描写されています。なぜ鷗外は、豊太郎にわざわざブリンディジの港を選ばせたのでしょうか。

『舞姫』によれば、ヨーロッパを離れる豊太郎は、「人知らぬ恨《うらみ》に頭《かしら》のみ悩まし」、すっかり心うちひしがれていました。そして、「この恨は初め一抹の雲の如く我《わが》心を掠めて、瑞西《スイス》の山色をも見せず、伊太利《イタリア》の古蹟にも心を留めさせず」というように豊太郎の心象を描写しています。帰国途上にあった豊太郎がヨーロッパに抱くイメージは、それにふさわしい灰色の色調を帯びている必要があったのです。前途洋々たる時に訪れた華やかなマルセイユではなく、ブリンディジの港が選ばれたのは、そのためだったに違いありません。ブリンディジはあまり知られていない、言わばイタリアの裏側のひっそりとした小さな港町で、暗くマイナーな効果を与えるのにうってつけだったのだと思います。

行ったことのないブリンディジを物語空間に導入したこの時点から、『舞姫』のストーリーは完全にフィクションの世界に入っていきます。林太郎から豊太郎への変身が行なわれました。こうして巧みに操作をほどこすことによって、鷗外は、自らが西洋で体験してきたことどもを、日本の読者のために虚構作品として提供する枠組みを設定したのでした。ここでは、自己の西洋体験が「原作」として扱われ、それを「翻訳」する形で作品が書かれたのです。原作は、文化的背景の相違のために当然のことながら歪曲、変形されていきます。日本人の青年が、いまだかつて誰も経験したことのないような西洋文化の諸相を解釈し、それに表現を与えるプロセスは、まさしく「文化の翻訳」でした。かつて西に向かって航海していった青年は、東に向かって故国に帰る時にはもう同一の人物ではありませんでした。彼自身がすでに文化的に「翻訳」されていたのです。

『舞姫』という作品は、豊太郎の西洋体験を吟味し分析していく創造的な変換空間として機能しています。豊太郎の西洋との出会いは特異なもので、時間的にも空間的にも「異質」でした。西洋体験を「翻訳」するという行為は、それにふさわしい新しい容れ物を必要とし、日本語の表現とスタイルの革新を求めました。「翻訳」の過程で、西洋の文化的背景を日本の環境に合わせなければなりませんでした。「舞姫」という言葉ひとつをとってみても、それが西洋で意味しイメージされる「ダンシング・ガール」と、日本での意味合いとでは異なっています。『舞姫』を書くことで鷗外は、自分がドイツで味わった貴重な体験からなる「原作」が、いかように翻訳可能であるか、実験してみていたのだと思います。鷗外には、『舞姫』というフィクションを書くにあたり、実体験した事実関係のうちのいくつかを省略したり変更したりして「操作」しなければならない理由があったはずです。けれども、事実に基づかせるにしろフィクションを書くにしろ、新しい表現を可能にする言語を作り出さなければなりませんでした。読者には未知である体験を語り伝えることのできる声、それを日本の環境の中で表現し、かつ日本の読者に理解可能であるような言語を編み出す必要があったのです。そうした新しい表現の発掘と調整は、日本の文学的文化的伝統に大きく影響されざるを得ませんでした。

『舞姫』発表当時、鷗外はまだ古風な文語体を使っていましたが、それはかなり修正洗練され当代風に美的にアレンジされた「雅文体」と呼ばれるものでした。けれども文語体であることには変わりなく、語り手の声と登場人物たちの声を区別することはできませんでした。その結果、読者はストーリーの全体が、ひとつの声だけ、語り手の声のみで語られているような印象を受けます。登場人物たちそれぞれの特異な話し方に注意が払われることはなく、老若男女、日本人であろうがドイツ人であろうが、みな同じ言葉を話すことになります。登場人物たちの独自な経験がそれぞれの表現でもって語られるかわりに、すべてが語り手の再話という形で距離をおいて表現されるのです。『舞姫』はそういう作品でした。その過程で、意識的にしろ、無意識的にしろ「操作」がなされました。そのメカニズムは、「翻訳」の過程で行なわれる操作とまったく同様です。

2 『即興詩人』と文化の翻訳

雅文体は、時間的にも空間的にも遠いところを扱ういわゆる「ロマンティック」なストーリーを語る限りにおいては十分に効果的でした。夢のような話、エキゾチックな世界を描くには適していました。アンデルセンの『即興詩人』（原作一八三五年）はその好例です。鷗外は『舞姫』執筆の二年後にあたる一八九二年に『即興詩人』の翻訳を開始し、九年かけて完成させました。『舞姫』と同じスタイルを使用し、語り手の声のみでストーリーを語っているため、その点では、登場人物たちそれぞれの声を活かして書かれている一人称小説の原作をまったく無視しています。けれども外国文学作品を翻訳するにあたって鷗外はあらたな挑戦に取り組んでいました。今回は、自身の西洋文明との出会いを自作で解釈し説明するのが課題なのではありませんでした。作家鷗外が自らの西洋体験を操作し、日本語で表現するのではなく、翻訳家鷗外が、どの西洋の文学作品にも底流として必ず表現されている西洋文化とその伝統に直面していたのです。西洋の文化現象のいくつかは翻訳不可能であったため、鷗外はあらたな操作を工夫する必要に迫られていました。また、一部の文化現象には、鷗外の判断によれば、日本の読者には紹介が時期尚早であったり、不適当だと思われたりするものさえありました。一例を挙げれば、原作でキリスト教のエッセンスにふれている部分はいずれも大胆に省略され、単なる外国の宗教的儀式として扱われています。また、情熱的でエロチックな場面も表現が抑制され、生ぬるいものになっています。日本の読者が読んで分かるようにとの判断から、原作本来の西洋的な雰囲気が翻訳の過程で歪曲されているのです。そのころ鷗外の翻訳作品中で描かれていた西洋のイメージは、所詮西洋まがいでしかありませんでした。それでも十分にエキゾチックで魅惑的であったため、日本の読者は夢中になって『即興詩人』を読み漁りました。日本の近代化が急速に展開される中、鷗外は「西洋化」の波及を文学の分野で果敢に行なっていたのです。

3　イプセン劇と文化の翻訳

世紀が変わったヨーロッパを席巻していた新思潮の波は日本にもやってきましたが、そのチャンピオンがイプセンの劇作品でした。日本の作家や知識人はこぞってイプセンの作品にとびつき、イプセン会まで組織されました。鷗外もイプセンの『ブランド』（一八六六年）を、第二幕だけ、『牧師』という題で一九〇三年に訳出しました。ノルウェーの牧師ブランドは、キリスト教の狂信的と言っていいほどの信者で、「すべてか無か」の標語のもと、命をかけて信仰を広めていました。その劇の中核にあたる部分を、鷗外は『舞姫』ならびに『即興詩人』で使ったのと同様の言語とスタイルで日本語に翻訳したのでした。さらに、『即興詩人』翻訳時のストラテジーも踏襲し、キリスト教牧師についての劇なのにもかかわらず、原作のキリスト教的要素を歪曲し、一般的な信仰として扱い、換骨奪胎して訳出したのでした。

『ブランド』はイプセンが一八六六年に執筆した作品で、鷗外の古風な文体はまだイプセンの思想をそれなりに伝えることができていましたが、イプセンがヨーロッパの文学思潮を揺るがすことになった個人主義、新しい女、婦人解放といった最新の思想は、雅文体ではもはや盛りきれなくなっていました。一個人の声、特に女性の声は、日本語で表現するにあたり、新しいスタイルと新しい言葉を要求していたのです。鷗外はその問題に気づいていたようで、ほかの作家たちと同様、話し言葉に基づいた新しい小説文体を創造すべく、口語体で執筆する実験に取り組むようになりました。

鷗外が雅文体から口語文体に移行する過程は、一九〇二年から一九〇九年にかけて、ゆっくりと進められました。そして、短篇『半日』（一九〇九年）を発表して以降、鷗外は作品のすべてを口語体で発表するようになります。

口語体を使用することで鷗外はそれまでの語りのスタンスを改変し、作品に登場する人物の数と同じだけの声を導入することができるようになり、個々人の特性を描き分け、それぞれの個性を描写することが可能になりました。その結果、特にほぼ全篇が科白からなる戯曲の翻訳において、新しい表現を開拓する機会を与えられたのです。

イプセンの『ジョン・ガブリエル・ボルクマン』（一八九六年）を一九〇九年に訳出した鷗外は、翻訳のストラテジーを刷新していました。以前していたような原作の一部を省略するといった明らかな操作もしなくなりました。けれども、原作の肝心なアイディアはかなり曖昧に伝えられ、劇中のウェイトも、主人公のジョン・ガブリエル・ボルクマンから息子のエアハルトに移っています。かつては権力者であったにもかかわらず今は落ちぶれて人生に幻滅している老人から、劇の焦点が、希望に満ちてこわいもの知らずで中年の女性と恋に落ち入っている青年に微妙に移動しているのです。こうした変換が、最初から鷗外が意図したものであったかは議論の余地があるところですが、鷗外が、イプセンの思想に対して一種批判的な意見の持ち主であったことは疑いないところだと思います。

それまではハサミと糊を使って原作を操作し改変していた鷗外ですが、今回は、翻訳は翻訳として発表し、自身の批判的コメントは翻訳作品の外に置き直して展開しました。すなわち、翌一九一〇年から一一年にかけて発表した小説『青年』においてです。これは青年小泉純一と中年女性坂井夫人についての物語で、あきらかにイプセン劇の青年エアハルトとウィルトン夫人のパロディーになっています。さらに作品中で鷗外は、日本のイプセン会の会合の様子、ならびにイプセンの劇を鷗外訳で公演した東京の劇場の模様も描写しています。ちなみに鷗外は、自らその公演の場所に居合わせてもいたのでした。こうして個人主義と利己主義の問題を扱っていた原作の核の部分を鷗外はうまく操作して自作に取り入れ、自分の確信する利他主義の思想を紹介し、議論していたのです。それはまさしく「文化の翻訳」を体現する行為でした。

続いて鷗外は、イプセンの『幽霊』(原作一八八一年)を一九一一年に訳出しました。これは、放蕩的な人生を送った父親と瓜二つに変貌してしまった息子についての家庭劇です。ここでも鷗外は『ジョン・ガブリエル・ボルクマン』の時と同様の翻訳ストラテジーを用い、原作に対する批判的コメントを翻訳作品の外で行ないましたが、今回は一作品の中だけではなく、いくつかの作品に分けてコメントしていました。原作の表題であるGengangereというノルウェー語は、逐語訳で「ふたたび帰り来るもの」を意味しますが、精神的なトラウマという意味合いもあったでしょう。鷗外はこの「ユーレイ」という概念に焦点を合わせ、当時自分の関心の的であった「過去」と「歴史」一般についての考察と関連づけ、自説を『かのやうに』(一九一二年)や『百物語』(一九一一年)といった作品の中で展開していきます。さらに、女性の登場人物たちに冷淡で心の平静を与えようとしないイプセンの女性観に対しても批判的だった鷗外は、イプセンのいわゆる「幽霊」から「過去」という名の恐ろしい「ユーレイ」を抽出し、「日本人の傍観者」という形象を『百物語』の中で提出します。すでに人生を生き抜いてしまって、今は亡霊でしかないような傍観者です。この方がイプセンの幽霊よりはるかに不気味で、背筋が冷たくなる思いをさせられます。

こうして鷗外は、イプセン劇への批判的コメントを翻訳作品外の場所でさらにすすめていたのです。そこからやがて書かれるべきいわゆる歴史小説への道のりは、ほんの僅かでした。また、イプセンの提起した問題に真っ向から関わることで、鷗外は同時代の西洋文学と切り合って仕事をしていました。翻訳してただ紹介をするのではなく、異議を唱えつつ、当時の世界文学を意識して作品を書いていたのです。

それから二年後の一九一三年に、鷗外はイプセンの『人形の家』(一八七九年)を『ノラ』という表題で訳しました。一九一一年に島村抱月が英語版から翻訳し、舞台にのせて成功をおさめていたにもかかわらず、鷗外はあえて新訳を発表しました。その必要に迫られていたからです。原作は、「人形たちの住む家、すなわち社会システム」を非難するのが眼目でしたが、鷗外は、批判の焦点を「お人形さん」であるノラ、いわゆる「新しい女」に合わせ、当時日本で流行のようになって扱われていた皮相な「新しい女」のイメージに対抗させる形で、日本の伝統的な「新しい女」像を提出しました。

イプセンの『人形の家』を翻訳するにあたって鷗外は『ノラ解題』を書き、直接コメントを加えていますが、それは序の口に過ぎず、実際のコメントは、自作を執筆し、江戸の昔から存在していた日本版の「新しい女」像を反措定として提示する形で行なわれました。イプセン劇の世界でおたがいに傷つけ合い不幸な結婚生活を送っている夫婦像ではなく、伝統的な日本社会の中で結婚しながらも、勇気に満ち、独立した人生を送っていた女性の生きざまを、『安井夫人』（一九一四年）や『ぢいさんばあさん』（一九一五年）のような短篇の中で描いてみせました。江戸の社会は歴史的にも文化的にもイプセンの世界とはずっとかけ離れていて比較の対象にはならなかったにしろ、鷗外は自分の目から見て理想的な夫婦像、結婚生活のあり方、対話と友情のある男と女の関係を、机上の空論ではなく、目に見える形で現出させたのです。『ノラ』という翻訳劇を発表したあとで鷗外は、イプセンの女性観や結婚観にたいする批判的コメントを、もはやイプセンという名前すら出さずに、自作の中で行ないました。

鷗外の翻訳という行為は以前にも増してさらに延長されています。鷗外の翻訳家としての仕事は、イプセンが提起していた「いい結婚とは何か」という問題に、自作を執筆する形で答えたと言えるでしょう。鷗外が提示した理想の女性像は単なる概念ではなく、日本の環境の中で生きていた生身の女性でした。鷗外は、イプセンの原作中の思想だけではなく、日本におけるその解釈をもあわせて「翻訳」した、すぐれた「文化の翻訳者」だったのです。

ちなみに鷗外と同時代の作家夏目漱石は、イプセンの取り上げた男と女が演じる葛藤劇の問題、結婚生活、個人主義と利己主義の問題を、日本社会の枠内で執拗かつ徹底的に探求した作家でした。鷗外が別のモデルを提供していたのに反し、漱石は同じ井戸を掘り続けていた、と言えるかもしれません。

4　史伝――一歩進んだ「文化の翻訳」

鷗外は、翻訳する作家でした。自ら翻訳を行ない、翻訳から滋養を得ていました。原作もしくはドイツ語に翻訳された西洋文学を読むだけではなく、それを文字通り一語ずつ日本語に翻訳していたのです。全集の半分近くをこうした翻訳作品が占めています。その作業を通じて、鷗外はたえず原作の「翻訳可能性」を探っていました。原語と日本語との間に横たわる宿命的なギャップを、身をもって体験していました。鷗外は、まさにバイカルチュラルな知識人の人生を送っていたと言えます。

けれども、明治天皇の崩御と乃木将軍の殉死のあった一九一二年の秋、ちょうど百年前の今頃に、鷗外は、江戸時代の歴史的史料に以前にも増して興味を抱くようになりました。初めのうちは、そうした史料から題材を得て、テーマにふさわしいエピソードを「脚色」する形で、いわゆる歴史小説を執筆していました。史料中の事件を書き直し、コメントを加えていく過程で、「文化の翻訳」と同じ翻訳ストラテジーを使用していました。

しかし鷗外は、そこからさらに前進し、史料の「脚色」から史料の「引用」へとストラテジーを変更していきます。自作の評伝の中に原史料からの引用を効果的に利用し、それを統合して取り入れることで、いわゆる「史伝」を編み出しました。その種の最初の作品『渋江抽斎』（一九一六年）では、西洋小説における描写方法である直接話法の会話の挿入や内的独白、第三者から聞いた話の導入とか、ストーリーの時間的再構成など、語りの効果を上げるための工夫が依然としてほどこされていました。

けれどもそれが次の史伝、『伊沢蘭軒』（一九一六―一七年）とか『北條霞亭』（一九一七―二〇年）になると、鷗外自身が作中に語り手として前面に登場し、フィクションの要素が次々と消去されていきます。歴史的史料群の中から、注意深くかつ合目的的に選択されうまく適合するように組み合わされた逸話の数々が、それ自体でもって、語り手の介入を受けずにひとつのストーリーを構成し、おのずから語っていくようになっています。虚構の語り手が消えてしまい、使われる言語も簡潔をきわめて無色透明、漢文スタイルの実に優美な文体を、鷗外は「史伝」において作り上げたのでした。

史伝において鷗外は、江戸の歴史、「過去」を「翻訳」しました。それ自体高度な「文化の翻訳」でしたが、鷗外は西洋小説の常識をくつがえし、自作から、虚構である語り手という存在を除去してしまったのです。再構成された作り物であり、「翻訳」されて操作されたものでありながら、語り手は作者鷗外自身である「史伝」は、鷗外が行なった数々の「文化の翻訳」の中でも、際立って異色で挑発的な行為だったと思います。

5 『椋鳥通信』

『椋鳥通信』は、一九〇九年から一九一三年まで鷗外が雑誌『スバル』に毎月発表していた同時代西洋文化の息吹を伝えるおびただしい数の情報源でした。

鷗外の主目的は、ドイツの新聞や雑誌に報道されていた西洋全体におよぶ最新の文学情報を網羅的に読みあさり、その中から、自分のアンテナに掛かってくる作家たちと彼らを取り巻く潮流、伝記的知識、ゴシップにいたるまでを微に入り細をうがって書き留めておくことにありました。記述の仕方には特徴があり、原則として、作家名が表題として上げられる時には、次のように改行されてアルファベットで表記されていました。

今後の戯曲の主人公は
Goethe
の Faust, Tasso 次いで
Ibsen
の Peer Gynt, Brand, Kaiser und Galilaeer の系統を引いて、或る世界観の持主でなくてはならぬと、
Paul Friedrich
は云ってゐる。
（一九一二年五月二日発）

ちなみに、岩波書店刊『鷗外全集』第二十七巻の索引は、こうして表題として上げられた作家名だけを取り上げていて、文中に現われている作家名を検索することはできませんでしたが、金子幸代を中心とする富山大学の研究グループが人名索引ならびに人名紹介を作成していて、便利になりますので、刊行が望まれます。ただし、利用者の便宜を図り検索が縦横にできるように電子媒体での刊行がよろしいかと思います。これとは別に個人編集による人名索引が出版されているようです

が、私はまだ拝見しておりません。

『椋鳥通信』一九一二年一月二十三日発の項に、こんな記事があります。

パリイのグランド・オペラで踊子が総ストライクをした。〔中略〕Gainsborough のかいた Ferrers 伯爵夫人の肖像がアメリカへ売られて行きさうだ。夫人は有名な美人であつた。夫が嫉妬のために、用人を射撃して殺したので絞罪になつた。併し上院議員なので、絹紐で吊るし上げた。

鷗外はこういった些細な情報まで集めてこまめに翻訳という作業に従事していたのです。二十一世紀のインターネットが発達した世界で暮らしている私たちなら、グーグルなどで検索すれば必要な情報はほぼ入手できるので、なかなか想像しにくいことなのですが、鷗外は、遙かに遠い西洋の日常を知らずには当時の同時代西洋文学の作品を読み解くことは不可能であると考えていたため、情報収集は必要欠くべからざるものでした。それだけの努力をして鷗外は翻訳していたのです。文学作品の底に流れる潮流を含めて翻訳すること、西洋文学のみならず西洋文化を翻訳すること、それが鷗外の翻訳方法でした。『椋鳥通信』は、そんな鷗外の仕事部屋を開放して見せた結果であったのです。

これも一九一二年の記事ですが、こんなのがあります。

五月一日からライプチヒの停車場が開かれる。目下欧州最大の停車場である。

また、六月三十日発には、

瓦斯や電気や上水を中央から市民に配ることはどこにでもあるが、ベルリンでは時間を配って遣るのである。其家の時計には内部機関を設けないで、毎六十秒に電流が観象台から通じて、針が躍進する。

同様の情報には事欠きません。鷗外は、ドイツ語圏の情報の海を原作として、そこから必要と思われた部分のみを抽出して紹介し、その作業を通じて、鷗外の目を通して屈折させられていたとはいえ西洋文化の最新の模様を、文学芸術分野のみならず、日常生活のレベルまでを網羅して日本語で伝えていたのでした。これも立派な翻訳であり、鷗外というすぐれた翻訳者だからこそできた離れ業でした。鷗外はただ無造作に情報を拾っていたのではなく、そこには明らかに鷗外らしい選択があったように思います。たとえば、自然主義中心の文学潮流の行方を確実にとらえていますし、北欧文学に限って言っても、ストリンドベリ、イプセンの時代から、印象派風な新しい流れへ移りつつあった動向を、特に選んで『椋鳥通信』に記録していました。

鷗外は、ドイツから船便で送られてくる新聞雑誌類を相手にたったひとりで検索を行ない、毎月一度西洋文学と文化一般について日本語版ウィキペディアのようなものを書いては雑誌『スバル』

に発表し続けていた、と言えるかもしれません。

6 鷗外の『ファウスト』訳

明治天皇が崩御した一九一二年の夏、鷗外はすでに『ファウスト』の翻訳を終えていました。ドイツのみならず世界の古典である『ファウスト』です。今〔二〇一二年〕から百年前にあたるこの年の秋、乃木将軍殉死で動揺していた東京で、鷗外は、ドイツ滞在時以来宿願であった『ファウスト』の翻訳が出版される日を待ち遠しく思っていたことだろうと思います。難しそうな印象を受けがちの『ファウスト』ですが、鷗外はその翻訳を楽々とこなし、翻訳の過程で心を青年時代に舞い戻らせて楽しんでいたにちがいありません。刊行は翌一三年の一月でした。

のちに鷗外自らが明かしているように、『ファウスト』の訳本は舞台にのせて役者が口にできる文章で書かれることが目ざされていました。したがって、文語雅文体による名作『即興詩人』の文体ではなく、鷗外は基本的に口語体で『ファウスト』を訳しましたが、原作が同時代文学ではなく古典であることを考慮にいれ、謳うように格調の高い段落には適度に雅文体も適用して原作の層の厚さ、詩的世界の深みを伝えようと努力しています。口語体も一本調子な散文的なものではなく、おどろくほど読みやすい話し言葉で、軽やかなリズムがあって爽快です。これはすでに指摘されたことのある箇所ですが、メフィストフェレスが冒頭の「天上の序言」で次のように言い放ちます。

いや、檀那。お前さんがまた遣って来て、

こちとらの世界が、どんな工合になっているか見て下さる。
そして不断わたしをも贔屓にして下さるのだから、
わたしもお前さん所《とこ》の奉公人に交って顔を出しました。
御免なさいよ。ここいらの連中が冷やかすかも知れないが、
わたしには気取った言草は出来ない。
わざと気取ってみたところでお前さんが笑うだけだ。

（『ファウスト』森鷗外全集11、二九頁）

この言草はまさしく東京下町の昔気質の職人然としていて、至近の例を持ち出せば柴又のフーテンの寅さんが言いそうな口癖ではないでしょうか。鷗外は原作の複雑微妙なニュアンスを、日本語表現の全音階を使い分けて再現しようとしていたと言えるだろうと思います。しかも、独断に落ち入ることを避けるために、数々の注釈書を繙いて学び、準備万端を整えた上で翻訳に当たったのでした。鷗外が『ファウスト』の翻訳を成し遂げたことにより、西洋古典が消化されて日本語でみごとに再生されました。まさしく偉業でしたが、ゲーテの高みを極めたという達成感とともに、その時点で、日本文学は世界文学の一翼を担えるという自信が沸いたのではなかったでしょうか。それこそ時代が要求していた国力の発露であり、鷗外の『ファウスト』が記念碑的な作品たる所以であると思います。

さて、今「世界文学」という言葉を使いましたが、これについてひとことコメントをしておきます。〔以下の7、8、9はその大部分が本書X章「百年前の森鷗外」からの引用である。〕

7　ゲーテの「世界文学」

「世界文学」という呼称はゲーテが提唱したことになっているのですが、現代のグローバルな社会で使われている世界文学というあいまいな用語とは意味するところが異なっていました。

ゲーテは一八二七年一月三十一日のエッカーマンとの対話の中で、ある中国の小説を読んでそれが興味深かったこと、しかも難なく理解できたことを語っています。その小説中に描かれた人物像、自然に対する態度や人間関係が、言語が異なっていたにもかかわらずヨーロッパの作品と類似していることに気がついたのでした。ゲーテはもちろん翻訳を通してその小説を読んだわけですが、ヨーロッパの外部に、自らの琴線に触れる文学作品があることを発見し、同時代の偏狭なドイツ国民文学に光をもたらす目的で、世界文学を唱えることになりました。けれどもその規準としては依然として古代ギリシャの文学が想定されていて、普遍的な人間的価値をふまえて構築され国境を越えて通用する文学が世界文学とされたのです。

それはすこぶる理想的な提唱で、普遍的な人間観が語られていた背後には、アメリカの独立とフランス革命とを経て西洋で樹立された人権の思想がありました。個人の権利を守ろうという確固とした信念があり、焦点は明らかに個人に合わせられていました。けれども、そうした普遍的な人間として育つための教養を備えた人物像を描き出す文学作品を書くためには、個別言語を使用する以外に道はありませんでした。そして必然的に各国文学の発展をもたらすことになったのです。

さらに、個別言語で書かれた作品を広く普及させるために翻訳がさかんに行なわれるようになりました。こうして、各国言語で書かれてナショナルでありながらも普遍性を求める文学が創作され、翻訳を通じ言語の壁を越えて対話が可能な文学創作が、ヨーロッパ言語圏に出現したのです。理想を追求する普遍的な作品生産の場とそれを読む場所はナショナルであっても、トランスナショナルな視野を備えた文学、それがゲーテ流の世界文学でした。世界とは所詮ヨーロッパのことでした。

そういう意味では鷗外も世界文学に関わっていたと言えるでしょう。ところが、ことはそう単純ではありません。

8　ブランデスの「世界文学」

産業革命を経て十九世紀のヨーロッパは世界文明の中心になりました。交通が発達し、電信が発明され、万博が開かれて、異文化間の交流が頻繁になるとともに、自然科学が進展し、探検が世界各地で行なわれて知的活動も留まるところを知りませんでした。その成果が旅行記などに書き記されて各国語に翻訳され、知識が広く共有されるようになりましたが、この時期の人々に強く意識されたのは、世界の文化の多様性と異質性でした。やがてそれが理念ではなく、日常の具体的な体験となって認識されるようになったのです。そうした中、デンマークの文芸批評家ゲオーウ・ブランデス（一八四二―一九二七）は、ヨーロッパ文学の新しい流れを批判的に概観した『十九世紀文学主潮』（一八七一年）を著わし、近代文学の基礎であるリアリズムの神髄を提示していましたが、さらに自然主義の理論も構築するようになり、イプセンの名を広めるのに功績がありました。ブランデスは、普遍性を求めるのに急で審美主義と空想に走りがちであった文学をしりぞけ、自由思想と人類の進歩を具体的かつリアルに表現する役割を文学者に求めました。そして、ゲーテの世界文学の提唱を継承すべく、一八九九年に「世界文学」と題するエッセイを発表しました。そこでは普遍性と理想主義に彩られて世界に向けられていたゲーテの視点を、いわば求心的に個人と現実社会に移し、その個人個人が言語と文化の枠を超えておたがいに対話のできる場として世界文学をとらえていました。二十世紀初頭にブランデスは、現代のグローバル世界のパースペクティヴを先見するような形で、欧米中心であったにしろ、世界文学を構想していたと言えます。

国民文学を超えて普遍性を備えているような世界文学を夢見るのではありません。その種の作品は、どこでも理解される反面、根が浅いゆえに生命力と滋養に欠けています。世界を対象として書かれる作品は、まずまちがいなく底が浅いのです。一方、世界文学と呼ばれうる作品は、そのほとんどがしっかりと大地に立ったローカル文学であり、たまたまある特定の言語で書かれたにもかかわらず、翻訳の恩恵をこうむって広い世界に知られるようになる文学です。ブランデスは次のように書いていました。「未来の世界文学は、芸術としてさらには科学としてごく一般的な人間性を備えてさえいれば、ナショナルな特徴が強ければ強いほど、そしておたがいに異質であればあるほど、より魅力的なものとなろう」。

9 世界文学の前提は翻訳

いくら優れた作品であっても、別の言語に翻訳され自国の領域を越えて読まれるようにならなければ世界文学の資格は得られません。自明の理ですが、その際に翻訳者が果たす役割の重要さは何度強調してもし過ぎることはありません。外国語へ翻訳され、異文化へ移植される過程で原作の種が新しい土壌に適合し根を下ろすことができるならば、新しい生命を与えられることになります。けれども、いかに土壌が肥沃でも、移植者である翻訳者の扱いが悪ければ、種は芽を出すことはありません。また、翻訳者の腕がよい場合は、新しい読みをほどこされた原作の種は美しい花を咲かせることになります。ところがそれはもう原作のローカルな土地に固有の花ではなく、広域世界の花の一種となっているのです。かつてたまたまどこかのローカルな土地で育った種から咲いた花として、その作品は世界文学の資格を与えられるのです。

優れた翻訳者には、外国語の知識だけではなく異国文化に対する深い知識が要求されるのは言うまでもありません。

10 鷗外の『諸国物語』

鷗外は周知のように四年間ドイツに滞在していた間に、本来の学業に励みながら広く古今のヨーロッパ文学作品を読破していました。いずれ翻訳を試みる望みを抱いていたことも知られています。当時のドイツは破竹の勢いで国力を拡大しており、ベルリンもヨーロッパの首都と呼ばれてもおかしくないほど、政治、経済、文化の面で活力がありました。その渦中にあって鷗外は、同様に活気に満ちて進められていた、ドイツにおけるヨーロッパ文学翻訳出版の恩恵に浴することができました。その典型的な例がレクラム文庫でしたが、鷗外は、この廉価版の書庫から、ドイツ文学の古典から現代文学のみならず、ドイツ語訳を通じて欧米文学の全域を視野に入れた読書を楽しむ機会を与えられ、その幸運を満喫していたのです。鷗外は文字通りの世界(欧米)文学に囲まれていたといってよいでしょう。個別文学に偏った読書ではなく、鷗外はごく自然に、ブランデスと同時代の世界(欧米)文学を多角的にとらえる視点を養っていたのです。のちに鷗外がこれらの作品の一部を日本語に翻訳するようになった時にも、そこにはいつでも「世界文学」の視座が据えられていて、スカンディナヴィア、フランス、ロシア、オーストリア、ベルギー、アメリカなどの作品も、すべてドイツ語から重訳されたこともあり、世界文学の一部として扱われていました。

けれども、各国の短篇を翻訳紹介したアンソロジー『諸国物語』(一九一五年)の表題に見られるように、鷗外は「世界文学」なる語を使用したことはありません。世界文学という概念がヨーロッパ中心主義であるという認識を持っていたかどうかは別として、日本も含め各国の文学は対等であるという、鷗外独自の沈着冷静な判断があったにちがいないと思います。あえて相対主義の立場をとっていたというのではなく、各国の文学伝統の異相を乗り越えた地点で「文学」なるものを追求していた鷗外にとって、文学とはすなわち世界文学であったはずです。世界文学は特殊な状態ではなく、わざわざことわる必要もない所与の自然な現象であったろう、というのが私の意見です。

そうした冷徹な態度をとれるようになっていたのも、理論ではなく実践者として翻訳にたずさわってきた鷗外が、恣意的かつ偶然の選択からなる複雑体であり泥沼のように不透明で不分明な翻訳という行為を、身をもって知り抜いていたからだったと思われます。翻訳を通じて此彼の差異が明瞭になればなるほど、その差異にもかかわらず相通じている「沃野」が見えてきます。そこには国境もなく、価値観の相違も捨象されています。何の思い入れもなく無思想でありながら、これが世界の文学だ、と何気なく鷗外が突き出したのが『諸国物語』であったにちがいありません。八年以上の年月をかけ、無選択のようでいて巧みに選ばれている短篇を集めた『諸国物語』は、当時の鷗外が、無色透明な訳者になろうとしつつ、翻訳者とは何者なのか、文学とは何なのかを模索していた軌跡だったと思います。

世界の文学に向けられていた鷗外のアンテナは、『椋鳥通信』を見るまでもなく、多種多様な文学者たちの動向をとらえていました。ふたたび一九一二年からいくつか例をあげておきます。

七十歳になつた Georg Brandes が寓言体の自伝 Die Geshichte vom schwarzen Peter und von Saumatz を書いた。二十五歳の頃 Henrik Ibsen が前途有望だと云つた。Kopenhagen で祖父も父も絹を商つてゐた家の子で Doctor philosophiae になつた。イプセンは二十七歳のブランデスの評で、社会道徳的傾向を極めた。

病気になる前に、Strindberg はフインランドの学者三人とフインランド語の原に就いて、手紙で議論してゐたので、病中字書を繰つてみる夢を見た。

二月七日は

Charles Dickens
の百年目の誕生日である。〔後略〕

「舟」(Das Schiff) は近い内に発行する
Joh. V. Jensen
の小説（璉馬《デンマーク》文）である。北国神話から出てゐる。

（以上、二月二十八日発）

Molière 作 Le bourgeois gentilhomme によって
Hugo von Hofmannsthal
がリブレットオを書いた Richard Strauss のオペラ Ariadne auf Naxos は、十月二十五日に Stuttgart の宮廷劇で初度の演奏をする筈である。長さは Salomé 位だと、ストラウスが云つてゐる。

（九月八日発）

Die Bekenntinisse des Hochstaplers und Hoteldiebes Felix Krull は
Thomas Mann
が書き掛けてゐる長編小説である。

（十月二十七日発）

11 『灰燼』

最後に、鷗外が世界の文学の広い舞台だけではなく、日本文学の周囲の動向にも鋭く目を光らせて、ローカルな文学を目ざしていたことに、簡単にふれておこうと思います。鷗外の『灰燼』（一九一一―一二年）という小説に、主人公が書いている「新開国」という物語にふれて、それが「血の出るような諷刺」だ、としている箇所があります。少し引用します。

ポオの集中にある「鐘楼における悪魔」〔『諸国物語』所収の『十三時』〕から強い印象を受けている節蔵は、新開国を書くのに、風土記を書くような平除法で、国の有様を書いた。巧まずにありのままを書いているようで、それが一々毒々しい風刺になる。

アメリカ文学のポオからヒントを得て、日本の古典のスタイルで現代社会を風刺する作品を書く作業は、鷗外の手で完成されることはありませんでしたが、次の世代の芥川龍之介の名作『河童』（一九二七年）のような作品になるべく構想されていたのではないかと思います。もうひとつ引用します。

新聞の三面は平面描写である。〔中略〕一点描写と云うものが不幸にしてまだ発明せられていないので、やはり〔新開国は〕平面描写で書くのである。〔中略〕どうしても小説らしくは見えなかった。節蔵の胸算では、この類別なんぞは小説らしくなくても構わずに、ずんずん書いてしまって、それを基礎にして別に書き起こしたいものがあるのである。

ここに「一点描写」「平面描写」という言葉が出てきていますが、後者は、田山花袋が使用していた自然主義の描写方法で、語り手が登場人物たち全員の心の中に入り、かれらの思うこと、考えることを伝え得る語りの方法のことです。「一点描写」はまだ発明されていない、と鷗外が書いたのは一九一二年のことでしたが、すでに岩野泡鳴が平面描写に対立する描写法を「一元描写」として掲げていました。焦点人物を一人のみに設定し、作中の描写はすべてその人物の視点からのみ行なわれるというものでした。けれどもそれが理論としてまとめられたのは一九一八年になってからでした。

これを見ても分かるように、鷗外は、一九一一年から翌年へかけての時点で、自然主義文学者たちの動向を見据えながら、またしても未完に終わった、暗くかつ切実な小説を書いていたのでした。時代の危機感におおわれ、窒息しそうな切迫した主人公の心象風景を、『灰燼』という表題にふさわしい色彩でもって荒廃した社会を背景にして描いていたのです。けれどもそうした執筆の流れは、一九一二年秋以降に方向転換を強いられ、鷗外自身、歴史の深みに史料を求めて歩んでいったのでした。

鷗外の目ざしていたのはまたしても「もうひとつの世界」です。今ここにはないが、別のところにある世界、あるいはあったはずの世界、もしくはきたるべき世界。それらを現出させるために鷗外は言葉を使って広い意味での「翻訳」をしていました。「翻訳」は夢を紡ぐ作業でもあります。言葉で思想や文化を転移させる仕事。それはバイカルチュラルの人間がする仕事でした。休むことなく積極的でかつ批判的、同時に思慮深く同情的で、異文化の他者と対等の立場に立って意見を交換し、他者の異なる背景を尊敬して理解する力を備えている人間が実践する行為です。

バイカルチュラルの翻訳者が見る夢には思いやりがあります。相手の立場を思い描き理解する能力を備えているからですが、その夢は利他的です。原作を活かしてすぐれた翻訳作品を作ってこそ、「もうひとつの世界」を構築し、夢を実現することができるのです。豊かに想像してあらたに創造する。「文化の翻訳者」鷗外は、夢見る人でした。

第五部

XIII　鷗外の「ヨーロッパ離れ」

一八八八年に四年間に及んだドイツ留学から帰国して以来、青年森林太郎は陸軍軍医として勤務する傍ら、西洋諸国の文学を古典から現代作品にいたるまで、ドイツ語を通して翻訳紹介していた。その啓蒙活動は前人未到の偉業であったが、鷗外の翻訳は文学作品の翻訳である以前に西洋文化移入の試みであり、西洋文化を日本の土壌にいかに移植するかという課題を、文学の分野で試行錯誤していた軌跡だったと言える。『諸国物語』（一九一五年）を紐解けば一目瞭然となるように、鷗外の翻訳ぶりは玉石混淆、かつ際限のない好奇心に裏打ちされ、ひたすら創造的な「誤訳」を展開していた。単なる誤解ではなく、明治期日本文化の受け皿に原典の西洋文化に対応するものが未だに見つからず、やむを得ず省略もしくは歪曲を余儀なくされることが少なくなかったが、原典からの逸脱は「誤訳」であったものの、あらたに日本語による作品を生み出した点では創造的な作業であった。アンデルセンの『即興詩人』（一八九二―一九〇一年）はその好例で、西洋文化を咀嚼し、重訳とはいえ作品を日本語化することによって自家薬籠中のものにしようとする果敢な挑戦であった。鷗外は、まさに西洋文化を翻訳していたのである（拙著『森鷗外　文化の翻訳者』岩波新書を参照）。

日露戦争を境に鷗外は徐々にそれまでの文語体での翻訳を口語体に改めていく。戯曲の分野でも、一九〇三年に発表されたイプセンの『ブラント』の断片的翻訳である『牧師』は未だに文語体であったが、同じイプセンの翻訳『ジョン・ガブリエル・ボルクマン』は一九〇九年の発表で、これは口語体によってなされ、以後、鷗外の作品はすべて口語体となる。

この変化は、鷗外が西洋文学の翻訳紹介者である一方、自らも小説家となって創作を発表するようになったこととも関連している。口語体を駆使することによって同時代西洋文学、特に当時は先鋒的な作品群を世に問うていた北欧の劇作家たちの作品を紹介しやすくなり、ストリンドベリ（『債鬼』一九〇九年、『一人舞台』一九一一年、『パリアス』一九一一年）、やイプセン（『幽霊』一九一一年、『ノラ（人形の家）』一九一三年）らの戯曲を次々に翻訳していった。彼らが扱っていた夫婦間の葛藤、愛欲、エロスの問題を、鷗外は自作品でも取り上げて吸収し、口語体を駆使しながら自在に拡大解釈していたのだった。そこには常に文化の翻訳があったことは言うまでもない。鷗外にとって、「ヨーロッパ」は西洋文化翻訳の「原典」であり続けていた。

鷗外のヨーロッパ文化に向けられた超人的な情報収集欲と、それを網羅的に把握しようという強烈な衝動は、『椋鳥通信』に体現されている。一九〇九年から雑誌『スバル』に連載されて始まった鷗外のヨーロッパ通信は、文学、芸術、広く文化の領域のみならず、ベルリンのフンボルト大学における人事や日常生活のゴシップにいたるまで、千差万別で、読む者を唖然とさせる。劇作家たちに関する記事も、たとえば、イプセンの活動の諸側面に触れるもの以外に、彼と親しい関係にあった同僚のビョルンソンとの交流に関わる些細な記事まで取り込むかと思うと、病床にあったストリンドベリの病状の変化を熱の上り下がりまで克明に記し、「胃癌が発見されて死期が近づいている」、「一九一二年五月十四日に亡くなった」という具合に頻繁に報告を重ねて、果ては葬式の模様、死後の各種の出版にいたるまで、微に入り細をうがって記録していた。

鷗外はストリンドベリに敬意を表するだけに留まらず、あたかもヨーロッパに心酔していたようなのである。また、北欧の作家以外にも特にゲーテに注目し、『ファウスト』がヨーロッパのどこの劇場で、誰を主役にしてどの台本を使って興行されたかなどについて、これも執拗にこまごまと書き留めている。この時期鷗外は、イプセンやストリンドベリなど同時代から注目され評価されていた作家たちと対峙して自己の文学活動の糧にするだけではなく、広く深く、ヨーロッパ文学、さらには世界文学の領域で仕事を進めるべきことを自覚して執筆していた。そのために必要な基盤になるべき裾野の広がりを求めて『椋鳥通信』は書き続けられていたと見るべきであろう。

そしていよいよ一九一三年になって『ファウスト』の翻訳を完成して刊行、同年さらにシェイクスピアの『マクベス』を翻訳上梓するにいたって、西洋劇文学の頂上踏破を目指していた鷗外の孤軍奮闘は輝かしい成果をあげた。ところが、一九一四年一月にストリンドベリの『稲妻』を発表したのち、あたかも雷雨に流し去られたごとくに、この分野での活動が消えてしまう。

その一年半ほど前、一九一二年七月に明治天皇が崩御され、九月に乃木希典が殉死を敢行したのを機に、鷗外の執筆活動にも一大変化が訪れていた。周知のように鷗外は十月に『興津弥五右衛門の遺書』を発表し、殉死のテーマを歴史をさかのぼって扱ったが、史料を「原典」としてそれを翻案脚色する方法は、ヨーロッパ文学作品を翻訳する作業、すなわち広義の「翻訳」と本質的に変わるところはなかった。こうして鷗外は、以後しばらく、西洋文学の翻訳を継続するのと平行していわゆる歴史小説の傑作を執筆していく。『阿部一族』(一九一三年)、『大塩平八郎』『安井夫人』『堺事件』(いずれも一九一四年)と枚挙に遑《いとま》ないが、注目すべきは、一九一五年一月発表の『山椒大夫』である。

『山椒大夫』は雑誌『中央公論』に発表されたが、同月発行の雑誌『心の花』に鷗外は、『歴史其儘と歴史離れ』を掲載し、歴史上の事件や出来事に題材を求めながらも史料をもとにそれを翻案脚色する、すなわち広義の意味で「翻訳」をするという自らの歴史小説の方法論を披露した。その延長線上で、『ぢいさんばあさん』『最後の一句』(ともに一九一五年)や『高瀬舟』(一九一六年)などの名作が書かれるが、そこではなおも「(西洋)小説」の規範通りに虚構の主人公もしくは語り手に自己を投影させていた。ところが、史伝『渋江抽斎』(一九一六年)執筆にいたって、歴史上の実在の人物に自己の理想像を投影することに方法を転換し、史実を種に再話を紡ぎだすのではなく、史実から直接に「引用」することで史実の内容を語らせ、焦点を当てられた人物を凝視する古今東西まれなる方法を編み出した。歴史でも評伝でもある「史伝」、今であり過去、過去であり今であるような「史伝」の小説空間を発明し、ここに鷗外は「小説離れ」を成し遂げたのだった。

ここでふたたび時間をさかのぼる。ヨーロッパかぶれの見本かと思われるような『椋鳥通信』は、時代が大正に変わってからもしばらく続けられ、一九一三年十二月からは雑誌『吾等』に『水のあなたより』の表題で連載されていった。それが翌一九一四年七月十五日の通信まで継続するのだが、そこでぷっつりと切れてしまう。

一九一三年の暮れに鷗外はイプセンの『人形の家』を、英訳から重訳されていた島村抱月の翻訳に対抗して『ノラ』という表題で発表、自ら訳出した『ファウスト』への解題である『ファウスト考』、さらにはゲーテの評伝『ギヨオテ伝』と立て続けに世に問うていた。いわばヨーロッパ文学の権威者鷗外の偉容を誇示するかのようであったのである。すでに現代小説から歴史小説へ方向転換し、史実への傾倒は始まっていたわけだが、一九一六年の「史伝」執筆にはまだ間のあった一九一四年夏以降に、鷗外の文業にもうひとつ決定的な変化が訪れた。

すなわち、七月二十八日ヨーロッパで勃発した第一次世界大戦である。これを機に、鷗外は『水のあなたより』の連載を中止し、以降、マアデルング『父の讐』（一九一四年八月）、ブルヂエ『鑑定人』（一九一五年一月）二作を除いて西洋作品の翻訳を発表していない。「歴史離れ」をして、やがて「小説離れ」にまでいたった鷗外は、もっと根源的な点で「ヨーロッパ」に失望し、「ヨーロッパ離れ」をしていたとする所以である。

ヨーロッパでも、シュペングラーの『西洋の没落』（第一部一九一八年、第二部一九二二年）に象徴されるように、内部から「西洋文化」を省みる思索が大戦進行中に行なわれていた。同様に鷗外も、自らのヨーロッパ観を吟味しつつ、執拗に「史伝」を書き続けていたと思われる。ヨーロッパ情報収集のエネルギーを、日本の史料渉猟に置き換えていたのだった。そして一九二〇年の一月、史伝『北條霞亭』を完結したのと同時に、ふとストリンドベリの異色の戯曲『ペリカン』を雑誌『白樺』に発表した。これが鷗外のヨーロッパ文化「翻訳」の有終の美となった。

XIV　第一次世界大戦と鷗外の「ヨーロッパ離れ」

一九一六年七月、ヨーロッパの西部戦線では第一次世界大戦中最大のソンムの会戦が展開され、一日五万人以上の兵士が命を落としていた。毒ガスが使用され壮絶な塹壕戦が戦われていたことなど、今では映画でも見るようにしか想像できなくなっているだろう。ヨーロッパはイギリス・フランスなどの連合国軍とドイツを筆頭とする同盟国側に分裂して殺戮を繰り返していた。昨今のイギリスEU脱退という事態に接するにつけ、悲観的で思い過ごしかもしれないが、国境を変えながら、あるいは国境を変えるために隣国同士の戦闘を繰り返してきたヨーロッパの過去が、不吉な亡霊になってふたたび人々の記憶に蘇ってきているような気がしてならない。

われわれは所詮時代の子、世界情勢の成り行きと社会の変化から免れることはできない。鷗外も一九一二年七月三十日に明治天皇崩御という不慮の出来事に遭遇し、執筆中だった現代小説『雁』と『灰燼』二作の連載を中止した。そして九月に乃木希典大将の殉死に接し、ほぼ衝動的に『興津弥五右衛門の遺書』を書き、以後、『阿部一族』『佐橋甚五郎』などの歴史小説を立て続けに発表するにいたった。

ところが鷗外は、この時期にあっても翻訳の仕事を精力的に続行していたのである。鷗外の翻訳の仕事を軽視する傾向があり、鷗外の翻訳と創作を別個のものとして扱う研究では看過されていることであるが、前記の歴史小説三作はゲーテの『ファウスト』翻訳中に書かれており、その後も鷗外は『マクベス』やイプセンの『ノラ』(『人形の家』)を一九一三年に発表していた[1]。

翻訳と歴史小説を書き分ける傾向は一九一四年にも受け継がれた。ストリンドベリやホフマンスタールの戯曲ほかが翻訳作品として発表される一方で、『大塩平八郎』『堺事件』『安井夫人』『栗山大膳』などの歴史小説が書かれた。鷗外の歴史小説は少数の史料を利用し、あたかもそれを「翻訳」するかのようにして構成されており、その点、西洋文学作品の翻訳と方法的には同一であったと言える。

けれども史実に題材を取った同じ歴史小説ではあっても、『安井夫人』発表以後、それまでの事件そのものに重点をおいた「歴史其儘」の作品から、人物と出来事のプロセスに焦点を当てた「歴史離れ」の作品へと徐々に移行していく。それは史実の「翻訳」から「脚色」への変換であった。

しかし、一九一五年になると鷗外の作品の様相は一変し、ブルジェの短篇『鑑定人』一作のみを例外として、翻訳作品の発表がぷっつりと途切れてしまったのである。歴史小説は、一月発表の『山椒大夫』以下、『魚玄機』『ぢいさんばあさん』など、名作の数々が書き続けられていた。いったい何があって鷗外は翻訳を中止したのであろうか。さらに、鷗外のヨーロッパ通ぶりをこれ見よがしに誇示して雑誌『スバル』に一九〇九年三月以来掲載されていた『椋鳥通信』は、時代が大正になってからもしばらく続けられ、一九一三年十二月からは雑誌『吾等』に『水のあなたより』と表題を変えて連載されていた。それが翌一九一四年七月十五日の通信まで継続するのであるが、これもぷっつり切れてしまう。

鷗外の文業に決定的な変化をもたらしたのは、同年七月二十八日にヨーロッパで勃発した第一次世界大戦であったに違いない[2]。

私見によれば、第一次世界大戦勃発に関して鷗外が言及した記録はない。けれども、大戦勃発に先立つ七月十五日付の『水のあなたより』では、「澳皇太子と妃の横死」の項で暗殺事件の概略を記し、「公爵と妃との横死はヨオロッパの大戦乱の基になるかも知れない」と書き加えていた[3]。

青年林太郎が古今の西洋文学に触れ、言わば自己の文学的出生地になったドイツ、その後も情報の発信地であり続けたドイツが、世界大戦によってやがて敵国になっていったのである。敵味方という状況よりも、鷗外を懊悩、困惑させていたのは、西洋文化、西洋文明に生じた亀裂がもたらした戦争の惨禍であったろうと思う。

世界大戦勃発を憂慮し、その回避に尽力していた西洋知識人のうち、鷗外との関連で想起すべきなのが、デンマークの文芸批評家ゲオーウ・ブランデス（Georg Brandes 1842–1927）である。ヨーロッパの同時代文学に精通し、一八七一年にコペンハーゲンで行なった連続講演を『十九世紀文学主潮――移民の文学』（*Hovedstrφmninger i det 19de Aarhundredes Litteratur Emigrantlitteraturen*, 1872）として翌年出版[4]、近代文学の基礎であるリアリズムの神髄を提示してヨーロッパ各地で高く評価され著名人となった。のちにゲーテの世界文学の提唱を継承すべく、一八九九年に「世界文学」と題するエッセイを発表し、普遍性と理想主義に彩られていたゲーテの視点を求心的に個人と現実社会に移して、個人個人が言語と文化の枠を超えておたがいに対話のできる場として世界文学をとらえていた。欧米中心であったにしろ、現代のグローバル世界のパースペクティヴを先見するような形で世界文学を構想していたのである。[5]

近代人の自由精神を信奉していたブランデスにとって文学には国境がなかった。西洋主要語を巧みに操り、広くヨーロッパ人として思考し文学を捉えていたブランデスの世界では、各国の偏狭なナショナリズムは枷となっていた。軍備が進み状況がきな臭くなってくるに従い、ブランデスは強力な論陣を張って小国デンマークの枠内に留まらず欧州諸国の指導者に戦争回避を訴え続けた。にもかかわらず戦争は現実となり、自分の活躍の場であったドイツが事実上の敵国になってしまった。新聞記者で政治家でもあったフランスの友人で、のちに首相になったクレマンソーとも論争した。ブランデスは、大戦の坩堝に巻き込まれ時局の変転に振り回されながらも、敵味方の区別なく精力的に発言を繰り返し、エッセイ類をまとめて『世界戦争』（*Verdenskrigen*, 1915）という表題で出版した。

ブランデスの『十九世紀文学主潮——移民の文学』にはドイツ語訳があり、鷗外のヨーロッパ文学に関する知識の源のひとつになっていた様子は、同書のフランス文学に関する一部が『椋鳥通信』（一九一三年八月三十一日発）に再録されていることで判明する。[6]

西洋事情に関する情報の宝庫であった『椋鳥通信』の続篇『水のあなたより』も大戦勃発とともに途切れてしまったが、戦争時でもドイツから送られてくる新聞に鷗外は目を通していたはずである。話題になっていたブランデスについての記事も読んでいたかもしれない。けれども、遠くヨーロッパで進行していた戦局について読み知らされながら、鷗外は沈黙していた。複雑な事情があったにしろ、発言もせず、雌伏したかのように傍観者としてただ状況を見守り、難が去るのを待ち続けていた感がある。鷗外の諦観ぶりが彷彿としてくるように思われるのだが、鷗外は、情報の収集源を現代ドイツから日本の史実に変換することで知的エネルギーの代替としていた。その過程が「日本回帰」と見なされる所以だが、その裏には「已むを得ぬ」「ヨーロッパ離れ」があったのである。従来の研究では見過ごされているように思われるので、あえて強調しておきたい。

鷗外の「ヨーロッパ離れ」は単なる方向転換ではなかった。そこには文業上の画期的な質的転換が秘められており、その作業の道筋は驚くほどに必然性を伴い、完成に向けての徹底ぶりがうかがわれるものであった。

「歴史離れ」の歴史小説を書き続けていた鷗外にやがて転機が訪れた。史実は小説のインスピレーションの出所であり、「脚色」されるべきストーリーの原点であったのだが、やがて史実の追求がそれ自体で目的となり、『渋江抽斎』以下のいわゆる「史伝」と呼ばれる作品群が書かれていった。鷗外の史伝は、鷗外が自己のアイデンティティーを投射できる人物を求めて史実の原始林に分け入って踏査した軌跡の記録であった。「(西洋)小説」作品を統御する、作者によって操作された虚構の語り手が、史伝では作中に「わたくし」として登場して読者に直接語りかける。これは虚構の語り手ではなく、生身の作者鷗外であり、語りの視点は作者鷗外に固定される。史伝は、語りを意識的に「物語(虚構)化」し明確な構造を与える「(西洋)小説」の方法からの逸脱である。虚構の語りによって演出される真実らしさではなく、史伝作品の真実は、史実の有無とその信頼度に求められる。鷗外の史伝の文学性は、表現の論理性と洗練度のみに依拠するようになったのである。ここにいたり鷗外は、「小説離れ」を成し遂げたのだった。

史伝では描写の対象が人物の行動の軌跡と外面的諸条件に限られ、人物の内面生活は想像され推測されるだけで描写されることはない。史実もそのまま「引用」されるだけである。ところが、史実の選択には鷗外の恣意的な操作が加わっており、それゆえに史伝の文章には事実の羅列のようでありながらもリズムがあり、近代人鷗外の知性に裏付けられていて清澄である。

ただし、鷗外の発明になる史伝が完成するのは『北條霞亭』に至ってからであり、その間には、『伊沢蘭軒』などを経て、翻訳者鷗外が徐々に「ヨーロッパ離れ」をする行程があった。江戸の儒者を扱った史伝でありながら、鷗外は西洋語、特にフランス語の使用をなかなかやめられなかった。外国語をカタカナで史伝の文章中に挿入していたのであるが、それがあたかも第一次世界大戦の進行と呼応するかのように減少していき、『北條霞亭』(八十六)でフランス語一語が使われたのを最後として、以降最終回(百六十四)までカタカナの外国語は一切使われなかった。一九一八年秋のことである。(7) 世界大戦終了は同年十一月十一日であった。

史料を「翻訳」「脚色」して歴史小説を書いた鷗外は、史伝では史料を「引用」し、漢文風の簡潔枯淡な散文を紡ぎだしていった。かつてのハイカラで西洋趣味の文学青年鷗外は、「史料其儘」の近代の文人に変身したのだった。この過程が「日本回帰」とされているのだが、それと合わせ鏡のように「ヨーロッパ離れ」があり、「小説離れ」があったのである。

鷗外の「ヨーロッパ離れ」は、西洋文学の翻訳から遠ざかったことでも知られるのであるが、それとともに、日本と「外国《とつくに》」の間を自由に飛来していた「鷗《かもめ》」を意味していたはずの「鷗外」の名が使われなくなった。そして「日本回帰」の過程で、「林太郎」が復活してくるのである。

第一次世界大戦勃発以後の鷗外の執筆の傾向、作品や論文、各種文章への署名を調べてみると、一九一四年十一月に認《したた》められた題言に「観潮楼主人」と署名、『山椒大夫』と前掲の翻訳『鑑定人』に「鷗外」の署名があるほかは、世界大戦が集結する一九一八年まで、すべて「林太郎」である。さらに、ヴェルサイユ条約が結ばれた一九一九年に書かれた序文、跋文には諱《いみな》を略した「源《みなもとの》湛《しずか》」が使われ、翌年一月に思い出したように翻訳され雑誌『白樺』に発表されたストリンドベリの戯曲『ペリカン』も、署名は「源高湛」になっていた。(8) これも後日単行本発行の際には、訳者は「林太郎」とされた。一九二一年の『古い手帳から』と一九二二年の『奈良五十首』には「M・R・」の署名がなされているが、「鷗外」が復活することはもはやなかったのである。それほど鷗外の「ヨーロッパ離れ」は徹底していた。

鷗外が没したのは一九二二年七月九日であるが、それより半年前、「新進作家に対する苦言」と題された短文を『日新美術』に寄せた。その冒頭に次のように書かれていた。「過ぐる欧州戦乱は世界の文化に大なる影響を与へた。他方面のことは暫く措き美術界のことに就て見るも、戦前の欧州美術界と戦後のそれとは非常に異なるものがある。これは芸術は社会人心の趨潮を最もよく描くものであるから、現時の人心動揺に基く心理作用から、それが芸術方面に直ちに顕はれるのは理の当然であると云はねばならぬ(9)」。

「過ぐる欧州戦乱」につき、長い沈黙を破って言及されたこの一文には、『鷗外全集』の後記に依る限り署名がない。いかにも鷗外らしい文章であるが、これを「ヨーロッパ離れ」からの再出発に向けた微かな徴候と見るべきなのであろうか。

註

（1）拙稿「鷗外「日本回帰」の軌跡——「（西洋）小説」の日本化とその超越」『文学（隔月刊）』（岩波書店、第一巻三号、五・六月号、二〇〇〇年）一二一—一二九頁参照（本書Ⅲ章に収録）。
（2）この転機を鷗外の「ヨーロッパ離れ」と見なして素描した拙稿「鷗外の「ヨーロッパ離れ」」（『悲劇喜劇』第六八巻四号、二〇一五年五月号）九八—一〇〇頁を参照（本書Ⅻ章に収録）。
（3）『鷗外全集』第二七巻（岩波書店、一九七四年）九一一—九一二頁、森鷗外『椋鳥通信（下）』（岩波文庫、二〇一五年）四七一、四七四頁を参照。
（4）古い邦訳に『十九世紀文学主潮史』（吹田順助訳、春秋社、一九二九年）がある。
（5）拙稿「百年前の鷗外」（『鷗外』第九一号、二〇一二年七月）二〇—三七頁を参照（本書Ｘ章に収録）。
（6）『鷗外全集』第二七巻（岩波書店、一九七四年）八二八—八二五頁、森鷗外『椋鳥通信（下）』（岩波文庫、二〇一五年）三四一—三四四頁を参照。
（7）詳しくは前掲注1の拙稿を参照。
（8）『ペリカン』については拙著『森鷗外の翻訳文学』（至文堂、一九九三年）一七〇—一八九頁を参照。
（9）『鷗外全集』第三八巻（岩波書店、一九七五年）五三〇頁参照。

終章　森鷗外の「翻訳」人生

伊藤比呂美さんが拙著『森鷗外　文化の翻訳者』（岩波新書　二〇〇五年）へ言及してくださっているという話をある編集者からうかがい、同書冒頭の「はじめに」を最近読み直してみたのですが、私の言いたいことがすべて凝縮して書いてあるので、我ながら感心してしまいました。内容そのものよりも、お話しし始めたら相当時間を要することを、よくもあんなに短く、しかも大胆に言い放つことができたものだ、と驚いたのです。鷗外の文業の半分を占める翻訳については、一昔前に『森鷗外の翻訳文学』（至文堂、一九九三年、一九九四年）という本を出版して、ささやかながら学会に「物申す」を行ないましたが、岩波新書では、それを一歩進めて、「文化の翻訳」という視点を取り入れて、鷗外の翻訳の仕事が分析してあります。

その手法を拡大して応用する形で、鷗外研究と並行して、私は日本とデンマーク間の交流の歴史を、公文書をはじめ、旅行記、見聞記、教科書、新聞記事も含め、ありとあらゆる文書を読み解きながら、両国民がおたがいの文化をいかに見てきたかを辿って研究してきました。その一部は日本語版も何冊か出版していますので、詳しくはアマゾンで私の名前を検索していただき、そちらをご覧くださいますようお願いいたします。

私の交流史研究の要点は、異文化を見る視点に必ず備わっている先入観、偏見と誤解、無知も含めますが、そうして歪められ狭められた目でしか、おたがいの文化を見ることができない、という指摘です。さらに、その過程で年月とともに凝縮され固定化されたイメージが形成され、それがいわば神話のようになって一人歩きを始めるのです。そんなことは当たり前だと言われそうですが、当たり前のことこそ手ごわいのです。

日本・デンマーク文化交流史研究の成果は、デンマーク語で書かれた分厚いものが二巻あり、今のところ第一巻のみ日本語版が出ています（『日本・デンマーク文化交流史 1600–1873』東海大学出版会、二〇〇七年）。デンマーク語版第二巻の冒頭で、北斎漫画からのイラストを使い、異文化理解が必然的に偏見と誤解に基づいていることを目に見える形で説明を試みました。私の講演をすでにどこかでお聞きになっている方には、またか、と言われそうですが、このイラスト（「群盲、象を評す」）は、括弧つきの「翻訳」を説明する時にも役立ちますので、今日も利用します。

北斎漫画「群盲、象を評す」

盲人たちは、たまたま今いる場所から象を触り、象とはこういうものだと断定するのですが、誰一人として像の全体は把握できません。ここでは偶然性が判断を規制していますし、触った感触をそれぞれ自分の言葉で表現しているので、無意識のうちに情報が操作されています。

異文化理解は、自国中心の、いわば身勝手な視点から成り立っているわけですが、このイラストを図式化して、ある同じ文学作品を読む読者を想定してみます。象が作品で、読者は盲人たちです。そこには読者の数だけ異なる読み方があるのがわかります。そのどれもが、みなそれなりに正しく、正解などありません。もともと、作者自身が読者の一人でしかないのですから、当然です。

次に、イラストの象を外国語で書かれた作品とみなし、群盲を翻訳者とみなしてみます。翻訳者の数だけ異なる訳し方があるのは言うまでもありません。ここでは語学力が問題になるので、多少複雑になってきますが、外国語で書かれた作品中の言語表現を、その文化的背景も含めてどれほど深く理解できているかが問われるのはもちろん、それを自国語で表現できるかどうかが問題になってきます。そうした能力を備えている翻訳者を、私は「バイカルチュラル」の翻訳者と呼び、単に二つの言語を使える「バイリンガル」と区別しています。

鷗外はまさしくバイカルチュラルの翻訳者だったわけですが、それでも、象を評する群盲の一人でしかありませんでした。同じ作品を翻訳できる人は他にもいたし、今でもいるからです。

鷗外のどこが優れていたかというと、原作を日本語に直すにあたって、原作の異質性を巧みに浄化し日本語に還元する才能があったことでした。程度の差こそありますが、鷗外の訳した外国語作品、それはドイツ語から直接に、もしくは重訳したものでしたが、みな多かれ少なかれ厳密な意味で誤訳でした。けれども単なる誤訳ではなく、翻訳が意識的に操作されている誤訳でした。アンデルセンの『即興詩人』(一八九二―一九〇一年)などは創作かと見紛うほどなので、私はこれを「創造的な誤訳」と呼びました。巧妙に原作を「手加減」しているのです。そこに鷗外の翻訳者としての資質と才能を見ることができます。これはバイカルチュラルだからこそできたことです。原作を自家薬籠中のものにしていたからこそ可能なことでした。凡人のなせる技ではありません。

キーワードは「原作」の「操作」です。悪く言えば歪曲、粉飾です。鷗外は、当時の日本の時代背景、文化的事情に合わせ、訳文を作っていたのでした。群盲の偏見、誤解は自然なものでしたが、鷗外の場合は知的な情報操作を行なっており、知能犯の仕事でした。

ちょっと脱線しますが、アンデルセン『即興詩人』の原作は発表当時ヨーロッパ各地でかなり評判になり、各国語に翻訳されましたが、原作者アンデルセンがそれで裕福になることはありませんでした。当時は印税の制度がまだなく、いくら外国で翻訳出版がなされても、大した収入にはならなかったからです。アンデルセンは金銭的に困り、たまたま書いた童話がデンマークで大評判になり、そのおかげで生活ができるようになったのです。鷗外の『即興詩人』は、勝手に翻訳できたからこそ可能になったケースで、印税のことはともかく、今の時代に鷗外のように訳し、訳文の内容チェックをされていたら、間違いなく裁判沙汰になっていたと思います。それほど、作者不在の訳文を作ってしまったのですから。詳しくは、『森鷗外の翻訳文学』をご覧いただきたいのです〔長らく絶版になっていましたが、鷗外の『即興詩人』について分析した章は、今回、本書Ⅳ章に収録しました〕。

さて、鷗外の翻訳を読む読者は、鷗外によって創造的に誤訳された作品、鷗外の偏見と視野に限定され操作された作品を読むわけです。ところが鷗外自身、翻訳の段階で、訳語や日本語表現の選択をしていました。ここでは、原作の表現が象です。それを群盲があいだ、こうだと言う。でも翻訳者は、いつでも必ず一つの、一つだけの選択をしなければなりません。これは真剣勝負で、後戻りが許されません。翻訳とは選択です。絶え間ない選択の連続です。「選択」、これがもう一つのキーワードです。後戻りのきかない選択の連続、これはまさしく人生そのものです。今日どこで何をするか、もう一つの選択肢があったでしょうが、あなたはここへ来る選択をした結果、今そこに坐っていらっしゃるわけです。

デンマークの実存主義哲学者キルケゴールは、「人生は前向きに生きるもの、けれども後ろ向きに理解するもの」というようなことをどこかで言っていました。まさに名言で、自分のしてしまった行為は後で振り返ってみて理解が可能ですが、これからすることはどれかを選んで先に進まなければいけない。それが生きるという意味で、それを許されている状態が自由だ、というわけです。私たちは、一寸先がどうなっているか、わかってはいません。

ひとつ言葉を発しても、相手がどんな反応を見せるか、わかりません。そこにはさまざまな複雑な意味体系が絡み合っていて、翻訳の作業同様、偏見と誤解があり、操作と選択が渦巻いています。日常生活の卑近な例をあげてみます。一応、会社員の男を主人公にしておきます。「冷蔵庫にビールがない」のエピソードです。

主人公の男は今日、会社から早く帰ってきました。奥さんは、ソファーに坐ってスマホを見ていて、夕食の支度をまだ始めていません。男が言います。

「おい、ビールないじゃないか！」

「ビール、ないぞ！」

「ビール、ないなあ。」

「ビール、飲みたかったのになあ……」

どんな言い方をしたにしろ、奥さんからすぐに返事が返ってきます。

「あたしだって忙しいのよ！　そんなに飲みたきゃ、自分でコンビニへ行って買ってくればいいでしょ！」

これもいろんな言い方、声音があるのでしょうが、要するにそういう内容の返事でした。さて、これにどう応えるかです。

不注意にも下手な返事をしたら、離婚騒ぎになりかねません。これは現実世界の話で、前向きに生きている夫婦の日常場面の一つです。

ところが作品の場合は、その状況がどう展開したか書いてあるはずなので、後で振り返って、辻褄のあった説明が可能です。けれども、今を生きている私たち括弧付きの「翻訳」者は、状況に応じて発語の意味、意図を解釈し、たえず選択を迫られているのです。私たちは皆、一人のこらず括弧付きの「翻訳」者です。他人の言葉、周囲の状況を「翻訳」しながら生きています。

あまり抽象的な話ばかりでは眠くなりますので、せっかくパワーポイントを使っていますし、もう少し目に見える話をしようと思います。鷗外の「操作」ぶりを見ていきます。これからお話しすることはまだ準備中で、活字にはなっていませんので、かえって面白いかと思います。

これはもう何年も前に私が書いた新聞記事です（「コペンハーゲン動物園の花子」『東京新聞』二〇

〇二年十一月二十六日夕刊）。

タイトルをご覧になって、何を思い浮かべましたか？

コペンハーゲン動物園とありますが、「花子」は象ではありません。

もう少し詳しく説明します。

前の前の世紀末、ヨーロッパの大都市では、文明の遅れた国々から原住民を呼んでしばらく町の真ん中で生活させ、それを観察する見世物が一時期流行していました。インド、中国、グリーンランドをはじめ、南米のインディアン、中央アジアのキルギス人など、要するにヨーロッパ人の目から見て野蛮な人種を観察することで知的好奇心を満たしていたわけです。人間を動物扱いして実に悪趣味だったのですが、大評判でした。

デンマークでは、主にチボリ公園で行なわれていた催しでしたが、それに対抗して、コペンハーゲンの動物園でも同じようなことが計画され、デンマーク人の貿易商が日本人の一行、二十数名を呼び集めました。ところが一九〇二年にコペンハーゲンにやってきた日本人は野蛮人ではなく、岐阜から来た子供連れの芸人家族たちでした。まがりなりにも日本風の

仮設舞台でポーズをとる３人の日本女性（右端が花子）

動物園の花子

「コペンハーゲン動物園の花子」

家を建て、踊りも見せれば独楽《こま》回しなどの芸もする、竹刀の剣道やまわし姿で相撲も披露すれば庭に池を掘らせ、橋をかけて鵜飼いまで実演して見せてデンマーク人を驚かせたのです。

　踊り担当の女性が三名いまして、鐘楼のつもりの櫓のような舞台で三味線に合わせて踊ったり、住まいの縁側、ベランダらしきところで即席の踊りを披露したりしていました。

　その一人、一番背の低い女性が太田ひさ（一八六八―一九四五）で、のちにヨーロッパで花子と呼ばれて評判になった人でした。身長は一四〇センチ足らず、当時三十四歳でした。見世物の様子は現地で写真に撮られているのですが、一行を紹介するポスターは前もってデンマーク人によって作成されました。まだ見ぬ日本女性が想像され、期待され理想化されて描かれています。

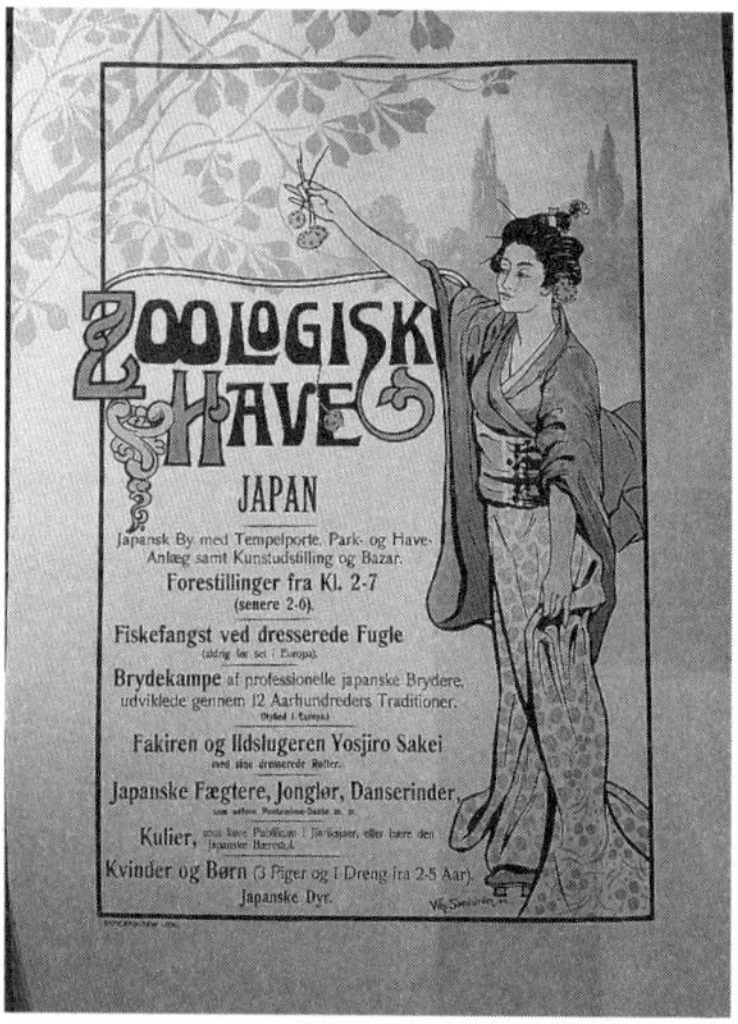

日本の踊り子のポスター

　コペンハーゲンでの見世物を終えた後、花子たちはヨーロッパを巡業して回った後、日露戦争後の一九〇五年にロンドンにたどり着き、サヴォイ劇場で公演して評判になります。代表的な演目は『芸者の復讐』と『ハラキリ』でした。そして同じ年にふたたび北欧、コペンハーゲンを訪れます。その時にデンマークの新聞『ポリチケン』で紹介された折のイラストが残っています。そして翌一九〇六年にはマルセーユまで達するのですが、そこで世界的に有名になっていたフランスの彫刻家、ロダン（一八四〇―一九一七）に見出されます。ロダンは六十六歳、花子は三十八歳になっていました。ロダンは花子の苦痛に満ちた顔の表情に大変興味を惹かれ、いわゆる『死の顔』という、花子の頭の部分だけをかたどった彫刻ほかの作品を四十点以上作成しました。

花子がロダンのモデルになっていることがフランスではニュースになりましたが、それを知った鷗外が短篇小説『花子』を執筆し、雑誌『三田文学』に一九一〇年七月に発表したのです。

花子のお家芸だった『芸者の復讐』では、恋する人を目の前で悪漢に殺された芸者が、その悪漢を自ら刺し殺した上で自刃します。短刀で喉を突き、苦悩に満ち身悶えしながらゆっくりと死んでいく芸者の形相、特に目の動きが凄まじかったと言われています。その場面をおそらく十二分に形式化し誇張して演じたのが花子でしたが、ロダンは花子の体現した死に際の迫真的な表情に魅了されたのだと思います。ロダンの芸術の真髄は、何かに没頭し、文字通り無我夢中になり、恍惚とした状態にある人間を表現することでした。『考える人』や『接吻』という作品が好例です。エクスタシーの追求です。裸のモデルを使い、躍動的な筋肉の動きを露出した肉体美を追求していたことでも知られています。そこにはおそらく、死を前にして歪んで引きつった顔の恍惚とした表情も含まれていたと思います。

けれども鷗外は、そんなことにはおかまいなしに、西洋の文化のただ中で、著名な西洋の芸術家ロダンに見初められた日本女性花子に興味を抱き、ロダンが驚き夢中になったのは、端的に言えば若い女性花子の筋肉質の肉体だったと思わせるような表現の仕方で、短篇を書いたのです。ちなみに花子は十七歳に設定されています。少しは今で言うリサーチをしたのでしょうが、鷗外のロダンの捉え方には表面的なところがあり、ましてや花子の身体の描写などはまったく想像の産物です。花子が身長一四〇センチ足らずで三十八歳の女性だったことを無視しています。にもかかわらず鷗外は、自分の花子像を書かずにはいられなかった。花子はこうあるべきだった、という思いから、つまり自分の見たい花子像を現出させたのです。西洋を体現するロダンの前で物怖じせず、凛としていた花子の姿は鷗外好みの日本女性でした。ロダンが味わっていたのは「死の顔」を見つめる興奮と恍惚でしたが、鷗外の場合は、花子を若い娘盛りの女性に作り変え、その肉体を想像の世界で追体験する興奮でした。日本女性花子は、西洋と対峙する鷗外でした。作者鷗外が変身して、短篇小説中の花子になっていたのです。描写する女性との距離をなくし、自分で作り上げた「もうひとつの世界」に遊んで、鷗外は恍惚としていたようなのでした。これも広い意味での「翻訳」だったのです。

外国作品の翻訳は言うまでもなく、鷗外の書いた現代小説は、基本的にすべてこの手法を用いていたと言ってよいと思います。また、初期の、ドイツ滞在中の体験を「原作」として書かれた『舞姫』(一八九〇年)以下、『ヰタ・セクスアリス』(一九〇九年)、『普請中』(一九一〇年)、『青年』(一九一〇—一一年)、『雁』(一九一一—一三年)などの作品も、同じように操作されて構築された「もうひとつの世界」の話でした。

ところが、一九一二年の明治天皇崩御を境に、鷗外の「翻訳」ぶりに変化が起こってきます。乃木将軍の殉死を契機に、殉死をテーマにした『興津弥五右衛門の遺書』(一九一二年)が書かれたことはよく知られています。

　それまでは、自身の西洋体験、西洋文学作品、さまざまな史実類も含めて、すべてすでに起こってしまったことを振り返って解釈し、操作し、改変することで作品を書いていた鷗外でしたが、『興津弥五右衛門の遺書』以降の歴史小説では、歴史上の人物たちが、この先何が起こるかわからないままにある行為をしてしまう、選択してしまうプロセスに興味を抱くようになります。歴史という、それもひとつのフィクションである史実に固執し、登場人物たちが、偶然にもある行動に出てしまう、彼らの選択がさまざまな反応を引き起こしていく、そうした過程を描くようになります。鷗外のいわゆる「歴史其儘」の作品です。史実の「直訳」、と言っていいかもしれません。一九一三年に書かれた『阿部一族』『大塩平八郎』などが好例です。けれども鷗外は、西洋小説の規範にならって、この段階でもなお作品中に虚構の語り手を置いて物語を展開させていました。あくまでもフィクションなのです。

　やがて鷗外は、史実に縛られることを嫌い、歴史的な背景を借りて自由に作品を構成するようになり、いわゆる「歴史離れ」をします。『山椒大夫』（一九一五年）、『高瀬舟』（一九一六年）などの歴史小説が代表的な作品です。あるテーマを盛り込む入れ物として歴史的背景が利用されましたが、これも史実の翻案、「翻訳」なのでした。

　こうしていったん「歴史離れ」をした鷗外でしたが、『渋江抽斎』（一九一六年）執筆の頃から、虚構の語り手の代わりに、書斎で原稿を書く鷗外自らが語り手として登場してきます。そして、それまでのようにテーマに合わせて史実から必要な情報を「選択」するのではなく、史料そのものから直接「引用」することで江戸の儒者の生き様を淡々と語っていく方法を選ぶようになります。いわゆる「史伝」です。ここでも鷗外は史料を「選択」しているので、「翻訳」なのですが、留意すべきは、ここに至って鷗外は、虚構の語り手を排除することで、輸入芸術であった西洋小説の方法から離れてしまったことです。鷗外は「小説離れ」をしたのでした。題材が江戸期の儒者に限定され、『伊沢蘭軒』(一九一六—一七年)、『北條霞亭』(一九一七—二〇年)と史伝の方法が深化されていくにつれて、それまで鷗外作品には頻繁に使われていた外来語の数がどんどん減っていきます。鷗外はあたかも「日本回帰」をしていたようなのです。

小説執筆と平行して鷗外はこの時期、一九〇九年から一九一三年まで『椋鳥通信』を、その後『水のあなたより』とタイトルを変えて一九一四年七月まで、海外文化の情報提供を一貫して行なっていました。超人的な大仕事で、圧倒されますが、ここでも鷗外は、独自の「選択」を行ない、いわばニュースの「翻訳」をしていたのです。

ところがそれが一九一四年七月にぷっつりと切れてしまいます。何があったのでしょうか。同じ月の第一次世界大戦の勃発です。鷗外の情報提供先であったドイツが、敵国になってしまいました。この機に鷗外は、潔く「ヨーロッパ離れ」をします。一九一八年に終戦を迎えるまで、鷗外はヨーロッパを直接論じることは一切していません。小説を離れ、西洋を離れた鷗外は、史伝の世界に没頭していたのです。さらに鷗外は、誉ある文筆家「鷗外」からも離れていきます。最晩年に至り鷗外は、エッセイ類などにも「鷗外」の署名は行なわず、徹底して「森林太郎」を使用するようになりました。「鷗外離れ」をしたのです。

翻訳の「翻」は、羽を翻《ひるがえ》して飛ぶという意味です。鷗外は、いろいろな形の原作を翻していたのはもちろんですが、想像の世界でさまざまな人物たちを造形しながら、自らもその「もうひとつの世界」で翻り、変身を繰り返していたのでした。短い生涯にあれほど多種なジャンルにわたってたえず新しい表現を試み、作家としても変身を続けていたのです。めくるめく変貌ぶりで、まったく余人の追随を許さないものでした。

鷗外は臨終の際に、「ばかばかしい」と言ったそうですが、真実味があり、なんとなくわかるような気がします。悲愴感がなかったのがいいと思っています。この感想は鷗外像の私の「翻訳」です。

鷗外は亡くなってしまいましたので、私の話も終わりにします。

「鷗外の「ヨーロッパ離れ」」『悲劇喜劇』第774号、2015年５月、98-100頁
「第一次世界大戦と鷗外の「ヨーロッパ離れ」」『鷗外』第100号、2017年１月、1-7頁

15p.

"Mori Ôgai's translations of Henrik Ibsen's plays – *A Doll's House*," a paper presented at 11th EAJS Conference, Wien, August 2005, 14p.

『森鷗外　文化の翻訳者』岩波書店（新書）、2005年、2015年、228頁

"Mori Ôgai's translations of Scandinavian plays: *Brand* by Henrik Ibsen and *Creditors* by August Strindberg," *Annali*, Università Degli Studi Di Napoli "L'Orientale", Vol. 64 (2004), April 2007, p. 197–213.

"Mori Ôgai – a translator of culture," a conference paper presented at 12th EAJS Conference, Lecce, September 2008. 11p.

「「即興詩人」とイタリア――森鷗外とアンデルセン」『立命館言語文化研究』第20巻２号、2008年、43–49頁

「「文化の翻訳」の諸相とバイカルチュラルの翻訳者・森鷗外」『富大比較文学』第３集、2010年12月、142–146頁

「「文化の翻訳」と先駆者森鷗外 考」『鷗外』第88号、2011年１月、74–79頁

「森鷗外「椋鳥通信」と文化の翻訳」『群像』2011年２月号、148–149頁

"From 'Literary Translation' to 'Cultural Translation' – Mori Ôgai's translation of Henrik Ibsen's plays," Noriko Takei-Thunman and Guo Nanyan (eds): *Cultural Translations (Proceedings of the Workshop/Symposium in Varberg and Kyoto)*, Nichibunken, Kyoto, 2011, p. 104–116.

「翻訳の人　鷗外」『森鷗外　近代文学の傑人』別冊太陽、平凡社、2012年、108–109頁

"From 'Literary Translation' to 'Cultural Translation' – Mori Ōgai and the Plays of Henrik Ibsen," *Japan Review* 24 (2012), p. 85–104.

「百年前の森鷗外」『鷗外』第91号、2012年７月、20–37頁

"Mori Ôgai – a Translator of Cultures," *Begegungen. Symposium der Humboldt-Universität zu Berlin. Zum 150. Geburtstag des Dichtes Mori Rintarô, genannt "Ôgai"*. Erster Teil, Juli 2012, Humboldt Graduate School (Verträge 4–6), Berlin 2013.

「翻訳者森鷗外の世界（森鷗外生誕一五〇年記念学術シンポジウム講演）」『鷗外』第93号、2013年７月、155–177頁

"Nora – Mori Ôgai's 'Cultural Translation' of A *Doll's House* by Henrik Ibsen," IN Klaus Kracht (Herausgegeben), *"Ôgai" – Mori Rintarô. Begegnungen mit dem japanischen homme de lettres*, Harrasowitz Verlag: Wiesbaden, 2014, p. 89–110.

1996, January 1997, p. 60-73.
「鷗外訳「即興詩人」の系譜学」『講座森鷗外２』新曜社、1997年５月、144-172頁
"A Genealogy of "Sokkyo Shijin" in the works of Mori Ogai – from 'translation' to 'creative writing'," IN *Japan and Korea*, Aarhus University Press, Århus, 1997, p.113-122.
"Hans Christian Andersen remade in Japan: Mori Ogai's translation of *Improvisatoren*," IN Johan de Mylius et al (eds.): *Hans Christian Andersen: A Poet in Time*, Odense University Press, Odense 1999, p. 397-406.
「森鷗外訳ストリンドベリ　―『債鬼』から消えたエロス」『境界と日本文学』第23回国際日本文学研究集会会議録、2000年、126-134頁
「鷗外「日本回帰」の軌跡――「（西洋）小説」の日本化とその超越」『文学（隔月刊）』岩波書店、第１巻３号、2000年５-６月、111-129頁
"Following the traces of Ogai's 'Return to the Japan of Nostalgia' – or the Japanization of the Western Novel and Beyond," IN Yoichi Nagashima (ed.): *Return to Japan – from 'Pilgrimage' to the West*, Aarhus University Press, 2001 Aarhus, p.54-81.
"Mori Ôgai's translations of Henrik Ibsen's plays – *Brand*," a conference paper presented at 6th NAJAKS Symposium, Oslo. August 2001, 10p.
"Mori Ôgai's Japanization of the Western Novel and Beyond," IN Ishizuka Harumichi (ed.): *Japanization – from Ancient to Modern Times (2)*, Hokkaido University, 2001 Sapporo, p. 81-94.
「「文化の翻訳者」森鷗外を見直す」『毎日新聞』夕刊、2002年９月６日、7頁
「イプセン劇の翻訳と創作――森鷗外の場合」第40回日本比較文学会全国大会発表原稿、2002年10月、7頁
"Mori Ôgai's translations of Henrik Ibsen's plays – *John Gabriel Borkman*," a conference paper presented at 10th EAJS Conference, Warszawa, August 2003, 13p.
"Christianity disappeared: Mori Ôgai's Japanization of *Brand* by Henrik Ibsen," a conference paper presented at 37th ICANAS Conference, Moscow, August 2004, 10p.
"Mori Ôgai's translations of Henrik Ibsen's plays – *Ghosts*," a conference paper presented at 7th NAJAKS Symposium, Gothenburg, August 2004,

森鷗外関連著作目録（刊行年順）

「鷗外訳ウィード短編四作（1）」『鷗外』第37号、1985年7月、38-57頁
「鷗外訳ウィード短編四作（2）」『鷗外』第38号、1986年1月、159-180頁
「鷗外訳「父の讐」とマーデルング」『鷗外』第40号、1987年1月、20-33頁
「鷗外訳ストリンドベリ劇（1）『一人舞台』」『鷗外』第43号、1988年7月、347-363頁
「鷗外訳ストリンドベリ劇（2）『債鬼』と『パリアス』」『鷗外』第45号、1989年7月、167-193頁
「鷗外訳ストリンドベリ劇（3）『稲妻』と『ペリカン』」『鷗外』第47号、1990年7月、91-114頁
「鷗外訳スエーデン女流作家作品二編――ラーゲルレーフ『牧師』とスティーンホフ『夜の二場』」『鷗外』第48号、1991年1月、13-20頁
「鷗外訳『即興詩人』とアンデルセンの原作」『鷗外』第49号、1991年7月、233-284頁
"Beyond translation – Mori Ogai's translation or his creative (mis) understanding," a paper presented at Sixth EAJS Conference in Berlin, Sept. 1991, 10p.
『森鷗外の翻訳文学――「即興詩人」から「ペリカン」まで』至文堂、1993年、1994年、291頁 （第三回森鷗外記念会賞受賞）
"Translations of Western Literature into Japanese: Acculturation and Misunderstanding – A case of Mori Ogai," a conference paper delivered at 34th ICANAS in Hong Kong, Aug. 1993, 10p.
「鷗外訳「即興詩人」と長谷川先生」国学院大学大学院長谷川泉ゼミナール編『鷗外・康成・鱒二』1994年10月、14-15頁
"*Vita Sexualis, Seinen, and Gan* – a genealogy of "Sokkyô shijin" in the works of Mori Ogai," a paper presented at the workshop "Language and Representation, and Narratives", Frederikstad, Norway, October 1995, 23p.
「鷗外と「即興詩人」」『北欧』新潮社、1996年5月、67-69頁
"'Point of View' in Mori Ogai's Works – Means of Manipulation," IN *Transactions of the International Conference of Eastern Studies XLI*,

初出一覧

第一部

Ⅰ　異文化理解と翻訳と　『無限大』第100号、1996年

Ⅱ　異文化、日本化、超越化　『無限大』第105号、1999年

Ⅲ　鷗外「日本回帰」の軌跡　『文学　隔月刊』第１巻３号、５－６月号、2000年、岩波書店

第二部

Ⅳ　鷗外訳『即興詩人』とアンデルセンの原作　『鷗外』第49号、1991年／『森鷗外の翻訳文学』至文堂、1993年

Ⅴ　鷗外訳『即興詩人』の系譜学　『講座　森鷗外２』新曜社、1997年

Ⅵ　『即興詩人』とイタリア　『立命館言語文化研究』第20巻２号、2008年

第三部

Ⅶ　「文化の翻訳」の諸相とバイカルチュラルの翻訳者・森鷗外　『富大比較文学』第３集、2010年

Ⅷ　森鷗外『椋鳥通信』と文化の翻訳　『群像』2011年２月号

Ⅸ　「文化の翻訳」と先駆者森鷗外 考　『鷗外』第88号、2011年

Ⅹ　百年前の森鷗外　『鷗外』第91号、2012年

第四部

Ⅺ　翻訳の人・鷗外　『別冊　太陽』第193号、2012年

Ⅻ　翻訳者・鷗外の世界（記念講演）　『鷗外』第93号、2013年

第五部

XIII　鷗外のヨーロッパ離れ　『悲劇喜劇』2015年５月号

XIV　第一次世界大戦とヨーロッパ離れ　『鷗外』第100号、2017年

終章　森鷗外の「翻訳」人生　2018年３月、国際文化会館における講演をもとに加筆訂正

著者紹介

長島要一（ながしま　よういち）

1946年東京に生まれる。コペンハーゲン大学より Ph. D. ならびに Dr. Phil. 取得。コペンハーゲン大学 DNP 特任名誉教授。

ダンネブロ騎士勲章受賞（2018年）。森鷗外記念会名誉会員。

著書に『森鷗外の翻訳文学』（至文堂）、『森鷗外　文化の翻訳者』（岩波新書）、『日本・デンマーク文化交流史 1600-1873』（東海大学出版会）、『デンマーク文化読本』（丸善出版）、訳書に『あなたの知らないアンデルセン』（全４巻、「影」「人魚姫」「母親」「雪だるま」、評論社）、イェンセン作『王の没落』（岩波文庫）など多数。

新曜社　**森鷗外　「翻訳」という生き方**

初版第１刷発行　2022年６月20日

著　者　長島要一
発行者　塩浦　暲
発行所　株式会社　新曜社
〒101-0051
東京都千代田区神田神保町3-9
電話（03）3264-4973（代）・FAX（03）3239-2958
e-mail　info@shin-yo-sha.co.jp
URL　https://www.shin-yo-sha.co.jp/
印刷所　星野精版印刷
製本所　積信堂

ISBN978-4-7885-1776-9　C1090